TEA
BOOKS

Naslov originala
T. A. Williams
Murder at the Matterhorn

Za izdavača
Tea Jovanović
Nenad Mladenović

Glavni i odgovorni urednik
Tea Jovanović

Lektura / Korektura
Agencija Tekstogradnja / Agencija TEA BOOKS

Prelom
Agencija TEA BOOKS

Dizajn korica / Crteži za korice
CC Nick Castle / Shutterstock

Izdavač
TEA BOOKS d.o.o.
Por. Spasića i Mašere 94
11134 Beograd
Tel. 069 4001965
info@teabooks.rs
www.teabooks.rs

ISBN 978-86-6142-211-9

T. A. VILIJAMS

UBISTVO
NA MATERHORNU

ARMSTRONG I OSKAR 5

Sa engleskog preveo
Danko Ješić

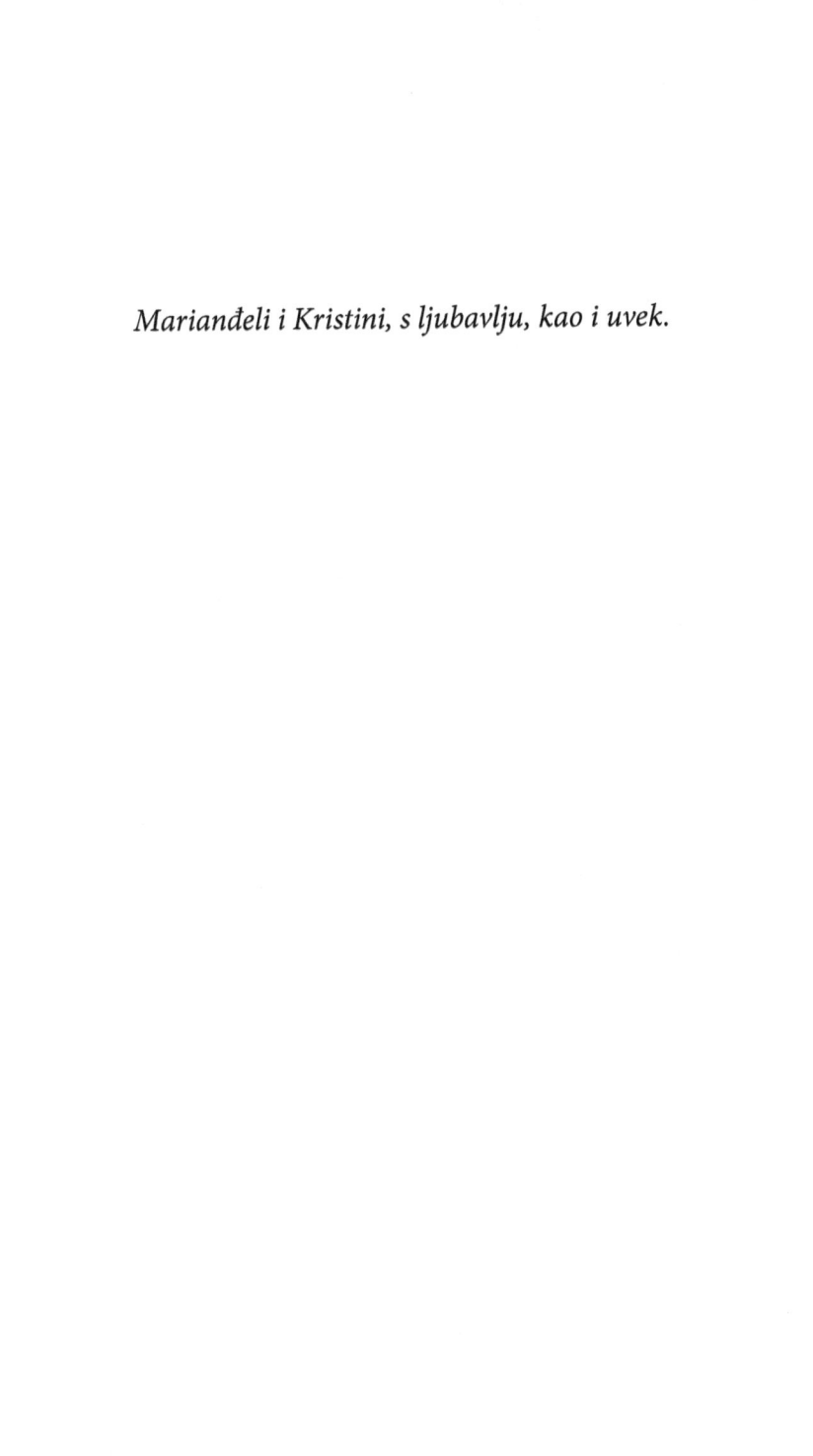

Mariangeli i Kristini, s ljubavlju, kao i uvek.

1.

Utorak uveče

Anina tetka Domenika, poznata svima u porodici kao Teta Menka, nije ličila ni na jednu devedesetogodišnjakinju koju sam upoznao. Kad su je Ana i njena sestra pitale šta želi za rođendan, odgovor je glasio novi eksterni hard-disk za kompjuter. Imam samo jednu tetku sličnih godina i znam sigurno da ne bi znala šta je hard-disk, a čak i da zna, odbacila bi sve što ima veze s kompjuterima kao đavolje delo. Teta Menka je bila sasvim drugačija. Ne samo što je posedovala kompjuter i znala o tehnologiji i internetu mnogo više od mene, nego je imala i svoj blog s više desetina hiljada pratilaca na društvenim mrežama i redovno je snimala potkaste.

Da, bila je prava mustra.

Pogledao sam na sat i video da je gotovo deset. Virđilio i Lina su čuvali Oskara čitave večeri dok smo Ana i ja bili na rođendanskoj proslavi kod stare dame, uz većinu stanovnika seoceta nedaleko od Firence, gde je ona živela. Znao sam da ćemo uskoro morati da odemo po njega. Postojala su dva razloga za to: delimično da ih oslobodim odgovornosti da se brinu o trideset kilograma psećih kostiju i mišića, a delimično zato da uvek gladni labrador ne bi jeo dok ne ugine. Mada njegovo glumatanje „umirem od gladi" na mene više nije delovalo, Lina je svaki put nasedala na to i uvek se vraćao od njih malo teži nego što je otišao.

Oprostio sam se od dva starija gospodina koji su mi pričali zanimljivu priču o ribolovu, koja je polako počela da postaje dosadna, i otišao sam do Ane, koja je stajala sa svojom sestrom i nekoliko drugih rođaka, slušajući kako Teta Menka objašnjava svoj naredni post na blogu. Nije me iznenadilo kad sam saznao da istražuje pokušaje jedne farmaceutske kuće da sakrije činjenicu kako njihov najnoviji lek može da izazove privremeno slepilo. Naslov njenog bloga bio je *VERITAS ITALICA* – Italijanska istina – i prema onom što mi je Ana rekla, tetka joj je bila opsednuta teorijama zavere, korupcijom u vlasti, natprirodnim fenomenima i svim što je neobjašnjeno i tajanstveno.

Italijanska policija i oružane snage redovno su bili predmet njene kritike i prvo je sumnjala u mene, dok je nisam uverio kako sam se stvarno penzionisao i više nisam detektiv u Skotland jardu. Bilo je potrebno malo vremena i nekoliko dobrih obroka u lokalnom restoranu pre nego što je popustila i prihvatila me u okrilje porodice. Kad me je sad videla, pružila je artritičnu ruku i izuzetno čvrsto me je uhvatila za mišicu.

– Šta mislite da treba da uradimo, glavni inspektore? – Uvek mi se obraćala po nekadašnjem činu, ali to je bilo od milja – ili sam se makar nadao. Govorila je vrlo razgovetno i lako sam je razumeo. Dosad sam se navikao na toskanski naglasak, i čak mi je rečeno da sam počeo da ga usvajam.

– U vezi sa čim, Teta Menka?

– U vezi s beskrupuloznim farmaceutskim kompanijama koje stavljaju profit iznad morala?

Široko sam joj se osmehnuo. – Da vratimo smrtnu kaznu i obesimo ih sve?

Video sam kako su joj staračke oči zablistale. – To nije tako loša ideja, ali možda trunčicu previše radikalna, čak i za jednog policajca.

– Bivšeg policajca; sad sam privatni istražitelj, sećate se. Pa, s druge strane, ako ne želite da ih obesite, onda zašto ne bi uzimali sopstvene lekove nekoliko meseci i tako iskusili nuspojave. Mislim da bi im privremeno slepilo objasnilo neke stvari.

– Sjajna ideja, predložiću je.

Ustao sam i razgovarao s ljudima još nekoliko minuta, dok stvarno nije bilo vreme da se krene. Nakon što sam joj se zahvalio na pozivu i poželeo joj sve najbolje, Ana i ja smo je poljubili na rastanku i krenuli napolje, ljubeći ljude i rukujući se s njima dok smo izlazili iz sale za proslave. Izgledalo je da je tu većina sela, i bilo mi je drago zbog Teta Menke. Zaslužila je svoju slavu.

Vožnja do Virđiliove i Linine kuće u predgrađu Firence trajala je manje od dvadeset minuta i zatekli smo ih kako sede u dvorištu, uživajući u neobično toplom majskom vremenu, a Oskar je ležao ispred njih, sa zadovoljnim izrazom na licu i nabreklog stomaka. Makar je imao dovoljno pristojnosti da ustane i dođe da nas pozdravi. Počeškao sam mu uši i pogledao Linu s lažnom strogošću.

– Šta tačno u rečenici „Već sam ga nahranio, ne daj mu ništa drugo" nisi razumela, Lina? – Široko sam joj se osmehnuo. Ona i ja smo se vrlo dobro slagali i radila je za mene već skoro mesec dana kao recepcionerka, sekretarica, pomoćnica, istraživačica, šetačica psa i organizatorka posla, i prilično me je rasteretila.

Uzvratila mi je osmeh. – Dala sam mu samo malo otpadaka, iskreno. Izgledao je tako gladno...

Njen muž je pokazao rukom na prenosni frižider pored stola. – Hladno pivo ili hladna voda, ako želite. Slobodno se poslužite, ili biste želeli kafu? Dođite da razgovaramo o bilo čemu osim o poslu. – Virđilio je bio inspektor u firentinskom odeljenju za ubistva i često mi je slao klijente. Bio sam mu vrlo zahvalan na tome i, u stvari, zahvaljujući njemu sam i otvorio svoju detektivsku agenciju prošle godine.

Odlučio sam se za pivo. – Posao, šta je to? – Široko sam se osmehnuo. – Sad kad imam svoju divnu asistentkinju, imam mnogo više vremena nego pre. Ovo je inače doba godine kad ima manje posla, ali sumnjam da će to potrajati.

Zima je bila puna istraga o nevernim muževima, smorenim domaćicama, kradljivim kućnim pomoćnicama i nestalim osobama – i, nezaboravno, nestaloj kornjači po imenu Valter – uz nekoliko dana kad sam pomagao Virđiliju i njegovom timu sa slučajevima koji su uključivali ljude koji govore engleski. Uzeo sam hladno pivo za sebe i pitao Anu da li želi nešto, a ona je samo odmahnula glavom i sela kraj Line. Seo sam pored nje, a Oskar je legao između nas.

Ana je tiho uzdahnula. – Drago mi je zbog tebe, Dene. Za razliku od tebe, ovo je doba godine kad ja imam *najviše* posla. Zbog predstojećih ispita, većina studenata je paranoična i jedva da imam slobodnog vremena. – Ana je predavala srednjovekovnu i renesansnu istoriju na Univerzitetu u Firenci i shvatala je svoj posao vrlo ozbiljno.

Baš u tom trenutku mi je zazvonio telefon, i video sam da je to Pol iz Londona.

Inspektor Pol Vilson i ja radili smo zajedno gotovo dvadeset godina u Skotland jardu, pre nego što sam ja otišao u prevremenu penziju, pre dve godine, i on mi je jedan od najboljih prijatelja.

– Zdravo, Pole, kako je?

– Zdravo, Dene. – Zvučao je pomalo potišteno, čak postiđeno. – Dobro sam, hvala, ali nadao sam se da možeš da mi pomogneš.

Često mi je činio usluge kad sam se zanimao za slučajeve koji imaju veze s Velikom Britanijom, i jedva sam čekao da mu uzvratim ljubaznost. – Kaži šta mogu da uradim za tebe. Šta te muči?

– Jesi li nekad imao posla sa ufolozima?

Na trenutak me je zbunila nepoznata reč. – Ufolozima?

– Ljudima koje zanimaju NLO-i; znaš, vanzemaljci, mali zeleni, leteći tanjiri, takve stvari. Zvuči poznato?

– Nikad nisam bio u direktnom kontaktu s njima, ali mislim da ih danas ima vrlo malo. Bez sumnje bi im bilo drago da pogledaju *Povratak krljuštavih stvari s drugih planeta* ili tako nešto.

– Izvini, šta?

– To je neki tupavi jeftini film koji sam gledao pre neko veče. U svakom slučaju, nikad nisam upoznao nijednog ufologa, mada mi se sviđala ona riđokosa iz *Dosijea X*. Šta se događa? Nemoj mi reći da su vanzemaljci sleteli.

– Ko zna? Sandra... moja mlađa sestra. Sećaš li je se? Ona je u nekom problemu.

Nejasno sam se sećao Polove sestre kao krakate četrnaestogodišnjakinje sa aparatićem na zubima. Video sam je pre dosta godina, a sad mora da je odrasla. – Da. Sećam se Sandre. U kakvoj je nevolji?

– Upravo sam razgovarao s majkom i onda sam vodio dug razgovor sa Sandrom, koja je neutešno plakala. Pre nekoliko dana je otišla u Italiju na odmor s prijateljicom i gomilom lovaca na NLO-e, i neko od njih je stradao.

– Kako stradao? – Neizbežno, s obzirom na moju prošlost, odmah sam počeo da se pitam da li je ta smrt bila sumnjiva. Da li je Pol zato želeo moju pomoć?

– Pre dva sata je izbio požar i pronašli su telo tog tipa u pepelu.

– Nesreća ili ubistvo?

– Sandra je ubeđena da je to ubistvo, ali policija tamo gore nije sigurna. Prema njenim rečima, i dalje pokušavaju da utvrde da li je to bila nesreća. Izgleda da je svima rečeno da ne idu odatle, jer bi se ona vratila odmah. Stvarno nije zainteresovana za leteće tanjire i bila je tamo samo da pravi društvo prijateljici, Megi. Ne zna nikog drugog i nasmrt je preplašena zbog mogućnosti da je ubica među njima.

– Kad kažeš „tamo gore", gde je „tamo gore"?

– U Alpima, na severu Italije. – Usledila je pauza dok je proveravao beleške. – Dolina Aosta, ako se ne varam; znaš li gde je to?

Tačno sam znao gde je to, jer svaki put kad sam vozio do Velike Britanije ili se vraćao, obično sam išao kroz tunel Monblan kroz Alpe i Francusku, a on se nalazi na vrhu doline Aosta. Imao sam osećaj da znam šta će me Pol zamoliti, tako da sam mu uštedeo trud. – Želiš li da odem tamo i pogledam? – To je bilo najmanje što mogu da uradim.

Čuo sam mu olakšanje u glasu kad je odgovorio. – To bi bilo sjajno, ali imaš li vremena? To nije mnogo daleko od tebe, zar ne?

To je bilo oko četiri ili pet sati vožnje od Firence, ali nisam to pomenuo. – Nekoliko sati vožnje, nije strašno. Daj mi pojedinosti.

Izvadio sam svoju sveprisutnu beležnicu – stara navika – i zapisao pojedinosti. Zvučalo je kao da se kamp ufologa sastoji od mešavine kamp-prikolica, karavana i šatora, i nalazi se visoko u planinama, bez sumnje na nekom zabačenom mestu, koje je prilično dobra lokacija za ubistvo. Rekao sam mu da ću pogledati rokovnik i javiti mu se, ali znao sam da moram da odem tamo što je pre moguće. Kad mi je dao pojedinosti, pitao sam ga ima li neke druge informacije.

– Ako je to stvarno ubistvo, šta je s motivom? Imaš li predstavu ko je žrtva i da li neko možda ima razlog da ga ubije?

– Ona ne zna mnogo. To se upravo dogodilo i telo još nije identifikovano – suviše je izgorelo – ali Sandra kaže da ostali veruju kako je to tip po imenu Nik Grin. Misle da ima između četrdeset pet i pedeset pet godina, ali niko ga nije dobro poznavao.

– I Britanac je?

– To mi je Sandra rekla. Izgleda, da je ta grupa sastavljena gotovo isključivo od Britanaca. Problem je što je putovao sâm i niko ga nije poznavao. Pretpostavljam da su mu i dokumenti izgoreli u požaru i biće potrebno neko vreme dok se ne utvrdi da li je to on. Problem je u tome što je, prema njenim rečima, to okruženje uvrnuto i ne veruje nikom od njih. Neki izgledaju kao da ne žele da pričaju o tome što se dogodilo. Skoro kao da postoji neka zavera ćutanja.

Mozgao sam o tome dok sam pijuckao pivo i nešto mi je palo na pamet. – Nešto razmišljam, ako se tamo događa nešto sumnjivo, a ja se predstavim kao privatni detektiv, mogli bi samo da zaćute. Šta ako odem tamo inkognito, pretvarajući se da sam lud za NLO-ima, i vidim mogu li da se pridružim tim ufolozima? Možda ću tako steći njihovo poverenje.

Usledila je pauza dok je Pol razmišljao. – To nije loša ideja. I verovatno možeš da im pomogneš oko prevođenja, i tako ćeš se dodatno povezati s grupom. Sandra kaže da je veliki problem to što niko od njih ne govori italijanski, tako da komunikacija s policijom nije laka. Pretpostavljam da je pitanje misliš li da ih možeš ubediti kako si ludo zainteresovan za vanzemaljce kako bi te prihvatili. Možeš li ti to?

Pogledao sam u nebo. Sveće na stolu sprečile su me da vidim mnogo, ali kad je noć ovako vedra, znao sam da ima mnogo treperavih zvezda. Ima li tamo i drugih oblika života zasad nije bilo dokazano, i nikad nisam imao neko određeno mišljenje. Mada mi je ideja o posetiocima iz svemira izgledala neverovatno kao kad bi se Oskar odrekao hrane, roditelji su me naučili da poštujem uverenja drugih ljudi – koliko god mi zvučala luckasto. Bio sam siguran da ću moći da obuzdam svoju nevericu kako bih se uklopio. Čitao sam u poslednje vreme o noćnom nebu i čak sam kupio zvezdani atlas kako bi znao šta je to što vidim dok se šetam uveče sa Oskarom.

Posledica toga bila je da bih verovatno mogao da zvučim uverljivo ako bih se potrudio.

– Ne vidim zašto da ne. A moj kombi bi trebalo sasvim lepo da se uklopi sa onim manje razmetljivim. – Moj kombi bio je devet godina staro folksvagen vozilo sa sedištima koja su mogla da se obore kako bi se dobio prostor za spavanje – mada mi je palo na pamet da bih morao da ga delim sa Oskarom, a znao sam iz iskustva da je to veliki izazov. – Samo se nadam da malim zelenim ljudima neće smetati moj pas.

Kad sam završio razgovor, prepričao sam ostalima šta mi je Pol upravo rekao i onda sam pogledao Anu. Stvari među nama su sad bile stvarno dobre i bili smo zajedno već šest meseci. – Šta ti misliš, dušo? Da li bi išla da kupiš jednu majicu sa *I-Tijem* i pošla sa mnom da upoznaš posetioce iz drugog sveta... odnosno ufologe o kojima sam govorio?

Uputila mi je pogled koji bi moja majka nazvala staromodnim. – Da li bih pošla i provela dva-tri dana u ledenim planinama, spavajući u zadnjem delu kombija, s dvojicom hrkača – od kojih bar jedan ima gasove – i provodila dane družeći se s gomilom zabludelih ludaka? Bez toaleta, bez kupatila, bez privatnosti, ne, ne mogu da zamislim ništa gore. – Da bi ublažila svoje reči, pružila je ruku i uhvatila moju. – Znaš da volim da provodim vreme s tobom i Oskarom, *carissimo*, ali i da želim da pođem, ne mogu. Imam predavanja i seminare svakog dana ove nedelje.

I ja sam stegao njenu ruku. – Ti si vrlo mudra žena. Spreman sam da prihvatim da možda nismo sami u svemiru, ali ozbiljno sumnjam da bi trebalo da delim kombi sa Oskarom.

Virdilio je, kao i uvek, pružio podršku i ponudio praktičnu pomoć. – U zavisnosti od toga gde je taj kamp, to je verovatno u jurisdikciji interventne jedinice iz Aoste. Tamo mi radi jedan dobar prijatelj. Pozvaću ga sad i videti šta mogu da saznam. – Pogledao je na sat. – Sad je kasno, tako da ću možda sačekati do ujutru da ga zovnem. Ako ga pronađem, reći ću mu ko si i pomenuti kako ćeš rado pomoći. U redu? – Uzeo je telefon.

Zahvalio sam mu se i pijuckao pivo i razgovarao s Linom. Danas je bio utorak i zaključili smo da nemam ništa preterano hitno u svom rokovniku do kraja nedelje, tako da ću imati dovoljno vremena da krenem ujutro i provedem tri-četiri noći u Alpima. Nadao sam se da će sve biti rešeno do kraja nedelje i da ću tad moći da se vratim kući. U stvari, ideja o nekoliko dana u planinama zvučala mi je prilično privlačno... a bio sam siguran da će se i Oskar složiti. Pozvao sam Pola i rekao kako se nadam da ću stići tamo sutra u vreme ručka, i bio mi je vrlo zahvalan. Kazao je kako je rekao Sandri da dolazim, a ona je zvučala kao da joj je laknulo. Kako smo se složili, takođe joj je rekao da ne pominje moj pravi identitet nikome gore.

Završio sam razgovor s Polom gotovo istovremeno kad i Virđilio sa svojim prijateljem iz Aoste. – Dobro, Pjer mi kaže kako imaju nove informacije.

– Pjer? On je Francuz.

– Ne. Italijan. Dolina Aostra je autonomni region. Mnogi ljudi tamo govore dva jezika: francuski i italijanski, ili tri, trebalo bi da kažem... zato što mnogi od meštana govore patoa, koji je mešavina oba jezika. Kad bolje razmislim, kao da se sećam da sam pročitao kako postoji dolina u kojoj govore nemački, tako da je to prava mešavina. Pjer je inspektor Pjer Gresan i rođen je i odrastao tamo. Pogledao je izveštaj i rekao mi je da je telo pronađeno večeras u devet i petnaest – pre manje od dva sata. Bilo je prilično izgorelo i prvi utisak je bio da se radi o tragičnoj nesreći, ali bolničari koji su izašli na lice mesta otkrili su da je lobanja razbijena. Kažu da je trenutno nemoguće reći da li je to bilo slučajno ili ga je neko namerno udario po glavi teškim predmetom. Telo je odneto u mrtvačnicu i patolog je obećao da će spremiti preliminarni izveštaj za sutra ujutro, ali sasvim je moguće da to nije bila nesreća. Mesto gde je telo pronađeno je obezbeđeno i karabinijeri će noćas čuvati stražu. Ako doktor potvrdi da je to ubistvo, detektivi će otići sutra tamo i početi da ispituju prisutne.

– Šta je rekao kad si mu kazao da ću doći i pretvarati se da sam jedan od ufologa?

– Rekao je da mu to zvuči kao dobar plan, ali kazao je da to nije njegov slučaj. Dodeljen je inspektoru Kosteju, ali Pjer kaže da će se pobrinuti da ga obavesti da dolaziš, kako te ne bi ometali.

Zahvalio sam mu se najsrdačnije i pogledao labradora kraj svojih nogu. – Dobro, Oskare, šta misliš da odeš i malo njuškaš na Alpima?

Pogledao me je na tren i lenjo mahnuo vrhom repa. Njuškanje je njuškanje. Baš ga briga gde to radi.

2.

Sreda ujutro

Pre odlaska u krevet sinoć, pregledao sam mapu i bio sam siguran da znam kuda idem. Vožnja na sever počeće vožnjom vijugavim auto-putem prema Bolonji, kroz Apenine. Iako je taj put bio građevinsko čudo sa svim tim tunelima i mostovima, znao sam da će biti prepun natovarenih kamiona koji mile u sporoj traci. Ipak, dugovao sam Polu uslugu i nekoliko dana u planinama obećavalo je prijatnu promenu.

Nakon pristojne šetnje za Oskara i obilnog doručka za mene – naravno da sam koricu od slanine bacio labradoru – krenuli smo negde oko osam. Vožnja je bila prijatna i negde oko podneva, Alpi su se jasno videli pred nama. Put koji je vodio kroz dolinu reke Po, prolazio je kroz mali grad Ivrea i ušao u dolinu strmih litica, Aosta. Za nekog naviknutog na brežuljke i doline Engleske ili Toskane, ovo je bila tuđinska teritorija... mada ne obavezno u smislu malih zelenih.

Ovo podnožje Alpa u Britaniji bi smatrali planinama, a vrhovi su bili hiljadama metara iznad mene. Znaci pored puta potvrdili su da je ovo ponosno nezavisan region kao što je Virđilio rekao, i odmah sam počeo da primećujem francuska imena mesta na putokazima. Nakon što smo prošli mesto Pont Sen Marten, došao sam do Šatijona i tu sam sišao sa auto-puta i počeo da se penjem strmijim, užim putem prema Červiniji.

Dok smo se peli, okolina je postajala još više kamenita i nepristupačna. Mada je bio početak maja, vrhovi brda bili su beli, a viši vrhovi ispred izgledali su kao da su prekriveni metrima dubokim večnim snegom. Kuće kraj kojih smo prolazili bile su nepogrešivo alpske; starije su bile uglavnom od kamena i većina je imala izrezbarene drvene balkone, na kojima su visile saksije sa živopisnim geranijumima i drugim cvećem čije ime nisam znao... nikad nisam dobro poznavao biljke.

Zaustavio sam se pre ulaska u Valturnenš, gde sam znao da moram da skrenem desno, s glavnog puta, i krenem još strmijim putem prema kampu ufologa. Koliko sam mogao da procenim, sad sam bio svega pet ili šest kilometara vazdušnom linijom vrane – mada je ovde to verovatnije orao – ali znao sam da me čeka još hiljadu metara dodatnog puta prema drugom kraju doline. Bez sumnje će odlazak do tamo zahtevati još nekoliko kilometara vožnje vijugavim putem i sigurno će potrajati, tako da je pauza za mene i Oskara izgledala kao razumna ideja. Jedna staza je vodila u šumu i krenuo sam njom da protegnem noge. Iako je bilo rano popodne, ovde je bilo primetno hladnije nego jutros u Toskani, i imao sam osećaj da je Ana bila sasvim u pravu kad je kazala da će noći ovde biti ledene.

Nakon što sam prošetao Oskara, a obojica smo se olakšali u šumi, ušao sam u obližnji *Kafe de la pe* i naručio topli sendvič. Sâm kafić je, uprkos francuskom imenu, još bio prepoznatljivo italijanski i konobar me je pozdravio na italijanskom. Bio je to vitak muškarac, od oko trideset pet godina, kože preplanule zbog čestog boravka napolju i nosio je *salomon* skijašku dukericu. Uprkos tome što je bilo gotovo jedan po podne, bio sam jedini gost osim dvojice starijih muškaraca koji su igrali karte za stolom u uglu. Pojeo sam dvopek sa sirom, dok mi je pas držao glavu na kolenu, čežnjivo me gledajući u oči u nadi da će probuditi neku trunčicu sažaljenja jer je očigledno mislio da je na ivici umiranja od gladi. Bio sam odlučan do kraja, kad sam mu dao poslednji komad korice. Na zidovima prekrivenim drvetom, nalazile su se starinske, drvene skije, krplje, fotografije lokalnih skijaških junaka i posteri s najavama skijaških trka. Bilo je lako zaključiti čime se uglavnom bave meštani ove doline, makar zimi. Pitao sam barmena da li je skijaška sezona završena, a on je klimnuo glavom.

– Da, završila se u martu. Do Uskrsa se sav sneg otopio... makar u nižim predelima. – Pogledao je kroz prozor na zelene padine iznad nas, podjednako čežnjivo kao Oskar malopre. – I da budem iskren, sezona nije bila sjajna. Imali smo *kišu* u januaru. – S nevericom je odmahnuo glavom. – Kiša, kad smo očekivali sneg! Nikad nisam video ništa slično. Zime postaju sve toplije i kraće, a glečeri se tope zastrašujuće brzo. Idete li u Červiniju? – Naglasak mu je zvučao gotovo francuski kad je izgovorio slovo „r". Očigledno je da su meštani govorili tako.

– Verovatno ne danas, ali siguran sam da ću otići sutra ili prekosutra.

– Dobro, kad odete tamo, pogledajte levo od Červina. Glečer koji se nalazio nekoliko stotina metara od grada, sad je tek nešto više od kamenite padine kroz koju teče potok.

– Da li je Červino najveća planina ovde? – Nije mi bilo poznato to ime.

Odmahnuo je glavom. – Červino je najatraktivnija i privlači alpiniste, ali Monte Roza pored nje je još viša. I dalje možete da skijate na glečerima Monte Roze, ali većina donjih padina je već mesecima obrasla zelenom travom. – Uzdahnuo je. – Dobra je za krave i šetače ali nije dobra za skijaše. Jeste li došli ovamo na skijanje?

Mislio sam da je dobra ideja da proverim da li je lokalni Radio Mileva već čuo šta se dogodilo tamo. – Ne, nisam ovde zbog snega. Smejaćete se, ali došao sam jer sam čuo da je bilo izveštaja o vanzemaljcima. Zanimaju me takve stvari. – Kad sam rekao to, spremio sam se za dobru dozu ismevanja, ali na moje iznenađenje, izgledalo je da ne deli moju sumnjičavost.

– To je potpuno jezivo. Prijatelji koji žive na brdu rekli su kako su videli svetla noću, a upravo sam čuo da su vanzemaljci ubili nekog.

Dao sam sve od sebe da prikrijem iznenađenje što je znao tako mnogo i odlučio sam da se pravim nevešt. – Ubili? Mislite da su vanzemaljci sleteli?

Odmahnuo je glavom i osmehnuo se. – Nadam se da nisu. Samo sam čuo to pre nekoliko sati od prijatelja čija sestra živi u Šamoau. Kazala je da se to dogodilo iznad Montaza, što je nedaleko odavde.
– Prepoznao sam ime tog mesta jer se tamo nalazio logor ufologa.
– Policija i karabinijeri su otišli tamo jutros, tako da se sigurno dogodilo nešto loše.

Kad sam se vratio u kola, pročitao sam poruke i pronašao jednu Polovu.

To je bilo ubistvo. Siguran sam da će ti to reći kad stigneš tamo, ali Sandra se upravo javila i kazala da policija sad istražuje ubistvo. Ufolozi su vrlo uzbuđeni. Pogledaj njihov sajt: www.fellowshipoforb.com

Otvorio sam link i otišao na sajt i *Fejsbuk* stranicu grupe ufologa koja je imala prilično nemaštovito ime *Družina srebrne kugle*. Izgledalo je da je to grupa koja je organizovala lov na leteće tanjire u Alpima ovog proleća. Koliko sam video, ta okupljanja su organizovana redovno, ali ovo je, izgleda, bio prvi put da su došli u Italiju. Na sajtu *Družine* nije postojala adresa za dopisivanje, ali kad sam pročitao imena autora biltena i obavio malo osnovnog detektivskog posla, postalo mi je jasno da se osnivači udruženja nalaze negde u Velikoj Britaniji.

Njihova stranica na *Fejsbuku* bila je ispunjena fotografijama predivnih alpskih pejzaža i nekih nejasnih svetala na noćnom nebu, koja su bila tako mala da su mogla biti bilo šta od svitaca do aviona u daljini, ili čak nekog satelita. Najnovija objava – postavljena pre svega desetak minuta – bila je senzacionalistička:

Tragičan događaj. Čoveka ubila vanzemaljska letelica. Kucnuo je čas. Uskoro više pojedinosti.

To je pisalo ispod šarenog plakata zvezdanog neba na kojem je pisalo:

MI ZNAMO ISTINU

Nisu baš napisali *rekli smo vam*, ali to se moglo pročitati između redova.

Kao što sam očekivao, put od Valturnenša do kampa ufologa imao je čak dvanaest serpentina i bezbrojne oštre krivine. Nakon tri četvrtine puta, prošao sam kroz seoce od nekoliko desetina kuća, i iznenadio sam se kad sam video bar i restoran. To je bilo prijatno iznenađenje. Ako mi se smuči da spavam sa Oskarom u kombiju, uvek mogu da pokušam tu, da jedem, prenoćim ili se istuširam – sve dok su spremni da dozvole Oskaru da deli sobu sa mnom.

Put je nastavio da se uspinje još kilometar ili dva, i kako smo se peli pogled je postajao sve neverovatniji. Pažnju su mi posebno privukli najviši vrhovi na drugom kraju doline, a jedan pre svega. Ta planina je bila potpuno gola stena nalik na usku piramidu visoku hiljadama metara, a vrh joj je bio zaklonjen oblacima. Mada su obronci ponegde bili vertikalni, čak i odavde sam mogao da vidim da su sve horizontalne površine prekrivene snegom. Najverovatnije je to bio Červino, koji je barmen pomenuo, i iznenadio sam se što nisam čuo za tako visoku planinu. Izgledala mi je nekako poznato i nisam shvatao kako mi to ime nije poznato. Podsećam, otvoreno priznajem da nisam genije za geografiju.

Išao sam sve užim putem i nekoliko minuta kasnije prošao sam kraj znaka koji je objavio da se, skriven u šumarku desno, nalazi neki kafić. Zapamtio sam to mesto jer će mi dobro doći da uzmem redovnu dozu kofeina. Očigledno je da ovo mesto nije bilo izolovano koliko sam očekivao. Nedugo zatim put je konačno prešao iz sivog asfalta u neravnu stazu i onda sam došao do prepreke na putu. Plavo-bela policijska kola bila su parkirana tamo, a dva čunja postavljena na početak staze. Jedan mlad policajac je otvorio vrata patrolnih kola i izašao, podižući ruku da me zaustavi. Uradio sam to što je tražio od mene i otvorio sam prozor kad se približio. Obratio mi se učtivo, ali odlučno.

– Bojim se da ne možete dalje. Ovaj put je zatvoren za vozila i pešake. Sad je mesto zločina.

– Hvala vam, pozorniče, ali očekuju me – izvadio sam svoju legitimaciju i pružio sam mu je. – Prezivam se Armstrong, a komesar Gresan mi je rekao da će vas obavestiti o mom dolasku.

Pogledao je spisak koji je imao ispred sebe i klimnuo glavom. – Da, naravno, komesare Armstrong. Idite pravo stazom i pronaći ćete moje kolege. Obavestiću inspektora Kosteja i kazati mu da dolazite.

Nije me iznenadilo što su Virđilio i njegov drugar odlučili da mi dodele policijski čin, iako je prošlo gotovo dve godine otkako sam se pozdravio s karijerom policijskog inspektora. To je sigurno bilo od koristi ovde, a policajac mi je zvanično salutirao pre nego što je požurio da ukloni čunjeve.

Moj stari folksvagen kombi nije imao pogon na četiri točka ali tokom zime se pokazao kadrim da vozi po većini površina, uključujući blatnjave puteve i malo toskanskog snega, i nije imao problem s rupama i šljunkom. Oskar je dosad shvatio da se bližimo kraju duge vožnje i stajao je u zadnjem delu kombija zainteresovano gledajući, i nestrpljivo mašući repom. Staza je vijugala kroz gust borik, a onda je izašla na široku čistinu, relativno ravnu alpsku livadu istačkanu bokorima divljeg cveća i oivičenu planinskim obroncima sa tri strane. Pre sto godina, verovatno je bila prazna, osim nekoliko krava koje pasu bujnu travu, ali danas je prizor bio drugačiji.

Tri policijska automobila, jedan kombi i tamnoplavi landrover karabinijera bili su parkirani tamo, a iza njih se nalazio kamp ufologa. Tamo je bilo manje vozila nego što sam očekivao: tek desetak kamp-prikolica na čistini – a mnoge od njih su bile u gorem stanju od mog vozila – i veliki šator podignut s jedne strane. Osim planinskog potoka, nisam video nikakvu naznaku toaleta ili kupatila, tako da je lična higijena bila manje važna od susreta s vanzemaljcima, bar što se tiče većine ovih tragača za istinom. Mislio sam da je najbolje ne biti dugo lišen pravog toaleta. Šta ono kažu o tome da ima medveda u šumi?

Izuzetak je bila jedna blistava kuća na točkovima, primetno veća i novija od ostalih. Ona je bila parkirana sama, na drugoj strani kampa, i postojala je čistina između nje i ostalih ufologa. Bilo je jasno da su stanovnici tog luksuznog smeštaja cenili privatnost. Pitao sam se ko su.

Brzo sam pogledao naokolo i potvrdio da sam došao savršenim vozilom ako sam želeo da se uklopim među pripadnike nižih ufoloških slojeva. Gotovo sva vozila su imala britanske registracije. Neka su bila ugledni oldtajmeri, a za dva sam se iznenadio kako su prešla tako dugačak put a da se ne pokvare. Jedno vozilo je imalo

na krovu neku vrstu radarskog skenera, prilično nebezbedno pri-
čvršćenog za krovni nosač, a drugo je imalo veliki teleskop pored.
Dim je dopirao od logorske vatre otprilike nasred kampa i video
sam ljude koji sede oko nje. Pogledao sam preko ramena u Oskara.

– Idemo. Približavamo se teritoriji NLO-a.

Na osnovu izraza na njegovom licu, nije verovao u njih ništa
više nego ja... ali ti ljudi možda imaju hranu.

3.

Sreda popodne

Osećao sam da me posmatraju dok sam vozio neravnom livadom, sve dok nisam pronašao zaravnjeno mesto, što dalje od potoka. Znao sam dobro svog psa... pokažite mu baricu, baru, bazen, jezero ili reku, i on će odmah uskočiti, a boravak u društvu mokrog smrdljivog psa verovatno mi ne bi doneo simpatije ove grupe ljudi. Ugasio sam motor i to je bio znak da Oskar počne uzbuđeno da maše repom. Video sam njegovo crno lice u ogledalu, blistave bele zube, pogled pun iščekivanja – bez obzira na NLO-ove – i zato sam izašao i otišao pozadi da mu otvorim vrata. Iskočio je na retku travu i stresao se, raširenih nozdrva, a ja sam mu zapretio prstom.

– Drži se podalje od vode. *Capito*?

Izgledao je sasvim nedužno ali onda se okrenuo i video je da imamo društvo i počeo još jače da maše repom.

– Kakav divan pas. Kako se zove? – Začuo se neki ženski glas, i kad sam se okrenuo video sam da mi prilazi vrlo zgodna devojka, besprekorne kose i šminke, uprkos okolnostima. Nisam stručnjak za žensku modu, ali i ja sam video da ono što je imala na sebi – ružičasta pamučna majica i bele farmerke – nije kupljeno u supermarketu. Imala je tridesetak godina i izgledala je prelepo, i sigurno nisam očekivao tako nešto. Bilo mi je izuzetno lako da joj se osmehnem.

– Zdravo, ja sam Den, ovo je Oskar. Oskare, dođi i pozdravi našu novu prijateljicu.

– Zdravo, Dene. Ja sam Libi.

Zvučala je prijateljski, mada je imala neku setnu notu u glasu, verovatno zbog onog što se dogodilo. Bila je prilično visoka i morala je da čučne kako bi pomilovala labradora. Pomolio sam se u sebi da joj ne isprlja bele farmerke. Gotovo sam čuo Anin glas koji kaže, s nevericom: *Bele farmerke, ovde?*

Libi je uhvatila Oskarovu glavu obema rukama i zanosno mu se osmehnula. – Zdravo, Oskare. Jesi li ti dobar pas?

Bilo je više topline u njenom glasu kad se obratila njemu, ali ne mogu da je krivim zbog toga. Uvek je umeo s damama, što sigurno nije nešto što mogu da kažem za sebe. Nakon nekoliko trenutaka je ustala, ostavljajući Oskara da leži na leđima, podignutih šapa, mašući repom i očigledno uživajući u pažnji.

– Jeste li i vi ovde zbog susreta, Dene?

Srećom, sad sam znao o čemu govori. Pročitao sam njihovu *Fejsbuk* stranicu i mogao sam da odgovorim uverljivo.

– Iskreno se nadam. – Odlučivši da malo istražim stvari, pokušao sam s direktnim pitanjem. – Jeste li imali bliske susrete s vanzemaljskim životom?

Odmahnula je glavom, sa izrazom žaljenja na licu, ali nisam bio potpuno uveren. Nazovite to predosećajem starog pandura, ali nisam bio siguran da je uopšte bila zainteresovana za to. – Želela bih... – Ali onda se pribrala. – Ali videla sam svetla na nebu ovde, tri noći zaredom.

Naravno, svetla na nebu mogla su da budu bilo šta. Ženeva i Alpi se nalaze ispod jednog od glavnih vazduhoplovnih koridora između Južne i Severne Evrope, i putnički avion na visini od petnaestak kilometara lako može da se pobrka s nečim vanzemaljskim... makar to mogu ljudi koje takve stvari zanimaju. Zadržao sam svoje sumnje i uputio sam joj osmejak.

Zvuk koraka koji se približavaju privukao mi je pažnju i, kad sam pogledao, video sam ženu od četrdesetak godina bujne duge, tamne kose. Osmehnuo sam joj se i nagrađen sam naznakom njenog osmeha. Izgledala je podjednako uznemireno kao Libi i nimalo opušteno.

– Ko su tvoji novi prijatelji, Libi? – Naglasak joj je bio nepogrešivo londonski, ili bar iz jugoistočne Engleske.

– Ovo je Den. Došao je da nam se pridruži. A ovo je Oskar.

Pružio sam ruku. – Zdravo, drago mi je što sam vas upoznao.

– Zdravo, Dene. – Ispružila je neočekivano otmenu, manikiranu ruku i rukovala se sa mnom pre nego što je, odmah, usmerila pažnju na mog psa. Tokom gotovo dve godine našeg zajedničkog života, već sam se navikao na to. To se često događalo, ali nisam je krivio. On *stvarno* izgleda mnogo bolje nego ja.

Nakon što ga je pomazila, ustala je i obratila mi se. – Zovem se Alis. Da li ste prvi put ovde?

Klimnuo sam glavom. – Tako je, ja sam novajlija. Živim u Italiji, i kad sam otkrio da ćete svi biti ovde, poželeo sam da vam se pridružim.

– Pa, bojim se da ste odabrali užasan trenutak za to. Imali smo groznu tragediju juče. – Na osnovu njenih tamnih podočnjaka, verovatno nije mnogo spavala otkako je čula vesti.

Glumio sam neupućenost. – Tragedija? Šta se dogodilo? Da li je zbog toga policija ovde?

– Da, jedan iz naše grupe je ubijen sinoć. Policija je zatvorila sve tokom noći. Jeste li imali problem da prođete kroz policijsku blokadu? Jutros sam imala veliku raspravu – ili bih je imala da smo mogli da razumemo jedni druge.

– Morao sam mnogo da objašnjavam, ali srećom govorim italijanski i pustili su me da prođem. Jeste li i vi tek stigli?

Odmahnula je glavom. – Ne, odsela sam u hotelu nekoliko kilometara nizbrdo. – Uspela je da se osmehne. – Kao i Libi. Nas dve ne volimo logorovanje.

Libi se teatralno stresla i tad sam shvatio: hotelska soba je objašnjavala bele farmerke. Vratio sam se ubistvu. – Neko je ubijen? Šta se dogodilo?

Alis je odgovorila. – To je neki tip po imenu Nik. Pridružio nam se ovde. A što se tiče onog što se dogodilo, policija kaže da je možda ubijen, ali ne znamo sve pojedinosti. – Bilo je nečeg u njenom glasu što mi nije baš zvučalo istinito, i imao sam osećaj da možda zna više nego što govori. Možda je zbog toga Polova sestra, Sandra, rekla bratu kako misli da se događa nešto čudno. Nisam ništa rekao i dozvolio sam Alis da nastavi. – I dalje pokušavamo da prihvatimo to.

Džulijan zna više od mene. Dođite i dozvolite mi da vas upoznam sa svima.

Na pomen Džulijanovog imena, bio sam siguran da je neka senka prešla preko Libinog lica i neodređeno je pokazala prema šumarku u daljini. – Vi slobodno idite. Ja moram da odem i donesem još drva za vatru.

Zapamtio sam tu njenu reakciju i krenuo sam sa Alis prema vatri. Oskar je trčkarao pored nas, mašući repom. Bio je u društvu pripadnice suprotnog pola, uostalom. Pitao sam Alis za osobu koju je upravo pomenula. – Džulijan? – U stvari, bio sam siguran da znam ko je on. Ime Džulijana Gudeloua pojavljivalo se svud na sajtu i blogu *Družine srebrne kugle*, mada nisam mogao da pronađem čime se tačno bavi. – Da li je on vođa grupe?

– Da, mada on insistira da nemamo vođe. Prema njegovim rečima, svi smo mi vođe... ili, bolje rečeno, svi smo sledbenici posetilaca. – Mada je Alis to izgovorila ozbiljnim tonom, imao sam osećaj da nije toliko uverena u sve to. Libi je takođe zvučala pomalo neubedljivo, a Pol mi je rekao da ni njegova sestra nije bila uverena, tako da nisam bio siguran ima li u ovoj grupi pravih NLO vernika.

– Posetilaca?

– Džulijan ih tako zove, ali kaže da nisu posetioci nego naši tvorci.

To je postajalo previše ezoterično za mene. – Šta, kao neki bogovi?

– Rekao nam je da ne koristimo tu reč. Kaže da su posetioci odabrali ovu planetu za nas i naselili je našim praočevima i pramajkama. Prema Džulijanovim rečima, oni dolaze povremeno da vide kako napredujemo. – Na trenutak sam pomislio kako sam čuo sumnjičavost u njenom glasu. Moja sumnja da ona nije potpuno posvećena ufologiji postajala je sve jača.

– Odakle dolaze?

Umesto odgovora, pokazala mi je palcem na nebo. – Odatle. Niko ne zna odakle tačno.

– A vi verujete u to? – Morao sam da se uzdržim da ne dodam, *teško sranje*.

Na trenutak je oklevala pre nego što je odgovorila. – Zato sam ovde.

Primetio sam da mi nije odgovorila na pitanje, ali odlučio sam da je to njena stvar. Ko sam ja da joj zameram. Ipak, dao sam sve od sebe da ostanem u liku. – Pretpostavljam da smo veliko razočaranje vanzemaljskim tvorcima. Pogledajte kako uništavamo planetu i sebe.

– Istina, Dene, prava istina.

– Da li je Džulijan jedan od „posetilaca"?

– Ne, on kaže da je sledbenik, kao i svi mi. Ono tamo je on.

Pokazala je na grupu pored logorske vatre i krenuli smo ka njima. Pogledala me je dok smo radili to.

– Imate li neko lično iskustvo?

– Mislite na viđanje NLO-a? – Spremao sam se za takva pitanja dok sam dolazio kombijem. – Video sam svetla na nebu nekoliko puta, blizu mesta gde živim, ali ništa konkretno. Živim u nadi. A vi?

– Nažalost, nemam. Koliko znam, od svih ljudi ovde, samo je Džulijan video posetioce.

– Stvarno? – Dao sam sve od sebe da ne zvučim sumnjičavo. Pitao sam se kad i gde se odigrao taj bliski susret. Da li je možda popio kafu s nekim vanzemaljcem? To bi sigurno privuklo pažnju ostalih gostiju. Mudro sam odabrao da ne izrazim nevericu.

Kad smo se približili logorskoj vatri, jedan muškarac je ustao i napravio grimasu koja je možda bila neuspešan pokušaj osmeha. Izgledao je razumljivo potišteno, ali prijateljski.

– Dobro došli. Jeste li došli da nam se pridružite?

Imao je verovatno oko pedeset godina – samo nekoliko godina mlađi od mene – i, kao i dve dame koje sam upravo upoznao, nije izgledao onako kako sam očekivao. Ako bi me neko pitao, morao bih da priznam kako sam NLO fanatike zamišljao kao čupave i dugokose, s minđušama, naočarima teglašicama i ludačkim, izbuljenim očima. Naravno, možda sam previše gledao televiziju. Zasad sam video dve privlačne i, iznad svega, normalne žene i sad ovog tipa koji je izgledao kao da je upravo izašao sa snimanja nekog holivudskog filma.

Bio je visok, izvajanog lica, savršeno potkresanih brkova i uredno očešljane, kestenjaste kose, prosede na slepoočnicama. Ako su logo krokodila na besprekornoj majici s kragnom i tanak zlatan lančić jedva vidljiv na vratu bili pravi, nije mu nedostajalo novca. Na osnovu otmenog naglaska, ne bi me iznenadilo da je bio vojni oficir ili nešto slično. Čak i s borama zabrinutosti na licu i tamnim podočnjacima, i dalje je bio vrlo zgodan.

Pružio sam mu ruku. – Rado bih vam se pridružio na nekoliko dana, ako me primate. Zovem se Den Armstrong. Upravo sam rekao Alis kako sad živim u Italiji i kad sam video na *Fejsbuku* da ste ovde, znao sam da moram da dođem. Nažalost, Alis mi je upravo saopštila užasne vesti o smrti vašeg prijatelja.

– Drago mi je što sam vas upoznao, Dene. Ja sam Džulijan Gudfelou. Da, ovo nije najbolji trenutak, nažalost. – Ponašao se vrlo britanski i uštogljeno, ali ispod toga, izgledao je i zvučao kao da je na ivici živaca... ali ubistvo tako utiče na ljude. – I dalje pokušavamo da se pomirimo sa onim što se sinoć dogodilo Niku.

Odlučio sam da rizikujem. – Šta mu se dogodilo?

Samo je odmahnuo glavom. – I dalje pokušavamo da shvatimo... Jadni Nik. – Očigledno nije želeo da govori o tome. Makar zasad.

Čvrsto mi je stegnuo ruku i video sam da me gleda nekoliko trenutaka. Spremio sam se za ispitivanje o tome zašto sam ovde, o svojoj prošlosti i zanimanju, ali, na moje iznenađenje, samo je neodređeno mahnuo rukom prema ostalim ljudima koji su sedeli na kladama i kamenju oko vatre i malo je pojačao glas. – Ljudi, ovo je Den. Došao je da nam se pridruži.

Nekoliko prigušenih pozdrava došlo je do mene, ali vrlo malo osmeha ili mahanja, s obzirom na okolnosti. Izbrojao sam ih jedanaestoro i izgledali su kao pristojni ljudi, mada jedan mlad par – dvadesetogodišnjaci, najverovatnije – nije pogledao u mene. Po izrazima na njihovim licima bilo je teško reći da li je to zbog bola ili jer su, možda, usred neke velike svađe oko nečeg. Na jednoj strani su dve devojke sedele na kladi i učinilo mi se da sam video jedva primetno klimanje glavom kad me je ona viša pogledala. Shvatio sam da to mora da je Polova sestra, Sandra, i učinilo mi se da sam je prepoznao, ali sigurno se promenila otkako sam je poslednji put video. Sad je verovatno imala oko dvadeset pet godina i nestali su svi tragovi krakate tinejdžerke. Neodređeno sam mahnuo njoj i prijateljici, i to je bilo sve zasad. Pol i ja smo se dogovorili da ću kriti svoj pravi identitet od grupe i kako bih uradio to, morali smo da vodimo računa da se ne sazna kako se Sandra i ja poznajemo.

U međuvremenu, Oskar je srdačno prilazio ljudima, gurkajući ih njuškom i dobijajući zauzvrat milovanja i češkanja. Čak je uspeo da izmami nekoliko osmeha.

– Zdravo, Dene. Ja sam Val. Jeste li ručali? Hoćete li šolju čaja?

Tu ponudu je iznela jedna prijatna, rumena dama koja je verovatno bila moja vršnjakinja, a sudeći po naglasku, bila je iz Eseksa ili okoline Londona. Pretpostavljajući da ću prihvatiti, pružila je ruku napred, uzela oprljenu rukavicu za rernu koja je verovatno nekad bila ružičasta i podigla čađav čajnik sa žara. – Mleko, šećer?

– Prezalogajio sam u dolini, ali prijao bi mi čaj. Samo mleko, molim, ako ga imate. Ako nemate, kupio sam jutros sveže mleko dok sam dolazio.

– Ne brinite, imamo sve ovde. – Okrenula se ka devojci pored sebe. – Mili, hoćeš li doneti mleko, molim te? Hoće li još neko čaj?

Druga žena je poslušno ustala i otišla do obale potočića, koji im je očigledno služio kao priručni frižider, a ja sam oštro pogledao Oskara i zacoktao kad je izgledalo da će krenuti za njom do vode. Nevoljno me je poslušao. Mili je izvadila jednu bocu iz plićaka i donela je. Val je sipala mleko u moju šolju, a i u svoju, pre nego što ih je napunila čajem iz čajnika, uvežbanim pokretom, i dodala mi je šolju. – Ne brinite, nije se kuvao od zore. Spremila sam ga nekoliko minuta pre vašeg dolaska.

Zahvalio sam joj se i seo na obližnji kamen da pijuckam vreli napitak. Bio je vrlo dobar. Kao i uvek, šolja čaja me je podsetila na bezbrojne situacije u prošlosti kad me je vreli napitak obodrio tokom dugih prismotri. Nema boljeg od toga i, za razliku od kafe, ne proizvodi miris koji može da putuje više stotina metara i stigne do nozdrva ljudi koje nadziraš. Uhvatio sam sebe kako dokono razmišljam o tome šta su radili srednjovekovni britanski policajci pre nego što je čaj stigao na naše obale. Mislim da sam čitao kako su ljudi u to vreme shvatili da voda sadrži nečistoće koje na kraju mogu da ih ubiju, iako nisu znali zašto. Posledica toga bila je da je većina ljudi u srednjovekovnoj Britaniji pila pivo – vrenje je ubijalo većinu bakterija – tako da su policajci, kao i većina stanovništva, verovatno bili stalno nacvrcani. Srećom tada nije bilo automobila na putevima.

Dok sam pio čaj, ćaskao sam s Val i Mili i namerno sam se uzdržavao da ne pitam šta one misle da se dogodilo „sirotom" Niku. Biće vremena za to kad steknem njihovo poverenje. Val mi je kazala da joj je Mili ćerka i da su obe delile opčinjenost vanzemaljskim životom. Ovo im je bio godišnji odmor. Mili je govorila vrlo malo i prepuštala je reč mami.

S druge strane vatre, Džulijan je nastavio da sedi pored jedne namrštene žene, koja je sedela ukočeno, netremice gledajući plamen. Nije me iznenadilo kad sam video da njih dvoje ne sede na kladama ili kamenju nego imaju dve udobne stolice na sklapanje. Žena je verovatno bila Džulijanova vršnjakinja i zgodna, ali na neki mrgodan, nepristupačan način. Pitao sam se da li mu je partnerka ili supruga. Bilo je jasno da ona, kao i ostali, još oseća posledice onog što se dogodilo sinoć. To me nije iznenadilo. Otkriće da je ubijen neko koga poznaješ može ozbiljno da uznemiri većinu ljudi.

Osim njih, tu su bila dva mlađa muškarca, koji su sedeli na stablu jedan kraj drugog, i makar oni su više odgovarali mojoj predstavi o tome kako bi trebalo da izgledaju ufolozi. Punačkiji od njih dvojice, koji se predstavio kao Džefri, bio je odeven u šorts i umrljanu majicu *Ratovi zvezda*, koja kao da je vodila smrtonosnu borbu s konzervom prebranca – i izgubila. Kraj njega je bio žgoljavko s debelim naočarima crnog okvira, a zbog okruglih stakala izgledalo je kao da gleda kroz dvogled. Kao i krupniji prijatelj, momak koji mi se predstavio kao Krispin, bio je odeven u šorts i malo manje ofucanu plavu Supermen majicu i jedan od onih prsluka kakve nose fotografi, s brojnim džepovima. Oni su bili napunjeni s toliko sitnica da je bilo teško pretpostaviti kako je prsluk nekad izgledao. Visio mu je s koščatih ramena kao dve loše spakovane kese za kupovinu.

Alis je sela na kamen prekoputa njih i potajno sam je pogledao. Kao i Libi, bila je besprekorno doterana i zapitao sam se da li je uopšte toliko zainteresovana za NLO. Nekako je izgledala kao riba na suvom u ovom rustičnom okruženju, i zapitao sam se kako se našla u ovako ekscentričnom društvu.

Nekoliko minuta kasnije, Libi se vratila s naramkom drva i spustila ih je kraj Val, koja joj se zahvalila i ponudila šolju čaja, ali Libi je odmahnula glavom.

– Hvala, ali danas postim. – Pogledala me je u oči i objasnila. – Da ostanem u formi za kamere.

Pokazao sam joj da ima mesta na kamenu kraj mene i sela je – nakon što je prvo obrisala mahovinu i zemlju, kako ne bi isprljala bele farmerke – i pomilovala je Oskara po glavi kad joj se veselo naslonio na noge. Dok je radila to, video sam Džulijanov pogled koji bi moj pas prepoznao. Bio je podjednako vlasnički kao kad Oskar ide naokolo i zapišava sva stabla u okolini da bi obeležio svoju teritoriju. Mom sumnjičavom umu, izgledalo je kao da je Džulijan, uprkos činjenici da je sedeo kraj žene koju sam smatrao njegovom partnerkom ili suprugom, i uprkos tome što je verovatno bio dvadeset godina stariji od Libi, očigledno smatrao da mu ona pripada... a trenutno nisam znao u kojoj meri i u kom svojstvu. Odlučio sam da ne škodi da malo zamutim vodu i uputio sam Libi širok osmeh i počeo da je šarmiram... koliko je to moguće.

– Pomislio sam da izgledate kao glumica. Jeste li poznati?

Zadovoljno se zacrvenela. – O ne, tek sam počela.

– Kakvom se glumom bavite? Jeste li u filmovima?

Odmahnula je glavom. – Televizija. Radim za Džulijanovu kompaniju.

To je bilo zanimljivo. – Džulijan ima televizijsku kompaniju? – Nisam bio siguran da se li se moj glas čuje na drugoj strani vatre gde su sedeli Džulijan i njegova dama, pa sam nastavio da se obraćam Libi. – Kakve emisije snimate?

Džulijan je odgovorio umesto nje. – Snimamo dokumentarce. – Očigledno ima sluh kao slepi miš. – Možda ste čuli za nas. Kompanija se zove MZITV. Mi smo jedna od najpoznatijih, ako ne i najpoznatija, produkcijska kuća koja se bavi istraživanjem paranormalnog i, pre svega, kontakta s vanzemaljcima.

Nisam čuo za njegovu kompaniju, ali sam prihvatio igru. – Fantastično. Nisam znao da sam u društvu stručnjaka u toj oblasti. Jeste li došli da snimite neku emisiju?

Moje laskanje je imalo željeni efekat i video sam da se osmehnuo. – Nego šta. Čim sam čuo za nedavna viđanja u Italiji, znao sam da moram da dođem i imao sam dovoljno sreće da ubedim neke istomišljenike da mi se pridruže.

Nameravao sam da ga pitam kako se *Družina srebrne kugle* uklapa u sve to, kad sam video dva policajca kako izlaze iz velikog šatora. To je bila moja prilika. Pogledao sam ponovo u Džulijana, preko vatre. – Vidim da je policija ovde. Kako se snalazite s jezikom? Da li oni govore engleski ili vi italijanski?

Odmahnuo je glavom. – To je bila noćna mŏra. Niko od nas ne govori više od nekoliko reči italijanskog, a samo jedan policajac natuca engleski, tako da se mučimo. – Bio sam zadovoljan što je zagrizao mamac. – Jeste li rekli da živite u Italiji? Da li to znači da govorite italijanski? Ako je tako, mnogo biste nam pomogli ako biste radili kao prevodilac. Na osnovu onog što su nam rekli jutros, misle da je to bilo ubistvo, što je smešno. Jedva čekamo da saznamo šta se dogodilo Niku i kako će to uticati na sve nas.

Skočio sam na noge. – Rado ću vam pomoći. Idem da porazgovaram sa onim policajcima. Na osnovu onog što ste mi rekli, verovatno će biti podjednako zahvalni na pomoći.

4.

Sreda popodne

Otišao sam do dva policajca kraj šatora i pitao mogu li da razgovaram s inspektorom Kostejem. Viši od dvojice je pokazao da je inspektor unutra i zato sam ušao u šator i zatekao čoveka u civilnom odelu kako sedi za drvenim stolom. Prišao sam stolu i, dok sam to radio, tri stvari su mi postale jasne. Prva, inspektor Kostej je žena, drugo, bila je veoma trudna, i treće, izraz na njenom licu nije bio ni najmanje srdačan. Nimalo zbunjen, prišao sam stolu i obratio joj se na italijanskom.

– Zdravo, zovem se Den Armstrong. Verujem da je komesar Gresan rekao da dolazim.

– Dobila sam poruku. – Nije ustala i nije pokušala da se rukuje sa mnom. Osorna i neljubazna bila su prva dva prideva kojih sam se setio, ali nisam mogao da je krivim. Sigurno joj nije bilo zabavno što su joj naturili civila... dobro, bivšeg policajca, ali nevažno. Dodajte tome činjenicu da sam bio stranac i morao sam da saosećam s njom, tako da sam brzo odlučio da je malo umirim.

– Ovde sam da pomognem, to je sve, inspektorko Kostej. Živim u Italiji dve godine i rado ću pomoći oko jezičkih problema koje biste mogli da imate sa svim tim Englezima, ali ne želim da vam se motam oko nogu. – Obraćao sam joj se na „vi", umesto srdačnije. Na osnovu njenog izgleda, procenio sam da je bolje da stvari ostanu zvanične... makar zasad. – Došao sam jer je moj dobar prijatelj, inspektor Skotland jarda iz Londona, zabrinut za svoju sestru. Ona je sa ufolozima. – Pokušao sam da ponovim udar šarma kojim sam zapljusnuo Libi napolju. – Ali nemojte osećati obavezu da prihvatite moju ponudu. Biću zadovoljan da budem sa ufolozima i sklonim vam se s puta ako tako želite. Nekad sam mrzeo kad se drugi ljudi petljaju u moju istragu.

Ćutala je nekoliko trenutaka i posmatrala me, ili je razmatrala sve moguće koristi koje bi mogla da ima, kao i moguće probleme zbog nekog ko se muva oko njenog slučaja. Oskar, koji je sedeo kraj mojih nogu, neuobičajeno poslušno, mora da je osetio napetost u vazduhu jer je odlučio da ustane i ode do druge strane stola. Video sam ga kako seda pored inspektorke i gleda je svojim krupnim smeđim očima, što obično radi kad moli za hranu. Izgleda da je to upalilo i video sam je kako se saginje da ga pomazi po glavi, a izraz lica joj je malo smekšao. I dalje nisam mogao da ga opišem kao prijateljski, ali sigurno manje neprijateljski nego kad me je tek videla. Nastavila je da mazi Oskarove uši kad mi se ponovo obratila.

– Shvatila sam od komesara Gresana da ste nekad bili viši oficir britanske policije.

Nije to bilo pravo pitanje, ali ipak sam odgovorio. – Ne znam za to „viši". Bio sam detektiv viši inspektor u londonskoj policiji, ali već dve godine sam u penziji. – Nisam pomenuo da sam otvorio svoju detektivsku agenciju. Biće vremena za to.

Pokazala je stolicu na mojoj strani stola i seo sam naspram nje, čekajući da ona napravi prvi potez. Ovog puta nisam čekao dugo. Kad je odgovorila, zvučalo je kao da je odlučila da prihvati moje prisustvo ovde, ne obavezno sa oduševljenjem, ali makar bez otvorenog protivljenja.

– Da li vam je Pjer rekao kako nismo sigurni da je to ubistvo? – Mada smo razgovarali na italijanskom, izgovarala je slovo „r" na francuski način, baš kao barmen u selu ispod.

– Da budem iskren, nisam razgovarao direktno s njim. S njim je razgovarao moj dobar prijatelj iz odeljenja za ubistva u Firenci. A što se tiče ubistva, inspektor Vilson iz Londona mi je rekao to pre sat vremena. Čuo je to od svoje sestre.

Inspektorka Kostej je izgledala zadovoljno. – To je dobro. Moram da čestitam svom vodniku. On pomalo zna engleski, ne mnogo, a ja još manje. Dugo smo čekali na izveštaj patologa – telo je bilo u užasnom stanju – ali jutros smo saznali kako su uvereni da je to ubistvo. Rekla sam vodniku da kaže ufolozima kako je ovo sad istraga ubistva, ali nije bio siguran da je uspeo da im prenese poruku. Kazao je da nije bilo mnogo reakcija kad su čuli vest.

Pogledao sam je u oči. – Možda to nije bilo iznenađenje za neke od njih.

Klimnula je glavom. – I ja sam to pomislila.

– Smem li da pitam kako je žrtva ubijena?

– Jak udarac u glavu, iznad levog uveta. Lobanja je razbijena. – Usledila je još jedna duga pauza pre nego što je nastavila. – Pjer mi je rekao kako nameravate da se pretvarate da ste jedan od tih lovaca na NLO-e, kako biste se uklopili. Da li je to zbog toga što mislite da nešto kriju?

– Stvarno ne znam. Moram prvo da sednem i na miru razgovaram sa sestrom svog prijatelja. Zove se Sandra Vilson. Kazala je bratu kako joj se čini da nešto ovde nije kako treba. Mislim da sam utvrdio ko je ona i pokušaću da razgovaram nasamo s njom, ako se slažete. Kao što sam rekao, poslednje što želim da uradim jeste da vam se mešam u posao. U međuvremenu, upravo sam upoznao njihovog vođu, Džulijana Gudfeloua, i rekao sam mu da ću doći ovamo i videti da li vam je potrebna pomoć oko prevođenja. Da li vam je potrebna?

Ovog puta joj je izraz lica postao opušteniji. – Sigurno da treba. Volela bih da sednem i ispitam sve ufologe. – Na osnovu prezrivog načina na koji je izgovorila tu reč, stekao sam utisak da ništa više ne veruje u vanzemaljce nego ja. – Eto, da, bila bih vam vrlo zahvalna na pomoći.

– Pa, rado ću vam pomoći.

– Kako želite da vas zovem? Koristite li pravo ime?

– Da, ja sam Den Armstrong... ali nisam pomenuo bivšu karijeru i rekao sam ljudima da me zovu Den. Molim vas, zovite me kako želite.

Klimnula je glavom i s mukom ustala na noge. Na osnovu veličine stomaka, izgledalo je kao da će se poroditi svakog trena i saosećao sam s njom. Sigurno nije lako uklopiti trudnoću sa ovako zahtevnim poslom. Oskar je, nakon što je obavio svoje, ustao i vratio se na drugu stranu stola, sa zadovoljnim osmehom na licu. I nemojte mi govoriti da se labradori ne smeju. Stvarno se smeju.

Inspektorka Kostej je krenula za njim i pružila mi ruku. – Drago mi je što sam vas upoznala, sinjor Armstrong.

Nastavila je da govori zvanično, i to mi nije smetalo. Nije bilo važno da li je to bilo zbog toga što je i dalje bila ljuta što sam ovde ili samo zato što je bila osoba koja voli formalnosti. Podržavao sam to jer će me dodatno udaljiti od istrage i, nadao sam se, pomoći da delujem ubedljivije ufolozima. Rukovali smo se i pokazala mi je vrata.

– Dobro, na početku, htela bih da kažem nekoliko reči grupi napolju, i mnogo bi mi pomoglo ako biste mogli to da prevedete.

Krenuo sam za njom do logorske vatre. Ufolozi su i dalje sedeli tamo i pridružio im se još jedan član grupe. Bio je to krupan, punačak tip grubog izgleda, u crveno-crnoj kariranoj košulji, iznošenim farmerkama i sa starim kaubojskim šeširom. Zbog neuredne crne brade izgledao je kao da se upravo vratio s rvanja s grizlijima u Stenovitim planinama. Zanimljivo je bilo što je stajao kraj ozbiljne kamere postavljene na stativ, a objektiv je bio okrenut ka inspektorki i meni.

Inspektorka Kostej je prišla. – Dobro jutro, ja sam inspektorka Karmela Kostej iz policije u Aosti. Biću vam zahvalna ako prekinete snimanje. Hvala vam. – Preveo sam to i, nakon što je pogledao Džulijana, kamerman je uradio to što je traženo. Inspektorka je izvadila legitimaciju iz džepa i podigla je da je svi vide. Nekoliko ljudi je isteglo vratove, ali većina nije obraćala pažnju. Preveo sam na engleski to što je rekla i video malo više zanimanja na njihovim licima, posebno kad sam pomenuo „odeljenje za ubistva". Džulijan je reagovao prvi.

– Kako možete biti sigurni da je to ubistvo? – Glas mu je zvučao svadljivo, ali učinilo mi se da sam čuo još nešto... možda strah? Ako je tako, od čega? Policije? Strah da bi moglo da mu se dogodi isto što i Niku Grinu, ili strah da će se otkriti da je on ubica?

Preveo sam to inspektorki i bio sam zadivljen njenim odgovorom. Bez prenemaganja. Tako se to radi. – Da, sigurni smo da je to bilo ubistvo. Patolog mi je rekao da u to nema sumnje. Da li ste vi vođa?

Odgovorio sam umesto Džulijana, trudeći se da zvučim zvanično. – Taj gospodin je Džulijan Gudfelou. On je neka vrsta vođe, ali ne priznaju ga kao takvog.

Inspektorka je klimnula glavom. – Hvala vam. Molim vas, recite im da ćete mi pomagati oko prevoda tokom istrage. – Preneo sam tu informaciju i primetio da Alis, Libi, Val i Sandra klimaju glavom, dok su ostali izgledali nezainteresovano. Inspektorka je nastavila i simultano sam prevodio.

– Čula sam da ste svi ovde jer vas zanima naučna fantastika. Da li je to tačno?

Sav nakostrešen, Džulijan je odgovorio u ime svih. – Sigurno ne naučna *fantastika*. Ovde smo jer čvrsto verujemo u postojanje vanzemaljskog života.

Inspektorka je saslušala moj prevod bez vidljive reakcije. – Molim vas, pitajte ovog gospodina koliko dugo on i njegova grupa nameravaju da ostanu ovde?

Preveo sam, a Džulijan je odgovorio. – Molim vas, recite inspektorki da smo ovde tri dana i da nameravamo da ostanemo do kraja naredne nedelje, ukupno dve nedelje. To nije protivzakonito, zar ne? – Trudio se da zvuči odlučno, ali ipak se čulo da je nervozan. – Ali, jeste li sasvim sigurni da to nije bila nesreća?

Preveo sam to, ali inspektorka je ignorisala pitanje. – Dobro, recite mi zašto ste odabrali ovu lokaciju?

– U ovoj oblasti se česno viđaju NLO-i, i odlučili smo da dođemo i vidimo... ali ubistvo?

– Viđaju NLO-i? Mislite na svemirske brodove? – Inspektorka je ignorisala pitanje o ubistvu, još jednom, i dobro je prikrivala svoju sumnjičavost u vezi s malim zelenim. Shvatio sam da mi se sviđa način rada inspektorke Karmele Kostej. Verovatno je imala oko trideset pet godina, nije bila mnogo starija od moje ćerke, ali ponašala se kao iskusna profesionalka.

Džulijan je odgovorio automatski. – Ništa opipljivo zasad, nažalost. Ali noću smo viđali svetla na nebu.

– A sinoć između osam i devet i petnaest, da li ste vi ili neko od vaših kolega videli ili čuli nešto neobjašnjivo?

– Razgovarali smo o tome veći deo dana. Nisam ništa primetio, ali Piter i Betani su videli vatru i čuli neku tutnjavu. Oni su pronašli telo i obavestili hitne službe.

– A ko su oni?

Džulijan je pokazao na par sumornog izgleda, koji je pažljivo slušao razgovor. – Piter i Betani su tamo.

Verovatno su imali manje od dvadeset pet godina, devojka je bila možda i mlađa. Bila je prilično sitna, duge plave kose koja joj je padala oko lica, a on je bio visok i mršav. Ako bih morao da pogađam, rekao bih da su studenti, ali bila je misterija zašto su bili ovde a ne na predavanjima. Kao i ostali, verovatno nisu mnogo spavali prethodne noći, i oboje su izgledali umorno i izbezumljeno... što nije čudno ako su sinoć otkrili gadno spaljeno telo.

– A niko drugi nije ništa video niti čuo? Nije bilo vozila?

Uputio sam njeno pitanje svima i video samo odmahivanje glavom. Inspektorka je sad odlučila da je vreme da detaljnije govori o ubistvu. Dok je to radila, gledao sam lica prisutnih.

– Kao što sam vam rekla, ovo je sad istraga ubistva. Žrtva je ubijena ili onesvešćena jakim udarcem u glavu. Ubica je onda zapalio telo, verovatno da bi prikrio svoje tragove. – Dok sam prevodio, Mili je prebledela, a njena majka, Val, izgledala je tek malo bolje. Piter i Betani, sumorni par koji je pronašao leš, potpuno su pozeleneli, a jedini koji nisu izgledali toliko zaprepašćeno bila su dvojica štrebera – bez sumnje odgajeni na nasilnim video-igrama. Što se tiče Džulijana i njegove partnerke, prebacio je ruku preko njenih ramena i okrenuli su se jedno prema drugom, lica su im bila skrivena od pogleda, tako da nisam mogao da procenim njihovu reakciju.

Inspektorka je nastavila. – Zbog toga će moj tim detaljno pregledati mesto zločina i okolinu, i zato vas molim da se svi držite podalje od te oblasti dok vam ne kažem drugačije. – Uputila je naredno pitanje Džulijanu. – Da li ste vi, ili neko iz grupe, dobro poznavali žrtvu?

Preveo sam to, a Džulijan, koji je izgledao potišteno, odmahnuo je glavom. – Nažalost, nisam. Stigao je prekjuče. Kazao mi je da je čuo za *Družinu* – to je grupa kojoj svi pripadamo – ali nije bio član, i ovo je prvi put da je prisustvovao našim okupljanjima. A što se tiče ostalih, bolje je da pitate njih. Vidite, *Družina* je brojna grupa, ali to je sve onlajn i upoznao sam svega nekoliko njih pre polaska u Italiju, pa pretpostavljam da se to odnosi na većinu nas ovde. Nisam siguran da li je iko prethodno poznavao Nika.

Inspektorka me je zamolila da ponovim pitanje ostalima, kako bismo utvrdili da li je iko od njih poznavao žrtvu. Oboje smo gledali okupljene dok sam prevodio, ali niko nije reagovao, pa se ona vratila onom što je započela. – Dakle, niko ga nije poznavao. To je šteta jer i dalje pokušavamo da potvrdimo njegov identitet. Bojim se da ćemo morati da uzmemo izjave od svih vas, tako da ne napuštajte kamp dok ne završimo istragu. To može da potraje nekoliko dana. Na početku staze nalaziće se nekoliko mojih policajaca, kako bi se pobrinuli da se povinujete ovom zahtevu. Hvala vam.

Alis je podigla ruku. – Dene, možete li da kažete inspektorki da su neki od nas odseli u hotelu u Montazu? Svakog dana smo dolazili i odlazili. Može li da kaže policajcima koji nadziru put da nas propuste?

Preneo sam taj zahtev inspektorki, i ona je klimnula glavom. – Dajte svoja imena vodniku i on će se pobrinuti da to prenese policajcima. Ali molim vas, ne idite dalje od svog hotela u Montazu.

Zapitao sam se da li bi i meni bilo bolje da uzmem sobu u hotelu. To će zavisiti od toga kako će se odvijati stvari s mojim četvoronožnim pratiocem noćas. Moje jedino prethodno iskustvo spavanja u kombiju sa Oskarom nije bilo previše dobro, uglavnom zbog činjenice da je hrkao kao pijanac i očigledno je verovao da sav prostor na podu pripada njemu. U međuvremenu, inspektorka se okrenula prema meni.

– Sinjor Armstrong, pitam se da li biste bili ljubazni da prevodite dok ispitujem dvoje ljudi koji su pronašli leš? Možda tamo? – Pokazala je na šator i klimnuo sam glavom pre nego što sam preveo sve Betani i njenom prijatelju. Ustali su nevoljno i nas četvoro smo krenuli ka šatoru. U međuvremenu, ostali policajci su stigli kombijem, odeveni u jednokratne kombinezone i hirurške rukavice, spremni za temeljnu pretragu mesta zločina. Ljudi oko logorske vatre su zaprepašćeno ćutali.

5.

Sreda popodne

Kad smo ušli u šator, inspektorka Kostej je rekla mladom paru da sednu i ispričaju svoju priču. Seo sam kraj inspektorke i prevodio, dok je uniformisani vodnik sedeo za drugim stolom i počeo da piše nešto u svoju beležnicu. Njegov kolega je ostao na vratima šatora. Nakon što je pogledala Pitera, Betani je progovorila prva.

– Piter i ja smo izašli sinoć negde pre devet. Krenuli smo stazom kroza šumu, do osmatračnice.

– Ali tad je sigurno pao mrak? – prekinula ju je inspektorka Kostej, a ja sam preveo.

– Sunce je bilo zašlo, ali nije bio potpuni mrak. Imali smo baterijske lampe i dobro smo poznavali stazu jer smo se često šetali tuda prethodnih dana. Išli smo uzbrdo dok nismo stigli do uske staze koja skreće desno, koja vodi do vrha brda, i tad smo čuli neko tutnjanje i videli plamen levo od staze.

– Tutnjanje, kažete? Kao eksplozija?

– Ne baš. Nije prasnulo kao bomba. Bilo je to više kao neko glasno šištanje. – Betani je pogledala svog partnera, a on je klimnuo glavom.

– Učinilo mi se da je zvučalo kao motor mlaznog aviona. – Mada je Betani zvučala kao Britanka, Piter je imao američki naglasak.

– I niste nikog videli?

Odmahnuo je glavom. – Nikog živog.

– I šta ste uradili onda?

Betani je nastavila da priča. – Otrčali smo u šumu prema plamenu, pedesetak metara, i videli smo kako vatra besni i počinje da zahvata žbunje. Nakon nekoliko minuta, stigla bi do donjih grana drveća i onda bog zna kuda bi se proširila. – Zaćutala je kako bi udahnula i smirila se. – Prvo nismo shvatili da se neko nalazi usred plamena, tako da smo podigli otpale grane i počeli da udaramo po vatri kako se ne bi širila. Tek kad se ugasila prišli smo dovoljno da vidimo kako usred žara leži leš.

– Da li ste prepoznali svog prijatelja?

Video sam kako se Betani stresla. – Jedva sam prepoznala išta. Bilo je grozno. – Glas ju je izdao i uzela je maramicu.

Njen partner ju je uhvatio za drugu ruku. – Bilo je gadno ali, kao što je Džulijan rekao, Nik nam nije bio prijatelj. Stigao je u ponedeljak popodne i nije bio baš pristupačan.

– Šta to znači?

– Veći deo lica mu je bio zavijen i držao se po strani. Rekao je da je imao nesreću i da je upravo izašao iz bolnice. Ne znam da li ga je bolelo kad govori, ali juče gotovo da ništa nije rekao. – Na tren ili dva, lice mu se razvedrilo. – Da budem iskren, Bet i ja smo potajno počeli da ga zovemo mumija. – Osmeh mu je nestao. – Sad mi je žao što sam mu se smejao.

To je bilo zanimljivo. Ne samo što se taj čovek držao po strani nego se, kako zvuči, izgleda i skrivao. Da li je to bila namerna varka? Ako je pokušavao da sakrije svoj identitet, bilo je to verovatno zato što je ovde u kampu bio neko ko bi ga u suprotnom mogao prepoznati. Da li je stvarno bio u bolnici, ili je odabrao zavoje i priču o nesreći da bi ostao anoniman i, ako je tako, od koga se krio i zašto?

Inspektorka Kostej je nastavila ispitivanje. – Dakle, ako je telo bilo neprepoznatljivo, zašto ste pretpostavili da je to Nik Grin?

Piter je odgovorio. – Bili smo prilično sigurni da je to on zbog štapova za hodanje. Imao je dva štapa nalik skijaškim i ležali su kraj tela, iskrivljeni i uvrnuti od vreline vatre. To i zbog činjenice da mu je auto i dalje ovde.

– Auto?

– Nije kampovao s nama. Odseo je u hotelu u selu u podnožju brda, i dovozio se ovamo svakog dana. To mora da je on.

– A gde su mu kola sad?

41

– To su ona crna tamo, mercedes sa švajcarskim tablicama. Pretpostavljam da ga je iznajmio.

Preneo sam tu informaciju inspektorki, i ona i ja smo se pogledali. Oboje smo znali šta je to značilo. Ako je Grin iznajmio vozilo, morao je da pokaže vozačku dozvolu, tako da će biti moguće potvrditi njegov identitet na taj način.

Inspektorka je naredila nešto policajcu na ulazu u šator i on je odjurio da proveri vozilo, dok je ona ponovo posvetila pažnju engleskom paru. – A vi ste sigurni da niste videli nikog drugog u okolini? Nije bilo buke u šumi? Koraka, zvuka motora, ničeg?

Betani je odgovorila za oboje. – Žao mi je, ne.

– A zašto ste odlučili da se šetate po mraku?

– Hteli smo da smenimo Krispina i Džefrija.

– Da ih smenite?

– Naizmenično smo stražarili na osmatračnici na vrhu Mon Sent Žorža. To je viši od dva vrha iznad kampa. Dvadeset pet minuta hoda odavde.

– A to ste radili da biste tražili znakove vanzemaljskog života.

– Da. Džulijan je podelio dane na tročasovne smene. Trebalo je da budemo na dužnosti od devet do ponoći. Da budem iskrena, malo smo kasnili, ali znali smo da Džefu i Krisu to neće smetati. U stvari, Nik je trebalo da bude tamo s njima od šest, ali kazali su da se nije pojavio.

– A ko je vas zamenio u ponoć?

– Nažalost, zbog svega što se dogodilo te noći, vratili smo se pravo u kamp s Krispinom i Džefrijem, i mislim da niko drugi nije išao tamo dok nije svanulo. – Betani je zastala. – Mislim da smo svi smatrali kako je previše opasno – ja sigurno jesam – iako su ih sva svetla s policijskih kola i hitne pomoći sigurno uplašila.

– Njih? Mislite na ubice?

Nije odgovorila, pa je inspektorka ponovo pitala.

– Kako mislite opasno?

Ponovo je pogledala Pitera, koji je nastavio da govori. – Brinuli smo se da bi isto moglo da se dogodi i nama.

– Mislili ste da ćete možda biti ubijeni?

– Jeste li sigurni da je to bilo ubistvo? – Piter je izgledao nesigurno. – Da budem iskren, mi ne mislimo tako. Nik je verovatno samo bio na pogrešnom mestu u pogrešno vreme.

– Kako to?

– Verujem da su ga ubili izduvni gasovi vanzemaljske letelice. Viđali smo svetla na nebu svake noći i verujemo da su posetioci sleteli. – Piter je sve vreme gledao u svoje šake i na trenutak smo se inspektorka i ja zgledali, i video sam kako je sumnjičavo podigla obrvu.

– Verujete da su žrtvu ubili vanzemaljci?

– Da, ali siguran sam da to nisu uradili namerno. Nik mora da je bio previše blizu kad su uzleteli i zahvatila ga je vrelina motora.

Ozbiljno sam sumnjao da vanzemaljski posetioci koriste istu vrstu goriva kao NASA, ali ništa nisam rekao i čekao sam da inspektorka nastavi. Kad je nastavila, izbegla je da izrazi sumnju u Piterovu hipotezu, ali ipak sam osećao kako neverica zrači iz nje.

– A vi ste pozvali hitne službe?

– Otprilike. Pošto niko od nas ne govori italijanski, ostavio sam Betani sa ostalima i biciklom otišao do restorana u Montazu. Luiđi dobro govori engleski i zamolio sam ga da pozove policiju.

– Shvatam. Imate li da dodate nešto? Bilo šta što mislite da bi pomoglo istrazi?

Oboje su odmahnuli glavom, mada mi se, na tren, učinilo da sam video nešto na Betaninom licu: strah, možda, kao što mi se učinilo da sam video na Džulijanovom licu.

Kad je uniformisani policajac završio sa zapisivanjem izjava, pročitao sam ih na engleskom, a Betani i Pol su ih potpisali. Nakon toga, inspektorka se zahvalila mladom paru i dozvolila im je da odu. Kad su izašli, pogledala me je i progovorila šapatom. Napokon, ostali su bili iza tankog platna i svega dvadesetak metara dalje. Dobro, govorili smo na italijanskom i navodno nas niko od prisutnih ne bi razumeo, ali imali smo samo njihovu reč za to i bilo je mudro da ne rizikujemo.

– Šta mislite o njihovoj priči, sinjor Armstrong?

Bio sam prijatno iznenađen tim pitanjem. – Kremirao ga je leteći tanjir? Video sam svakakva čuda u svoje vreme, ali nisam čuo za tako nešto. Deluje mi kao veoma malo verovatno.

– Slažem se, ali moram da priznam da su zvučali uvereno.

– Svakako jesu, ali pretpostavljam da ne bi bili ovde da ne veruju u NLO. Piter je, prema naglasku, Amerikanac, tako da je možda došao čak iz Amerike zbog ovog događaja. Činjenica je da izduvni gasovi ne objašnjavaju udarac u glavu, zar ne... pod pretpostavkom da u okolini nema kamenja u koje je mogao da udari slučajno? Pretpostavljam da možemo da isključimo samoubistvo jer je teško zapaliti sebe kad si udario glavu u kamen ili nešto slično. Uzgred, to šištanje koje tvrde da su čuli verovatno je zvuk koji nastaje kad se zapali benzin. – Setio sam se greške koju sam napravio pre više godina kad sam upotrebio benzin da raspalim ugaslu lomaču kod kuće i taj zvuk mi se urezao u sećanje... uz miris oprljene dlake jer sam izgubio pola obrva. – Ako odbacimo male zelene, ne ostaje nam mnogo toga. Prema mom iskustvu, zločinci pale stvari da bi prikrili dokaze. Na osnovu onog što je Betani rekla, zvuči kao da je vatra vrlo dobro prikrila ono što se dogodilo. Da li je ostalo dovoljno od leša da bi se obdukcija isplatila?

Odmahnula je glavom. – Nisam videla leš, ali prema izveštaju lokalne policije od sinoć, toliko je gadno izgoreo da se jedva prepoznaje ljudski oblik. Čekam da me patolog ponovo pozove i kaže mi ima li još nešto, ali ne nadam se previše. Kad smo razgovarali ranije, rekao mi je kako ne može da mi saopšti ni okvirno vreme smrti, pa je moguće da je žrtva ubijena pre devet, a telo je spaljeno kasnije. Moramo da utvrdimo kad je žrtva poslednji put viđena živa. – Pogledala je na sat pre nego što mi se obratila. – Volela bih da pogledam mesto zločina. Neće mi biti potrebne vaše prevodilačke usluge, sinjor Armstrong, tako da ću otići sa ostatkom tima, a vi ostanite ovde.

U tom trenutku, policajac koji je stajao ispred ulaza pojavio se s telefonom u ruci. – Kola su iznajmljena, inspektorka. Švajcarske tablice i *Hercova* nalepnica na vetrobranskom staklu. Javio sam stanici da pozovu kompaniju i zatraže kopiju vozačke dozvole.

– Hvala, Šanu. – Okrenula se prema vodniku. – Dobro, Furnije, idemo do mesta zločina. Kad se vratimo, želim da uzmete otiske prstiju i izjave svih prisutnih, s pojedinostima gde su bili juče od svitanja do deset uveče. I uzmite im pasoše. Niko neće otići dok ne utvrdimo šta se događa.

Zadovoljno sam klimnuo glavom. Inspektorka Kostej je znala šta radi. Samo sam se nadao da će moći da se popne na brdo u svom stanju – na osnovu njenog izgleda, delovalo je da će se poroditi svakog časa. Pokazao sam prema logorskoj vatri. – Videću mogu li da saznam još nešto od ufologa dok ste vi odsutni. A onda, ako vam ne smeta, pogledao bih mesto zločina kad vaši policajci završe pretragu.

– Naravno. – Oklevala je. – I hvala vam na dosadašnjoj pomoći.

– Ton joj je sigurno bio više prijateljski.

Pogledao sam Oskara, koji me je zadovoljno pogledao u oči. Da, izgledalo je da inspektorka Kostej popušta.

6.

Sreda popodne

Za to vreme, napolju, Džulijan i njegova partnerka su se vratili u svoju kuću na točkovima, a krupni kamerman je takođe nestao. Na njihovim mestima na kladi kraj vatre sad je sedeo drugi par. Njih dvoje su držali šolje vrelog čaja i izgledali su umorno. Dok mi je Val sipala još čaja, obavestila me je da su pridošlice bile na osmatranju NLO-a na brdu čitavo jutro, i upravo su se vratili kad su Libi i Alis otišle da ih smene. Ostali su sedeli kao i pre, uglavnom vidljivo za-prepašćeni onim što se dogodilo.

Par koji su Libi i Alis upravo smenile, sigurno bi se isticao pri-likom prepoznavanja u policiji. Žena, Sibil, s višebojnom jaknom izgleda napravljenom od spojenih delića vunene ćebadi, uz broj-ne raznobojne niti koje vise i čupavom kosom, podsetila me je na ludu mačkarku iz *Simpsonovih*, a njen partner, Vilfred, neodoljivo je podsećao na neku sliku Mojsija koji drži Deset zapovesti. Imao je bujnu sedu kosu koja mu je padala na ramena i jednu od najču-pavijih brada koju sam ikad video. Izgledao je kao da se nije brijao decenijama. Zadivljeno sam gledao dok je dizao šolju prema oblasti gde mu se verovatno nalaze usta. Bilo je to kao posmatranje nekog mađioničarskog trika: sad ga vidiš, sad ga ne vidiš. Iskreno, međutim, nije se ispolivao, a njih dvoje su me naizgled iskreno pozdravili kad me je Val predstavila.

– Zdravo, Dene. Dobro je imati malo sveže krvi u grupi. – Vil-fred je verovatno imao preko sedamdeset, mada je bilo teško reći od tolike kose. Sibil je izgledala desetak godina mlađe. – Upravo sam rekao Sibil kako je ove godine došlo znatno manje ljudi nego prošle.

46

Sibil je brzo naglasila razliku. – Da, ali prošle godine je skup održavan u Bretanji, nedaleko od Lamanša. Mislim da je cena dugog putovanja odvratila mnoge ljude.

– Da li to znači da ima mnogo više ljudi u grupi? Džulijan je pomenuo nešto slično. – Pokušao sam da ne zvučim previše zainteresovano.

– Kad smo poslednji put brojali, *Družina* je imala gotovo tri hiljade članova. – Vilfred mora da je video iznenađenje na mom licu. – Nije loše, ha?

– Opa. A kako mogu da se učlanim?

– Džulijan je moderator. Samo mu uplatite trideset funti i on će vas upisati.

– Shvatam. – Tri hiljade članova po trideset funti činilo je pristojnu svoticu za onog ko vodi *Družinu*... a to je verovatno Džulijan. Naravno, moguće je da ima velike troškove. – A šta dobijam za uplaćenu članarinu?

– Dobijate pristup mesečnom blogu i vesti o nedavnim susretima. To smatramo vrlo vrednim izvorom informacija.

Nije mi zvučalo da ima tako velike troškove. Verovatno nema prostorije niti osoblje. Džulijan je umeo da zaradi pare, i to ne samo od članarine, što je Sibil uskoro potvrdila.

– I možete da kupite zvanične majice i dukserice, kape, i tako dalje.

Na moje iznenađenje, rastvorila je svoj višebojni kaput i pokazala mi zaprepašćujuće žutozelenu majicu s rečima *Mi znamo istinu*, napisanim srebrnim slovima i diskretnim belim logom *Družine* ispod. Bio je to isti plakat koji sam video na njihovoj stranici na *Fejsbuku*. Kad se doda prodaja suvenira, Džulijan je očigledno lepo zarađivao od vanzemaljaca. A tu su bili i njegovi dokumentarci.

– Čuo sam da Džulijan ima neku televizijsku kompaniju. – To nije bilo pitanje ali to izgleda nije bilo važno. Sibil je jedva čekala da odgovori.

– Gledali smo redovno njegove programe, zar ne, Vilfe? Džulijan ide po svetu u potrazi za dokazima o vanzemaljskom životu.

– I da li ih je pronašao? – Pokušao sam da ne zvučim previše sumnjičavo kad je Vilfred odgovorio.

– Svud su oko nas. Svet je doslovno prepun tragova vanzemaljske aktivnosti, od Naska linija i izduženih lobanja u Peruu, do aluminijumskog zupca iz Ajuda u Transilvaniji, od astečkih rezbarija do ostataka NLO-a pronađenih na Antarktiku. – Vilfredove oči su sijale dok je izbacivao ta imena. – Svaki kontinent je posećen, nema sumnje u to.

– A Džulijan je pronašao prave dokaze? – Za slučaj da sam zvučao previše kao policajac, brzo sam se potrudio da izgledam uzbuđeno. – Nadam se. – Takođe sam podsetio sebe da na *Guglu* potražim zubac iz Ajuda. Koliko sam znao, Transilvanija je poznata samo po Drakuli... ili je to bio Frankenštajn?

– Samo pogledajte njegove dokumentarce i videćete. – Primetio sam da se Vilfred ne trudi da mi navede primere definitivnih dokaza, a ja nisam dalje navaljivao.

– Hoću. I kako se tačno zovu?

– *Mi znamo istinu.* – Sibil je pokazala na svoje grudi. – Baš kao što glasi moto *Družine*. – Zatim je prešla na praktičnije teme. – Prava šteta što je Nik doživeo nesreću, zar ne?

Očigledno je da vesti još nisu bile stigle do Sibil, tako da sam joj ih saopštio što sam nežnije mogao, a ona je bila zaprepašćena i užasnuta.

– Ubistvo? Ko bi, zaboga, hteo da ga ubije?

– Policija je ovde da bi to otkrila. – Mogao sam da dodam, kako i ja želim da otkrijem to, ali nisam ništa rekao. Zasad sam bio samo još jedan ufolog i ljubazni prevodilac.

Svako dalje razmišljanje prekinula mi je pseća njuška koja mi je bockala koleno. I on i ja smo znali šta to znači i zato sam popio čaj i ustao.

– Oskar želi u šetnju. Gde biste mi preporučili da ga odvedem?

– Možete da odete do osmatračnice, ako želite. Alis i Libi su sad tamo. – Vilfred je pružio ruku uvis, prema kamenitom grebenu koji se protezao od juga ka severu, stotinak metara iznad kampa. Na njemu su se videla dva istaknuta vrha, a viši od njih je sigurno bio osmatračnica ufologa. Vilfred je izgledao manje uznemireno zbog vesti o ubistvu nego njegova žena, ali i dalje se jasno videlo zaprepašćenje na njegovom licu. – Idite stazom dok ne dođete do mesta gde se jedna uža staza odvaja udesno. Italijanski alpinisti su označili stene usput crvenom i plavom bojom. Ne možete da zalutate. To je tek malo dalje od mesta sinoćnjih groznih događaja. – Glas mu je zamro.

U tom trenutku, uočio sam Džulijana. Pojavio se iz svoje otmene prikolice i hodao je prema vatri, ponovo dokazujući koliko ima dobar sluh. – Idem do osmatračnice. Mogu da vam pokažem put, ako želite, Dene. – Pogledao je oko sebe. – Da li je još neko za šetnju? – Kad se niko nije javio, ponovo me je pogledao. – Izgleda da idemo samo vi, ja i vaš pas.

Zahvalio sam mu se i krenuli smo stazom, koja je vijugala uza sve strmiju padinu prema ivici šume. Dok sam ga gledao, video sam da je u prilično dobroj formi. Sigurno ne bi imao problema da zvekne žrtvu po glavi. I ja sam pokušavao da ostanem u formi, ali nadao sam se da ne šetam sa serijskim ubicom koji bi mogao da pokuša da me mlatne po glavi. Srećom, to se nije dogodilo, ali znao sam da moram da sumnjam u svakog dok ne utvrdim šta se tačno dogodilo.

Pomislio sam ponovo na veoma trudnu inspektorku koja je morala da se penje bez pomoći, i nadao sam se da će neko makar prevesti dole. Sveži kolotrazi u mekoj zemlji koje su ostavila vozila što su sinoć i jutros išla gore-dole sad su bili delimično pregaženi tragovima voda policajaca koji su došli da započnu potragu, i nažalost su uništili sve moguće dokaze koje je ostavio počinilac ili počinioci. Dok smo hodali, Džulijan i ja smo ćaskali o raznim stvarima, od vremena do italijanske hrane, pre nego što je počeo da se zanima za mene.

– Rekli ste da živite ovde? Čime se bavite, ako smem da pitam?

– Smete. – Nisam dao potpun odgovor. Nisam hteo da mu kažem celu istinu... zasad. – Ja sam pisac. Moja prva knjiga objavljena je pre dva meseca. To je krimić smešten u Toskanu, gde sad živim.

– To mi je izgledalo kao dobra prilika da saznam malo više o njemu, pa sam ga pitao: – A šta je s vama? Da li se bavite samo posmatranjem NLO-a?

Klimnuo je glavom. – Pretpostavljam da bi moglo tako da se kaže, između ostalog. U stvari, i ja sam pisac kao vi. – Pogledao me je i osmehnuo se. – Moja knjiga je objavljena prošle godine i moram da kažem da se dobro prodaje.

– Čestitam. – Odlučio sam da mu ne kažem kako se moja prva knjiga prodaje začuđujuće dobro i sad je bila zvanično bestseler. Poslao sam drugi nastavak serijala svom londonskom izdavaču i nestrpljivo sam čekao odluku. – Da li pišete publicistiku ili prozu?

– Sigurno publicistiku. Možda ste čuli: naslov je *Mi znamo istinu*.

Zašto li me nije iznenadilo što je odštampao naslov knjige na suvenirima koje prodaje? Nema sumnje da je i knjiga mogla da se nabavi preko sajta... za određenu cenu. Kad bolje razmislim, kazao je da se njegova TV kompanija zove MZITV. Nije nimalo teško pogoditi šta znači taj akronim. Što se tiče samopromocije i upornog brendiranja, Džulijan nije bio zabušant. – A da li pišete o NLO-ima?

Klimnuo je glavom. – O kontaktima s vanzemaljskim bićima, da.

– Alis mi je rekla da imate lično iskustvo s vanzemaljcima, koje je ona nazvala „posetiocima". Da li je to istina?

– Jeste.

Nestrpljivo sam čekao da objasni, ali nastavio je da hoda ćutke. Upravo sam hteo da ga pitam za dodatne informacije, kad smo čuli nepogrešiv zvuk dizel motora koji se spušta stazom prema nama. Pozvao sam Oskara i pomerili smo se u žbunje, kad je naišao tamnoplav landrover s natpisom *Carabinieri* na vratima i jurnuo ka nama. Kad je došao do nas, zaustavio se i jedna glava se pojavila na prozoru.

– Policija pregleda mesto zločina. Potrudite se da se držite dalje od ograđene oblasti i držite psa pod kontrolom.

– Jasno.

Kad je vozilo krenulo, preveo sam razgovor zbog Džulijana i on je klimnuo glavom, pre nego što je rekao nešto slično onom što su kazali Betani i Piter. – Bojim se da ih je sva ova buka sigurno oterala.

– Mislite na vanzemaljce? Kako možete biti sigurni da su bili ovde?

– Prve tri noći, nakon što smo stigli u subotu, videli smo svetla na nebu iznad vrhova brda, kako se spuštaju do glavne doline, s planina. Pokušavao sam da im pošaljem radio-signale i kažem im da smo ovde i da želimo da se sretnemo s njima, ali pošto nisam znao frekvenciju, to je bilo kao traženje igle u plastu sena.

– Možda ne mogu da primaju radio-talase.

Odlučno je odmahnuo glavom. – Sigurno mogu. Naučnici decenijama pronalaze neobjašnjive radio-talase koji dopiru iz dalekog svemira. Samo treba pronaći pravu frekvenciju.

– Kazali ste da imate dokaze o postojanju vanzemaljaca. Hoćete li mi odati tajnu?

– To nije tajna. Sve je u mojoj knjizi. To se dogodilo u Južnoj Americi pre desetak godina. Hodao sam jednom zabačenom stazom u Andima kad su mi prišla dva bića. Pojavila su se iznenada i nestala pojednako naglo. Mora da su imala neku vrstu zaštitnog uređaja za svoju letelicu.

– Kad kažete „bića"? Kako su izgledali? – Gotovo sam pitao da li su bili mali i zeleni.

– Izgledali su kao vi i ja, s nogama i rukama, malo manji od nas i bili su odeveni u srebrna svemirska odela, baš kao naši astronauti na Mesecu.

To je zvučalo kao neki prizor iz naučno-fantastičnog filma, ali zasad nisam ništa rekao. – I da li su vam se obratili?

– Nažalost, nisu.

– Samo ste stajali tamo?

– Postavio sam šake u univerzalni znak mira – znate, kao Buda – a oni su uradili isto.

– A onda...

– A onda su otišli.

– Bez traga, ili imate neki dokaz za to što ste videli?

– Dokaz o bićima nemam, ali imam fotografije tla koje su spalili njihovi raketni motori. Mogu kasnije da vam ih pokažem na laptopu, ako vas zanima.

– Nego šta. – To se uklapalo sa onim što su Betani i njen momak rekli o spaljenom telu žrtve, mada sam i dalje sumnjao da bi nevidljivi vanzemaljski svemirski brod koristio takvo gorivo koje bi ostavilo tragove sagorevanja. – Kako je izgledalo mesto na koje su sleteli?

– Kao što sam rekao, zemlja je bila spaljena. Na visini od četiri hiljade metara nema previše vegetacije koja bi se zapalila, ali na zemlji su se videli jasni otisci četiri trouglaste nožice, verovatno na mestu gde je letelica sletela.

U tom trenutku, staza je skrenula i videli smo da je policijska traka razvučena levo od staze, kako bi odbila uljeze. Iza nje, osobe odevene u belo sprovodile su detaljnu pretragu okoline, dok je pocrnela oblast u sredini sigurno bila mesto gde je vatra gorela. Uočio sam inspektorku Kostej na obodu pepela, kako gleda u tlo, zadubljena u misli. Jedan uniformisan policajac stajao je kraj staze i ponovio je poruku koju smo dobili od karabinijera. Za slučaj da nismo dobro razumeli, dodao je i nekoliko pokreta rukom koji nisu nimalo nalikovali na univerzalni znak mira.

7.

Sreda popodne

Nastavili smo stazom, a Oskar je gledao i obeležavao gotovo svako drvo kraj koga smo prošli, sve dok nismo stigli do ruba šume i izašli na čistinu. Između izbočenih stena prekrivenih lišajevima i mahovinom, bilo je tla s bujnom zelenom travom, istačkanom ružičastim cvećem, i povremenim vreskom. Tu smo oštro skrenuli nadesno na usku stazu označenu tačkicama crvene i plave boje, kao što je Vilfred rekao. Ona je vodila uzbrdo prema najvišem vrhu malo iznad nas. Staza je vijugala uza sve strmiju stenu, sve dok nismo morali da se penjemo uz golu, kamenitu padinu. Nisam zavideo ufolozima koji su prelazili ovu stazu po mraku. Sigurno sam se nadao da se inspektorka Kostej neće zaputiti ovamo u svom stanju. Čak je i Oskar dahtao kad smo stigli do vrha. Sigurno je da su Vilfred i Sibil bili u boljoj formi nego što su izgledali, ako su uspeli da dođu ovamo u jednom komadu.

Na vrhu smo zatekli hrpu kamenja s termosom i dve sklopive stolice pored. Na njima su sedele sad poznate figure Libi i Alis. Obe su imale dvoglede, a na hrpu kamenja bio je naslonjen jedan blistav metalni predmet nalik na ogledalo, verovatno neka vrsta primitivnog sredstva za komunikaciju. Oskar je otišao da onjuši to, a ja sam ga pažljivo motrio. Nekako sam sumnjao da bi labradorska mokraća doprinela otvaranju komunikacionog kanala prema drugim svetovima.

Bez obzira na leteće tanjire, pogled s vrha bio je zadivljujući. S tog mesta su sva vozila dole u kampu izgledala maleno, a krovovi zgrada u dolini, hiljadu metara ispod, kao figurice za *monopol*. Na zapadu se nepogrešivo video masiv Monblana, koji je opravdavao svoje ime, jer se sunce zasleplujuće odbijalo od beli pokrivač najvišeg vrha Evrope. Desno od mene, ponovo sam video masivan vrh od gole stene koji para nebo na drugom kraju doline, uz još višu, ali manje ogoljenu planinu. Verovatno je desno bila Monte Roza, što je značilo da je levo Červino. Pitao sam Džulijana, i on mi je objasnio zašto mi to izgleda poznato iako ime nije bilo.

– Desno je Monte Roza. Možete da se skijate na tamošnjem glečeru tokom čitave godine. Kameniti vrh levo Italijani nazivaju Červino. Vi i ja ga verovatno znamo bolje po nemačkom imenu, Materhorn. – Kad je video da sam potpuno razumeo, nastavio je. – Obično vidimo njegove slike sa švajcarske strane, iz Cermata. To je razlog zašto smo ovde.

– Vi ste ovde zbog planine?

– Verujemo da vanzemaljski posetioci koriste Materhorn kao navigacijsku tačku ili ima neko drugo, važnije značenje. Neki ljudi kažu da je namagnetisan ili da sadrži skrivenu bazu iz koje se posetioci pojavljuju da istražuju Zemlju. – Izraz žaljenja pojavio se na njegovom patricijskom licu. – Avaj, niko nije uspeo da dokaže tu pretpostavku. Možda je ovo naša prilika.

Ostavio me je da razmišljam o tome, a on je otišao do dve dame da proveri „izveštaj" i razgovara o vanzemaljskim pitanjima. Osim prigušenog glasa iza, jedini zvuk bila je udaljena zvonjava klepetuša i video sam malo krdo svetlodlakih goveda na pašnjaku desno. Pogledao sam minijaturne figure policajaca u šumi daleko ispod nas, kako pretražuju okolinu, i zapitao sam se da li će išta pronaći. Pod pretpostavkom da vatra *nema* vanzemaljsko poreklo, najviše čemu se mogu nadati jeste kamen ili toljaga kojom je razbijena žrtvina lobanja, ili tragovi hemijskog sredstva kao što je benzin, možda nekoliko izgorelih šibica. Prazna kutija šibica sa otiscima prstiju bila bi vrlo korisna, ali nisam se mnogo nadao.

Na trenutak sam, tu gore, na toplom suncu majskog popodneva, dozvolio sebi da preispitam svoje sumnje u vezi s vanzemaljcima i posetiocima iz svemira. Nisam religiozna osoba i gajim veliko poverenje u naučno objašnjenje nastanka života na zemlji.

Istovremeno, ovde, dok sam zurio u gotovo potpuno vedro nebo iznad, znao sam kako je beskrajno uobraženo misliti da smo sami u svemiru. Napokon, mi smo samo mala bića na beznačajnoj plavoj planeti u mnoštvu drugih nebeskih tela, toliko bezbrojnih, da ih ima više nego zrna peska na nekoj plaži. Sigurno je neizbežno da postoje neki oblici života tamo, a nije bilo sasvim neverovatno da povremeno posećuju Zemlju. Da li je Džulijan stvarno sreo dvojicu „posetilaca"? Da li je nesrećni Nik stradao ne od ljudske ruke nego od nekog međuzvezdanog svemirskog broda? A uvek sam govorio policajcima kojima sam zapovedao da budu otvorenog uma, koliko god nešto izgledalo neverovatno.

Okrenuo sam se prema ufolozima na sklopivim stolicama, sa šoljama kafe, i zapitao se šta bi „posetioci" mogli da zaključe o ovo troje vizionara koji su spremni da ih srdačno dočekaju. Sigurno ne bi mogli da im zamere na načinu odevanja ili, uistinu, fizičkom izgledu. Drugo je pitanje šta bi mislili o meni i mom psu. Odbacujući sumnje, vratio sam se u ulogu ufologa i otišao da pogledam „izveštaj".

Video sam da je to obična sveska čije su stranice bile podeljene na četiri kolone s natpisima *Dan, Vreme, Događaj* i *Posmatrač*. Prva kolona bila je uredno ispunjena datumima od subote, verovatno nakon što su se ulogorili ovde, a druga i treća kolona sadržale su beleške o događajima tokom svake od tri noći. Inicijali u desnoj koloni označavali su ko je uočio to. Svi događaji su se odvijali od ponoći do jedan ujutro, mada sinoć nije bilo zabeleženo ništa, verovatno jer su posmatrači napustili položaj nakon smrti tajanstvenog muškarca. Tri upisa sadržala su istu nejasnu šifru *S/Z-/B/S/5* uz različite inicijale u koloni *Posmatrač*. Pogledao sam Džulijana.

– Prevod, molim vas.

– Koristimo skraćenice. S je za svetlo, Z minus znači da nije bilo zvuka, B je boja, S znači da su svetla bila stalna ne treperava, a 5 je broj minuta vidljivosti objekta.

– Dakle, tri uzastopne noći, od subote do ponedeljka, a možda i sinoć, da je neko bio na straži, primećena su postojana bela svetla, bez zvuka, i svaki taj događaj je trajao oko pet minuta. – Nešto mi je palo na pamet. – Da li su vam Betani i Piter kazali kako su čuli neku tutnjavu oko devet sinoć kad je vatra počela da gori, i zar to nije trebalo dodati u izveštaj?

Džulijan se osmehnuo. – Da, tako je. Sigurno je trebalo. – Uzeo je svesku od mene, izvadio olovku iz džepa i upisao uz jučerašnji datum: *2100/Vatra/Z+/B&P*. – Bolje da proverim s njima i saznam koliko je dugo vatra gorela. – Kad je vratio svesku Alis, zadovoljno je promumlao. – Sjajno. To znači da smo imali događaje četiri noći zaredom. To je vrlo neuobičajeno.

Morao sam da dodam: – Kao i to što je jednog člana vaše grupe ugljenisao NLO.

Osmeh je nestao u trenu. – Da, naravno. To je stvarno užasno, ali siguran sam da nisu imali zle namere. Mora da je bio na pogrešnom mestu u pogrešno vreme. – Pogledao je Alis i Libi, koje su zurile u nebo, a onda je ponovo pogledao mene. Prvi put sam shvatio kako mu oči izgledaju gotovo hipnotički: vrlo neuobičajene zelene boje i uznemirujuće su svetlucale na suncu. – Oni dolaze u miru, znate. Sasvim smo sigurni u to.

Na pogrešnom mestu u pogrešno vreme. Ovo je drugi put da sam to čuo, tako da je to verovatno bilo opšte mišljenje. Kad smo prešli na temu žrtve ubistva, mislio sam da postavim nekoliko naizgled nedužnih pitanja. Šta god Džulijan i ostali mislili, uprkos mom nedavnom razmišljanju o poreklu vrsta, bio sam uveren da će se ispostaviti kako je smrt „sirotog" Nika sasvim zemaljska stvar.

– Zašto mislite da je bio tamo u to doba noći? Sunce je zašlo i bilo je prilično mračno u šumi. Možda se izgubio? – Već sam znao da je trebalo da bude na straži s dvojicom štrebera, Krispinom i Džefrijem, ali nije se pojavio. Da li ga je usput neko napao? – Naravno, možda nije bio sâm.

Džulijan me je belo gledao nekoliko trenutaka. – Da je bio s nekim, i ta osoba bi stradala u eksploziji. – Zvučao je nesigurno, ali učinilo mi se da sam čuo još nešto u njegovom glasu. Da li je to značilo da ima nešto da sakrije? To me je podstaklo na razmišljanje. Mesto na kojem je bio prilično je izolovano za noćnu šetnju. Zar nije verovatnije da je žrtva bila u društvu i, ako je tako, zar to nije ista osoba koja ga je udarila po glavi i onda zapalila leš? Trudeći se da ne zvučim previše kao detektiv, penzionisan ili ne, pitao sam da li je to moguće.

– Ali ako nije bio sâm, ko je bio s njim? Niko iz vaše grupe?

Džulijan je odmahnuo glavom. – Ne, koliko znam. Problem je u tome što Nik nije poznavao nikog od nas, a mi nismo poznavali njega. Bio je usamljenik, odseo je u hotelu i nije se družio sa ostalima. – Glas mu je ponovo zvučao smireno. – Pored toga, siguran sam da bi se, da je neko bio s njim, ta osoba javila. Ako ništa drugo, digla bi uzbunu.

– Tako je. – Odabrao sam da ne dodam očigledan zaključak da, ako je neko bio s njim i nije podigao uzbunu, ta osoba neizostavno postaje sumnjiva. Trudeći se da izgledam nezainteresovano, postavio sam još jedno pitanje.

– Kakva je osoba bio Nik? – Alis i Libi su sad usmerile pažnju s neba na mene, tako da sam postavio pitanje i njima.

Istovremeno su odmahnule glavom i, očekivano, Džulijan je odgovorio umesto njih. – Kao što sam rekao, niko ga nije poznavao. Pojavio se iznenada prekjuče, kao vi danas, i odseo je u hotelu u selu umesto ovde s nama.

Pogledao sam Alis i Libi. – Odseo je u vašem hotelu?

Alis je klimnula glavom. – Da. Pretpostavljam da, kao i mi, nije veliki ljubitelj kampovanja.

Široko sam joj se osmehnuo. – Zvučite kao moja devojka. Zato nije pošla sa mnom.

Uspela je da mi uzvrati osmeh. – A i Brajan i Don su odseli tamo.

To su bila imena koja nisam čuo. – Mislim da nisam upoznao Brajana i Dona. Da li su bili ovde sinoć?

Džulijan je pogledao raspored na telefonu. – Ne, bili su na straži juče popodne i ponovo su u šest večeras.

– A da li *njih* poznajete odranije?

Ponovo je odmahnuo glavom. – Ne, i oni su došli prvi put. – Možda primećujući moj izraz lica, dodao je: – Problem je u tome što imamo na hiljade članova, a lično sam sreo samo šačicu njih.

– Šta je sa ostatkom grupe? Zar niste rekli inspektorki da ste poznavali nekoliko njih pre nego što ste došli ovamo? – Nadao sam se da ne zvučim previše radoznalo, ali nisu izgledali sumnjičavo, makar zasad.

– Upoznao sam Sibil i Vilfreda prošle godine u Francuskoj, i poznajem Izabel, naravno, ali ovog puta su mi svi ostali nepoznati.

– Izabel je vaša žena?

– Partnerka.

Video sam kako se trudi da promeni temu i pitao sam se da li je to zato što ne želi da se raspitujem o njegovoj vezi sa Izabel. Setio sam se tog vlasničkog izraza na njegovom licu kad sam razgovarao s Libi i primetio sam da ona sad naglašeno gleda na drugu stranu. Nisam imao mnogo vremena da razmišljam o tome jer je Džulijan promenio temu razgovora.

– A šta je s vama, Dene? Jeste li vi član *Družine*?

– Ne, nisam još. Moram da uradim nešto povodom toga.

– Imam sve u svojoj kamp-kućici. Možete da svratite kad god poželite i možda kupite primerak moje knjige usput. Rado ću vam je potpisati. – Uznemiren ili ne, nije izgubio smisao za biznis.

– Naravno.

Ostao sam tamo neko vreme, razmišljajući o onom što sam saznao od dolaska u kamp. Nekako sam pretpostavio da će ufolozi biti bliska zajednica iskusnih tipova koji se redovno sastaju, ali to očigledno u ovom slučaju nije bilo tako. Sledeće pitanje bilo je koliko su se ostali međusobno poznavali pre dolaska ovamo, ali bilo bi najbolje da to prepustim inspektorki. Već sam postavio mnogo pitanja i nisam želeo da izgledam suviše radoznalo i zato sam samo klimnuo glavom, naslonio se na hrpu kamenja i uživao u pogledu. Jedno je bilo sigurno: nisam imao nameru da platim trideset funti Džulijanu kako bih finansirao njegove skupe košulje.

8.

Sreda kasno popodne

Vratio sam se u kamp negde sredinom popodneva, a inspektorka i ja smo završili ispitivanje u pola sedam, a svi ufolozi su potpisali zapisnik. U mislima sam bio prilično siguran da je ubica neko iz grupe. Naravno, bilo je moguće da je ubica neka nasumična osoba koja se šetala brdima po mraku ili neko ko je potajno došao ovamo da izvrši ubistvo, ali to je izgledalo vrlo neverovatno. Kad je Alis, poslednja od ufologa, dala izjavu i izašla iz šatora, uskoro sam saznao da inspektorka Kostej razmišlja slično.

– Poslaćemo spisak imena u Veliku Britaniju u nadi da će vaše bivše kolege tamo poslati nešto zanimljivo o nekom od njih, uključujući i žrtvu, ali i dalje čekamo da nam *Herc* pošalje njegove generalije. Ali osim ako se ne ispostavi da je taj čovek imao dovoljno sumnjivu prošlost da bi neko odlučio da pošalje plaćenog ubicu ovamo, imam osećaj da je ubica neko od ljudi s kojima smo upravo razgovarali. – Govorila je tiho kao da ne želi da je čuju van šatora. – Bila bih vam zahvalna ako biste mogli da izdvojite malo vremena sutra. Volela bih da mi pomognete oko informacija iz Velike Britanije.

– Rado ću vam pomoći.

U tom trenutku, vodnik Furnije se pojavio na ulazu u šator. Imao je novosti.

– Upravo su nam se javili iz *Herca*. Poslali su kopiju žrtvine vozačke dozvole i ispostavilo se da se ovde predstavio lažnim imenom. – Dodao je svoj telefon inspektorki, koja ga je pogledala i dodala meni.

– Da li ti to nešto znači, Dene?

Toliko sam čekao da vidim vozačku dozvolu, da mi je gotovo promakla činjenica kako me je inspektorka Kostej prvi put nazvala imenom i čak mi se obratila na „ti"? Izgledalo je da sam prihvaćen. Gledao sam dozvolu na ekranu i video sam da je Nik Grin u stvari Ričard Braun, star pedeset tri godine, sa adresom u jednoj od otmenijih ulica u Noting Hilu, u Londonu. Zagledao sam se u fotografiju. Bio je to još jedan zgodan, dobro negovan muškarac, ali njegovo lice mi je bilo nepoznato. Vratio sam telefon inspektorki i ona je postavila pitanje koje mi je bilo navrh jezika.

– Zašto lažno ime?

Klimnuo sam glavom. – I zašto maskiranje?

– Grin i Braun – zar to nisu dve boje na engleskom? – Osmehnula mi se. – Morala sam da učim engleski u školi kao drugi jezik, pored francuskog, ali nisam mnogo zapamtila.

– U pravu si kad govorimo o bojama. Da, to nije najbolje smišljeno lažno ime. Kad bolje razmislim, nadimak za Ričarda je često Rik, tako da se nije previše potrudio kad je odabrao ime Nik, zar ne? Ako je nekakav špijun, ili je neiskusan ili nije previše bistar, tako da mislim kako je bezbedno da zaključimo da Ričard Braun nije bio profesionalni špijun. Misliš li da je bio povezan s nekim odavde, inspektorko?

Pogledala me je. – Zovi me Karmela. – Osetio sam kako mi Oskar gurka nogu. Verovatno je želeo da me podseti kako se bliži vreme večere, ali često sam se pitao koliko razume. Sigurno je njen odgovor bio potvrda da sam prihvaćen kao deo istrage. – Da, mislim da ovde postoji neko ko ga poznaje.

Počeškao sam Oskarove uši. – A možda ga je neko prepoznao i ubio, ali zašto?

– Koji bi motiv imao neko da ubije pedesettrogodišnjeg Engleza usred italijanskih planina? – Karmela Kostej je izgledala zbunjeno koliko i ja. – Uzgred, patolog je pozvao i potvrdio da ga je udarac u glavu ubio na mestu, tako da je vatra verovatno trebalo da uništi dokaze.

Bio sam podjednako zbunjen. – Kakve dokaze? Nisu korišćeni meci ili noževi. Zašto bi zapalio vatru koja će privući hitne službe?

– To me je mučilo čitavo popodne, kao i čista surovost paljenja tela. Ko god da je to uradio, ili je bio hladnokrvni ubica ili vrlo bolesna osoba... ili oboje. – Da je ubica jednostavno bacio telo u žbunje, gotovo sigurno ne bi bilo pronađeno danima, dok neko ne bi nabasao na njega. A da je poneo lopatu, mogao je da zakopa telo tamo i ko zna da li bi ikad bilo otkriveno. To nema mnogo smisla.

– Patolog pokušava da utvrdi ima li u telu tragova droge ili telesnih tečnosti, ali s obzirom na stepen izgorelosti, ima dosta problema. Kaže da će mu biti potreban zubarski karton da potvrdi identitet te osobe; to je loše. Naravno, možda ubica nije hteo da se sazna da je ukrao čovekov novčanik i pasoš. Proveriću kreditne kartice i pasoš Ričarda Brauna da vidim da li je neko koristio njegov identitet.

– Dobra ideja. To može biti objašnjenje za vatru, ali i dalje nisam siguran da bi neko izvršio ubistvo samo zbog pasoša i nekoliko kreditnih kartica.

– Ni ja. Ono što pljačku čini manje verovatnom je to što je patolog pronašao ostatke roleksa na muškarčevom zglobu. Ipak, moramo da proverimo sve. Dok ne dobijemo informacije iz Londona, nemamo mnogo materijala za rad.

– Uzgred, nisam pravio beleške tokom današnjih razgovora, ali izgleda mi da većina ima alibi. Ko je poslednji video žrtvu živu i u koje vreme?

– Dama sa čajem, Valeri Gof – ili kako se to već izgovara – i njena ćerka rekle su da su popile čaj s njim između pet i pola šest juče. Onda je krenuo na svoju smenu na osmatračnici i, kao što znamo, nikad nije stigao tamo. Prema mojim beleškama, one su ga poslednje videle živog.

– Dakle, teoretski, ubistvo je moglo da se dogodi u bilo kom trenutku nakon toga, možda i *neposredno* nakon toga. Šta ako ga je ubica zaskočio na putu do vrha? Svako ko je pogledao raspored straže mogao je znati da on ide tamo. Patolog je rekao da ne zna kad je žrtva ubijena, zar ne? Na osnovu Piterovog i Betaninog svedočenja, znamo da je telo zapaljeno između devet i devet i petnaest, ali možda je već bio satima mrtav. Možda tražimo ubicu koji je smrskao lobanju žrtvi u, recimo, šest, a onda se vratio da sakrije svoj trag u devet, tako što je zapalio telo, mada je to varvarski čin – ali opet, to se može reći i za razbijanje nečije glave. S druge strane, možda je ubistvo počinila jedna osoba, a onda je druga osoba zapalila telo, tri sata kasnije. – Pogledao sam vodnika Furnijea. – Da li znamo gde su svi bili od pet pa nadalje?

Vodnik, koji je ćutke stajao, pogledao je beležnicu. – Većina ima nekakav alibi, ali neki od njih su bili u svojim kamp-prikolicama i alibi su im dali partneri, što ne dokazuje mnogo. Možda je i ta osoba bila saučesnik u ubistvu. Dvoje nemaju alibi i to su Elizabet Vinter i kamerman, Vejn O'Konel. O'Konel tvrdi da je bio u šumi i snimao materijal za dokumentarac, a Elizabet Vinter kaže da je išla na trčanje od četiri do pet i vratila se u svoj hotel. Ona je izgleda opsednuta zdravljem i trči svakog dana. Niko ne može da potvrdi njihove priče.

Nešto mi je palo na pamet. – Možete ga zamoliti da vam pokaže šta je snimio. Pretpostavljam da postoji neki tajmkod na osnovu koga možete da utvrdite gde je i kad bio. A što se tiče Libi (skraćeno od Elizabet, a svi je zovu Libi) Vinter, izgleda kao da mnogo vežba, tako da bi njena priča mogla da bude istinita. Pored toga, da li bi imala snage da nekog umlati nasmrt?

Furnije je nastavio. – Jedini s prilično sigurnim alibijima su majka koja kuva čaj i njena ćerka, i Sibil i Vilfred Smit, stariji bračni par. Njih četvoro su navodno proveli veći deo popodneva i večeri sedeći kraj logorske vatre. Izgleda da se nisu poznavali pre nego što su došli ovamo tako da, ako je to istina, nemaju razlog da lažu kako bi zaštitili one druge.

– Još neko? – Inspektorka je listala svoje beleške. – Šta je sa ženom s kojom smo upravo razgovarali?

– Ima solidan alibi. – Furnije je pogledao beležnicu. – Alis Tarner. Kaže da se odvezla do Montaza u četiri i trideset i otišla u šetnju selom pre nego što se vratila u hotel *Albergo Italija* u pet, gde je otišla u hotelsku sobu i ostala tamo do šest, a onda sišla u bar na piće. Večerala je između osam i pola deset. Tvrdi da osoblje hotela može da potvrdi to.

Setio sam se kako nam je to rekla i bio sam potajno zadovoljan. Alis je izgledala previše ljubazno da bi bila osumnjičena za ubistvo.

Čim sam pomislio to, prekorio sam sebe u mislima. Koliko puta sam rekao svojim ljudima da ne dozvole da ih izgled zavara? Neke od najozloglašenijih ubica koje sam uhvatio kad sam bio u londonskoj policiji imale su anđeoska lica.

Razmišljao sam o drugim imenima. – To nam ostavlja pet parova sumnjivaca koji su jedni drugima dali alibije: Džulijan i njegova partnerka, Izabel, Džefri i Krispin, štreberi, Betani i Piter, koji su pronašli telo, sestra mog prijatelja iz Skotland jarda, Sandra, i njena prijateljica Megi, i ne zaboravimo Brajana i Dona, čudake. – Upotrebio sam italijansku reč *stramboide*, koju sam nedavno naučio, i bio sam ponosan na to.

Video sam kako su se inspektorka i vodnik osmehnuli i istovremeno sam osetio tešku šapu na svom stopalu i Oskar me je gurnuo. Očigledno mu je bilo dosadno i želeo je šetnju. – Dva minuta, i krećemo, važi? – Ponovo gledajući inspektorku, sažeo sam situaciju kako sam je video. – Bilo ko od njih desetoro, uz kamermana i Libi trkačicu, mogao je to da uradi. Što znači, gotovo svi prisutni. Da li ste pronašli neke tragove na mestu zločina? Nisam imao prilike da pogledam, ali obećavam da hoću.

– Da, htela sam da vam kažem to. – Inspektorka je izgledala zadovoljna sobom. – Pronašli smo dva vrlo zanimljiva predmeta: praznu plastičnu bocu u žbunju blizu staze, koja miriše na benzin. Rekla sam ljudima da potraže otiske prstiju na boci, ali ne nadam se mnogo. Ubica je sigurno nosio rukavice, ali nikad se ne zna, možda nam se posreći. Ali, važnije, pronašli smo oružje ubistva: veliki kamen s krvavim mrljama. Nalazio se u žbunu desetak metara od tela, gde ga je ubica sigurno bacio. Suviše je neravan za otiske prstiju, ali ispitaćemo ga. Osim toga ništa... čak ni izgorelo palidrvce.

– Kamen i prazna boca su najviše čemu smo mogli da se nadamo. Jedno je sigurno: to bez sumnje dokazuje da ubistvo nisu izvršili vanzemaljci.

Karmela mi se osmehnula. – Ufolozi će biti razočarani kad saznaju, ali hajde da ih još malo držimo u neizvesnosti. Uzgred, šta misliš o dvojici tipova koji su odseli u hotelu? Kako si ih ono nazvao, „čudaci"?

– Sigurno su čudni. Čak i za uobičajenu predstavu o ufolozima, ti momci su čudni.

Brajan i Don su došli u kamp iz hotela u pet po podne, i tad su dali izjavu. Očigledno su jedva čekali da započnu svoju smenu na osmatračnici, iako je počinjala tek u šest. Video sam da veoma ozbiljno shvataju lov na NLO-e. Zaprepastili su se kad su čuli za smrt Ričarda Brauna, mada nisu izgledali previše potreseno, iako su odseli u istom hotelu. Kao i ostali, tvrdili su da ga nisu poznavali pre dolaska u Italiju i nisu ga mnogo viđali dok su bili ovde. Da budemo pošteni, stigao je dan pre svoje smrti. Drugi razlog zbog koga se on možda nije družio s njima je njihov izgled. Imao sam osećaj da bi većina normalnih ljudskih bića reagovala tako. Izgledali su uvrnuto, u najmanju ruku.

Tvrdili su da su iz Londona, imali su oko četrdeset godina i bili su muškarci, ali to je bilo jedino normalno u vezi s njima. Ako ga gledate izdaleka, Don je izgledao sasvim normalno, ali izbliza ni najmanje. Potpuno obrijana glava bila mu je istetovirana opskurnim simbolima i hijeroglifima, i izgledao je kao otelotvorenje Kamena iz Rozete. Vrat mu je bio slično ukrašen i, sasvim je moguće, tetovaže su se nastavljale preko celog tela. Nisam imao želju da to proverim.

Njegov prijatelj, Brajan, imao je zlatnu alku u nosu, više minđuša nego neki gusar i imao je dve kikice, ali neobično, napred i pozadi. Ona napravljena od kose padala mu je niz leđa i dosezala gotovo do struka, dok je čudna kikica ispletena od brade bila u opasnosti da se pokvasi svaki put kad bi uzeo čašu. Za slučaj da to nije dovoljno uvrnuto, obojica su bila odevena u istovetne srebrne kombinezone, u nameri da izgledaju prepoznatljivo vanzemaljcima – posebno onim iz jeftinih filmova – ali zbog toga su samo izgledali kao dva di-džeja iz sedamdesetih. Morao sam da se zapitam da li je njihova odeća nadahnuta opisom vanzemaljaca iz Džulijanove knjige.

Potrudio sam se da prevedem jednu od omiljenih tatinih izreka na italijanski. Ima nas raznih. To nije zvučalo tako dobro, ali policajci su se osmehnuli, tako da je možda to imalo smisla i na italijanskom. Nastavio sam sa sažetkom. – Njih dvojica se nisu mnogo nasekirali zbog smrti Ričarda Brauna, ali pretpostavljam da ga nisu dovoljno poznavali da bi marili. Većina ufologa je izgledala zaprepašćeno u nekoj meri, ali od svih njih su Džulijan, vođa, i njegova partnerka, Izabel, izgledali najsumnjivije. Imam osećaj da on zna mnogo više nego što priznaje. Ako ste završili sa mnom, ići ću da pogledam mesto zločina i onda ću pokušati da razgovaram nasamo sa Sandrom Vilson i otkrijem na šta je mislila kad je rekla bratu kako se ovde događa nešto sumnjivo.

9.

Sreda predveče

Prilika da razgovaram s Polovom sestrom ukazala se mnogo ranije nego što sam se nadao. Išao sam prema stazi, da pregledam mesto zločina, kad sam sreo Sandru koja je trčala ka meni.

– Nešto nije u redu?

Zaustavila se i odmahnula glavom. – Ne, samo sam se setila da sam ostavila telefon na punjenju u kombiju a biće mi potreban ako išta vidimo noćas. Raspored je poremećen danas, tako da su Brajan i Don sad na osmatračnici, a Megi i ja idemo da im se pridružimo, iako nije zvanično naš red. Ona očajnički želi da uoči neke znakove vanzemaljskog života. – Pogledala je nervozno oko sebe. – Vi ste Polov stari šef, zar ne? Srela sam vas jednom.

Klimnuo sam glavom. – Den Armstrong i Oskar, vama na usluzi.

Na moje iznenađenje, zagrlila me je. Oskar, ne želeći da bude izostavljen, propeo se na zadnje noge i pridružio se grupnom zagrljaju.

– Hvala vam što ste došli, inspektore Armstrong. Bila sam stvarno uplašena.

Pogledao sam unaokolo, ali nije bilo nikog. – Samo me zovite Den. Više nisam policajac, a niko ovde ne zna moj pravi identitet osim policije. Imate li malo vremena? Moramo da razgovaramo.

Klimnula je glavom i zamolio sam je da mi ispriča sve što zna, a ispostavilo se da je to veoma malo.

– Otkako se Nik Grin pojavio, atmosfera je bila čudna.

Ponovo ta reč. S obzirom na izgled nekih od njenih kolega ufologa, nije samo atmosfera bila čudna, ali nisam ništa rekao i zamolio sam je da objasni.

Bespomoćno je raširila ruke. – Ne znam. Teško je opisati.

Dao sam sve od sebe da joj pomognem. – Da li se neko ponašao posebno čudno? Šta je sa Džulijanom i Izabel? Kako su se oni ponašali?

– Da budem iskrena, ponašali su se čudno otkako smo stigli ovamo. Očekivala bih da budu srećni što su ovde i zainteresovani zbog prilike da vide tragove vanzemaljskog života, ali postajali su sve ćutljiviji. Možda odnosi među njima nisu dobri, ili je to možda zbog Nikovog dolaska, ne znam.

– Džulijan mi je rekao kako niko nije poznavao tog tipa. Da li kažete da su ga možda on ili njegova partnerka prepoznali?

– Stvarno ne znam, ali ne bi me iznenadilo.

– Da li se još neko ponašao čudno?

– Kamerman Vejn je uvek bio pomalo nekomunikativan, pomalo uzdržan, ali makar nije bio neprijatan. Od Nikovog dolaska nisam ga videla da se osmehuje. A isto važi i za Libi.

– Mislite da je neko od njih prepoznao Nika?

– Možda... teško je reći. Možda ga nisu prepoznali nego je na to uticao njegov neobičan izgled. Kao da je dolazak tog čudnog čoveka umotanog u zavoje oneraspoložio čitavu grupu. I, naravno, nakon što je pronađen mrtav sve je postalo grozno. – Nervozno se osvrnula. – Ako je stvarno ubijen, bojim se da bih mogla biti sledeća.

– Zašto vi?

– Pa, ne baš ja, neko od nas. Šta ako je među nama ludi ubica? Možda ubije ponovo, bilo koga, tek tako. – Pogledala je na sat. – Možemo li da nastavimo kasnije? Stvarno moram po telefon i da požurim i pridružim se Megi.

Brzo sam doneo odluku. – Idite i uzmite svoj telefon, a onda ću poći s vama. Morate odsad da uradite nešto za mene: trudite se da ne idete nikud sami i idite samo s nekim koga poznajete i verujete mu. Hoćete li mi obećati to?

– Da, naravno, ali da li to znači da je među nama neki ludi, manijakalni ubica? – U glasu joj se čuo strah. – Mislim, ovde ima čudaka.

– Iskreno, ne znam. Mislim da nije verovatno, ali bolje je ne rizikovati. – I dalje je izgledala toliko uplašeno da sam pokušao da je ohrabrim. – Ne brinite, čuvaću vas. Znam da vaš brat to želi. Kad bolje razmislim, niko iz grupe ne bi trebalo da ide sâm. Mislim da ću to reći Džulijanu.

Uputila mi je osmejak. – A šta je s vama? Vi ste sami.

– Sâm? Nema šanse. Imam vernog psa čuvara koji će me zaštititi. – Činjenica da je moj verni pas čuvar ležao kraj njenih nogu, stenjući veselo dok mu je češkala stomak vrhom čizme, nije dokazivala moju tvrdnju, ali izgledalo je da mi je ona poverovala i krenuli smo stazom. Neposredno pre nego što smo stigli do čistine zaustavio sam se i sačekao u šumi dok se ona vratila do svog kampera i uzela telefon. Val, dama s čajem, i njena ćerka Mili još su bile kod logorske vatre, uz Sibil, ludu mačkarku i njenog muža koji je ličio na proroka iz Starog zaveta. Svi ostali su otišli u svoje kombije ili u šator. Sunce je i dalje bilo dovoljno toplo da rado stojim u senci. Iako nije bila sredina maja, sunce je bilo stvarno vrelo. Palo mi je na pamet da bi trebalo da namažem kremu za sunčanje jer smo visoko na planini.

Na putu prema vrhu brda, sreli smo Džefrija i Krispina koji su silazili ka nama i obavestili su nas, sa žaljenjem, da nisu videli nikakvu vanzemaljsku aktivnost, iako su bili na osmatračnici nekoliko sati. Džefrijeva majica je sad izgledala kao da je dodao fleku od kafe preko prosutog prebranca. Uskoro će tamo imati kompletan engleski doručak.

Sandra i ja smo nastavili uzbrdo, dok je Oskar veselo tražio štapove koje ću mu bacati da bi ih donosio. Čuli smo detlića nedaleko odatle, u šumi, a jedini drugi zvuk bilo je nežno šuštanje lišća na povetarcu. S vremena na vreme, drveće oko nas se proređivalo i dozvoljavalo nam da pogledamo prema kampu i dolini ispod. U daljini, na drugoj strani doline, videli smo daleke, snegom prekrivene vrhove Monblana. Bilo je stvarno divno. U nekim drugim okolnostima bila bi to vrlo prijatna šetnja. Šteta što je ubica u blizini.

Gore kod hrpe kamenja, Don i Brajan, u blistavim odelima, bili su zadubljeni u razgovor, nagnuti nad ekranom laptopa, tako da smo Sandra i ja imali priliku da odvedemo njenu prijateljicu Megi u stranu, ne izazivajući sumnju. Rekao sam joj šta radim ovde i zamolio je da nikom ne otkriva moj identitet. A što se tiče ostalih, ja sam samo još jedan ufolog. Takođe sam ponovio savet da nikud ne idu same. Izgledalo je kao da joj je laknulo što me vidi i video sam da je bila uplašena, kao i Sandra.

Nakon što sam ih ostavio s dvojicom odevenim u srebrno, vratio sam se do mesta zločina i počeo da razgledam. Policija je sklonila traku pre odlaska i, osim izgorele oblasti, nije bilo ničeg što bi ukazalo da se tu dogodila nasilna smrt, svega dvadeset četiri sata ranije. Nije bilo svrhe da tražim otiske, jer su brojne čizme uništile sve tragove koje je ubica mogao da ostavi. Postojala je, međutim, jedna stvar koja mi je privukla pažnju... ili, tačnije, četiri stvari.

Oko spaljene oblasti gde je žrtva izgorela nalazila su se četiri trouglasta otiska u mekoj zemlji. Zanimljivo i sumnjivo, nisu ih izgazili istražitelji i bili su jasno vidljivi. Nalazili su se na četiri ugla kvadrata s dijagonalom od oko četiri metra i odmah sam se setio Džulijanove priče o susretu s vanzemaljcima na Andima. Da nisam već znao kako je Ričard Braun ubijen toljagom ili kamenom, možda bih bio u iskušenju da poverujem kako su ti tragovi dokaz da je neki vanzemaljski brod stvarno sleteo ovde. Napravio sam fotografije otisaka da bih ih poslao inspektorki i detaljno sam pogledao okolinu da bih potražio tragove toga kako su nastali... a bio sam siguran da to nema nikakve veze s vanzemaljcima.

Deset minuta kasnije, u žbunju sam otkrio komad stare drvene letve, što je potvrdilo moje sumnje. Na jednom kraju je bilo sveže zemlje, što je verovatno ukazivalo na to da je upotrebljena da se stvore trouglasti otisci u vlažnoj zemlji, a to je dodatno potvrđivalo njihovo zemaljsko poreklo. Neko je čekao dok policija ne završi istragu mesta zločina i onda je došao i ostavio te otiske. Uzeo sam pažljivo tu letvu i poneo sam je u kamp, gde sam je sakrio u žbunju, pre nego što sam izašao pred ostale. Pokupiću je kasnije i predati je inspektorki, koja će je bez sumnje poslati forenzičarima. Bio sam prilično siguran da se neću iznenaditi kad se otkrije identitet tajanstvenog ostavljača otisaka.

Kad sam se vratio u kamp, dobio sam još jednu šolju čaja od Val i predlog, ili makar poziv. Čaj mi je prijao, a poziv mi je uputila Alis.

– Dene, pošto smo oboje sami, pitala sam se, šta mislite da večeras zajedno večeramo u hotelu? Libi ima neka posla s Džulijanom. Da li ste znali da je intervjuisao neke od nas za svoju emisiju o onome što naziva „neoboriv dokaz da je pretpostavka o Materhornu stvarna"?

Nakon onog što mi je Džulijan rekao znao sam šta se događa, ali pravio sam se nevešt. – Šta je to?

– Bilo je mnogo priča o tome da vanzemaljci koriste Materhorn za navigaciju ili kao bazu, a Džulijan tvrdi da je pronašao dokaz. – Uputila mi je pogled koji je veoma nalikovao sumnjičavom. – To će znatno povećati njegov ugled u svetu ufologa.

– Za „intervjue", on govori ljudima ono što želi da oni kažu. To nije baš profesionalno. U svakom slučaju, ako biste želeli da večerate sa mnom u hotelu, bila bih vam zahvalna, inače ću možda jesti s piratima s Kariba. I oni su odseli u *Albergu Italija*. – Utišala je glas iako su Don i Brajan sa svojim tetovažama, alkama i kikicama bili i dalje na osmatračnici, veoma daleko.

– To je dobra ideja, rado. Za ručak sam pojeo topli sendvič sa sirom i spreman sam za dobar obrok večeras. Mislite li da će mi dozvoliti da povedem Oskara?

– Sigurna sam da hoće. Nemački par za susednim stolom imao je dva jazavičara. Kad vam odgovara? Sad je gotovo osam, možda za pola sata?

Dogovorili smo se za pola devet i nakon što je ona krenula svojim malim srebrnim iznajmljenim kolima, savest mi je naložila da pozovem Anu. Dobro, samo ću otići na večeru sa svojom novom poznanicom, ali nisam želeo da nijedna od žena pogrešno shvati to što se događa. Popio sam čaj, zahvalio se Val i udaljio se od logorske vatre. Kad sam bio dovoljno daleko da me niko ne čuje, izvadio sam telefon i pozvao. Ana se javila gotovo odmah.

– *Ciao, caro. Come stai?*

Odgovorio sam na engleskom, koji je ona govorila bolje nego ja italijanski, jer je živela i radila u Velikoj Britaniji godinama pre nego što se vratila u rodnu Toskanu. – Zdravo, Ana. Divno se provodim. Voleo bih da si ovde.

– Imaš Oskara da se brine o tebi, nisam ti potrebna... posebno ako nameravaš da spavaš u kolima.

– Večeras ćemo spavati u kombiju, ali postoji hotel u blizini gde ću se možda prijaviti sutra uveče, iako ja to radim samo zbog tuširanja.

Razgovarali smo i ispričala mi je šta se događa na univerzitetu, a ja njoj kako napreduje istraga. Kad sam pomenuo da je inspektorka Kostej žena, zazvučala je sumnjičavo. – Samo zato što govori tvoj jezik – policijski, ne engleski – nemoj da ti svašta padne na pamet.

Uverio sam je da mi to nije na kraj pameti, a dodao sam, za svaki slučaj, da inspektorka izgleda kao da će se poroditi svakog trena. Međutim, s obzirom na Aninu sumnjičavu reakciju kad sam pomenuo Karmelu, odlučio sam kako nije vreme da otkrijem kako ću večerati s drugom ženom i pozdravili smo se, kao i uvek, srdačno. Pogledao sam Oskara i namignuo mu. – Ti si vrlo dobar pas, ali voleo bih da provedem noć sa Anom, ne s tobom.

Pogledao me je i mahnuo repom. Verovatno bi i on više voleo da provede noć sa Anom.

Pitao sam se hoću li imati vremena da svratim u kafić usput i popijem hladno pivo pre večere, kad mi je telefon zazvonio. Pogledao sam ko me zove i video da je to moja ćerka, Triša.

– Zdravo, dušo, kako si?

– Zdravo, tata. Dobro sam, hvala na pitanju. Jesi li ti dobro? Radiš li nešto zanimljivo?

Čuli smo se najmanje jednom nedeljno, bez obzira na to ko od nas zove. Otkako se njena majka razvela od mene, Triša i ja smo se zbližili uprkos udaljenosti Toskane i Birmingema, gde je ona radila kao advokatica. Ona i njen verenik Šon došli su bili kod mene za Božić i ostali nedelju dana, i to je bilo veoma zabavno.

– Otišao sam na sever i kampujem u Alpima nekoliko dana. Ako te zanima, bavim se osmatranjem letećih tanjira. – Govorio sam tiho iako nije bilo nikog u blizini.

– Šta radiš?

Objasnio sam joj da činim Polu uslugu tako što motrim na njegovu sestru i rekao sam joj šta se događa, ali Trišin odgovor je bio neočekivan.

– Leteći tanjiri, rekao si? Da li to znači da imaš veze sa ubistvom onog glumca? Rik... nekako? Braunli... Brauning. Rik Brauning.

– Jesi li rekla „glumac"? – To je bilo novo. Niko to nije ni nagovestio. – Kako znaš za to?

– Bilo je večeras na televiziji, i očekujem da će u novinama sutra biti naslovi: *Zvezdu sapunica ubili vanzemaljci.* Nije bio baš zvezda, makar ne danas, a kladim se da ga nisu ubili vanzemaljci. Igrao je sporednu ulogu u *Istendersima*, ali ubili su ga i sumnjam da ga se iko sad seća. Rekli su na televiziji da se otad bavio snimanjem dokumentaraca, ali nisam znala ko je dok nisam videla sliku u novinama.

– Bokca mu... – Kako su mediji tako brzo otkrili priču? Prezime na vozačkoj dozvoli bilo je Braun, tako da mu je Brauning verovatno bilo umetničko ime. Više me je brinula mogućnost da će kamp sad opsedati novinari, mada ako on, kao što je Triša kazala, više nije bio toliko poznat, možda se londonski tabloidi neće truditi da šalju ljude.

– Dobro, tata, da li si zato tamo? Igraš se detektiva kao obično? Pa, srećno ti bilo s tim. Nadam se da ćeš pronaći ubicu. – Glas joj je postao ozbiljniji. – Samo budi oprezan. Ne bih želela da ti se nešto dogodi, posebno ako Ana nije tu da se stara o tebi.

– Ne brini, imam Oskara. On će me zaštititi.

Čim je prekinula vezu, pozvao sam Karmelu Kostej i preneo joj vesti da je priča stigla do medija u Velikoj Britaniji. Čuo sam kako je zastenjala.

– Samo mi je još to trebalo. Upravo mi je patolog javio kako nije uspeo da pronađe ništa zanimljivo na lešu, osim činjenice da mu je nos bio slomljen, verovatno od pada nakon udarca u glavu. Zubarski karton treba da stigne – nadam se sutra – kako bismo mogli da konačno potvrdimo identitet. Nema ni traga novčaniku niti dokumentima, ali patolog kaže da je vatra bila tako jaka da to verovatno ne znači ništa.

Takođe sam pomenuo sveže otiske u zemlji oko mesta „na koje je sleteo NLO", i nije me iznenadilo što smo oboje imali istu ideju ko je mogući krivac. Obećala mi je da će sutra potražiti otiske prstiju na letvi, ali oboje smo se složili da identitet ostavljača otisaka i ubice ne mora da bude isti. Potvrdila je ono što sam pretpostavljao, konkretno da otisci nisu bili tamo kad su ona i policajci obavljali pretragu, i sigurno su napravljeni dugo nakon ubistva.

Na kraju, pitao sam je možemo li se nekako odbraniti od mogućeg napada tabloida. – Postoji li način da sprečimo novinare da dođu ovamo ako se priča proširi? Ili bi bilo bolje da kažemo ufolozima da se spakuju i odu negde gde možeš da ih nadgledaš, ali gde novinari ne mogu da dođu do njih?

– Da vidimo koliko će pažnje smrt izazvati pre nego što počnemo da se brinemo. Možda će se sve smiriti ako nije bio toliko poznat, ali ostaviću blokade puta i reći ću dežurnim policajcima da nastave da sprečavaju ljude da ulaze i izlaze.

10.

Sreda uveče

Odvezao sam se do restorana u pola devet.

Usput sam pozvao Pola iz Skotland jarda i rekao mu da mu je sestra živa i zdrava i da sam postao deo istražiteljskog tima. Uskoro se ispostavilo da je video iste vesti kao Triša, o smrti Ričarda Brauna, poznatog kao Rik Brauning poznatog kao Nik Grin. Kazao je da će se diskretno raspitati o Braunu i videti da li je zbog nečeg mogao da bude meta. Rekao sam mu kako je Karmela Kostej poslala spisak imena ufologa u London da bi dobila neke korisne podatke, i obećao je da će proveriti u arhivi i pomoći im da pronađu nešto korisno za izveštaj. Na taj način bi trebalo da pokrijemo sve mogućnosti. Obojica smo se složili da je najverovatnije neko od ufologa obavestio medije, i proveo sam narednih pet minuta vozeći se do Montaza i pitajući se ko je to bio... najverovatnije Džulijan, u želji za publicitetom za svoje dokumentarce, svoje udruženje za zarađivanje novca i prodaju suvenira.

Nije bilo znakova života duž puta sve dok nisam stigao do sela, osim jedne usamljene lisice koja je izletela iz šipražja i prešla cestu kad smo se približili. Selo je bilo ljupko mestašce koje je verovatno bilo samo farmerska naseobina dok se turizam u dolini nije značajno razvio. Kao mesto ubistva, nije bilo loše, mada zbog činjenice da se dolazi i odlazi samo jednim planinskim putem ne bi bilo prvi izbor nekog profesionalnog ubice. Zbog toga je još verovatnije bilo da je Braunov ubica neko iz kampa. Parking ispred hotela bio je već pun, tako da sam ostavio kombi iza Alisinog srebrnog fijata, s bočne strane zgrade i otišao peške do glavnog ulaza.

Restoran je zauzimao najveći deo prizemlja hotela i Oskar i ja smo raširili nozdrve kad smo ušli. Nešto je mirisalo stvarno dobro. Alis je sedela na suprotnom kraju, kraj jedne zdrave sadnice banane u velikoj zemljanoj saksiji. Izgledala je vrlo otmeno i osetio sam se neugledno u farmerkama i majici – iako je bila čista – i zbog nemogućnosti da se istuširam. Kad se sagnula da pomazi Oskara, izvinio sam joj se.

– Zdravo, Alis. Izvinite što sam zakasnio, ali moj kombi je pomalo zastareo. – Odlučio sam da joj ne kažem kako sam morao da zastanem nakratko iza jedne prikladne skupine četinara pokraj puta u dolasku ovamo. – Kakav je hotel? Mislim da ću možda iznajmiti sobu sutra da bih se istuširao... samo ako prime i Oskara.

Izgledala je pripito i boca crnog vina ispred nje bila je već napola prazna, ali uspela je da se osmehne i pokaže mi da sednem naspram nje, dok se Oskar spustio na pod između nas, glasno i sa uzdahom.

– Hotel je prilično dobar, a moja soba je čista i udobna... ne mogu da tražim više od toga. Ja sam u prizemlju, i čak imam svoj deo dvorišta. Izgledate dobro, Dene. Lepo je, za promenu, videti nekog ko nosi običnu majicu s kratkim rukavima, a ne neku sa slikom superheroja ili natpisom *Mi znamo istinu*. – Nije mi promakla skeptičnost u njenom tonu kad je pomenula Džulijanovu knjigu. Možda je moj prvi utisak da ona nije posvećeni ufolog kao i ostali bio ispravan.

Razgovarali smo malo o okolini i gledao sam jelovnik dok smo čekali konobara da dođe i primi narudžbinu. Sasvim očekivano, ovde u planinama su jela bila obilna i veoma kalorična... što mi je odgovaralo nakon napornog dana. Alis je odabrala jednostavnu mešanu salatu za predjelo i onda jedan od lokalnih specijaliteta: *bistecca alla valdostana*. Objasnila je da je otkrila to sinoć i da je to pohovana tanka šnicla s komadom šunke i mnogo topljenog sira na vrhu. Kazala mi je da u poređenju s tim čizburger izgleda kao pseća hrana... mada bi Oskar bio zadovoljan da dobije bilo šta od toga. Odmah sam odlučio da naručim isto, ali mislio sam da mi je za predjelo potrebno nešto konkretnije od salate, pa sam se opredelio za *crespelle alla valdostana*. Vino u njenoj čaši je brzo nestajalo i zato sam naručio bocu stonog crnog, za koje se ispostavilo da je bilo *barbera* iz obližnjeg Pijemonta.

Da bih dokazao kako veoma cenim higijenu, uprkos neurednom izgledu, izvinio sam se i ostavio Oskara s njom dok sam otišao da operem ruke. Upravo sam se vraćao kad mi je telefon zazvonio. Bio je to ponovo Pol.

– Zdravo, Dene. Imamo pogodak! Jedan od ufologa je novinar, radi za *Miror*. Zove se Alis Tarner. Da li ti je poznato to ime?

– Naravno da jeste i, sasvim slučajno, nameravam da večeram s njom. Pretpostavljam da to objašnjava zašto je odsela u hotelu. Mora da ima plaćene troškove. Pitam se zašto li je došla ovamo. Imam osećaj da nije potpuni NLO fanatik, pa mora da pokušava da napiše neku priču, da razotkrije čitavu tu stvar s „posetiocima iz svemira". To što je iznenada mogla da izveštava o ubistvu sigurno je samo šlag na torti. Videću šta mogu da izvučem iz nje i obavestiću te. Hvala ti što si mi to rekao.

Vratio sam se za sto, srećan što me je Pol pozvao pre nego što se večerašnji razgovor razvio. Nikad nisam verovao novinarima i, osim nekoliko dobrih prijatelja poput Džes iz Londona, koja je uspela da mi obezbedi celu stranu u kulturnom dodatku u boji u *Sandej tajmsu*, koji je pokrenuo moju književnu karijeru, uvek sam se trudio da se držim podalje od njih. Posledica toga bila je da sam bio mnogo oprezniji kad smo nastavili razgovor.

Dao sam sve od sebe da ne odam ništa i odlučio sam da je navedem da mi priča o sebi i, na moje iznenađenje, izgleda da je to bilo ono što je htela da uradi. Čekala je dok joj konobar nije doneo „jednostavnu" salatu – koja je bila sve samo ne jednostavna, s prepeličjim jajima, dimljenim pačjim prsima i lokalnim sirevima pomešanim s tri vrste zelene salate – pre nego što je počela.

– Dene, imate li broj telefona policijske inspektorke? – Popila je još gutljaj vina i pogledala me je kao da joj je potrebno malo alkohola da je ohrabri. Zašto, pitao sam se.

Oklevao sam na tren. Sigurno je da sam imao Karmelin broj, ali nisam želeo da odam Alis utisak da smo nas dvoje prijatelji, i zato sam se opredelio za oprezan pristup.

– Znam kako da stupim u kontakt s njom. Ili je u policijskoj stanici u Červiniji ili u kvesturi u Aosti – to je glavna policijska stanica u Vale d'Aosta. Zašto pitate?

A onda, stigle su moje *crespelle* i osetio sam neki pokret kod nogu, praćen teškom njuškom koja mi se spustila u krilo, raširenih nozdrva. Oskar nije pogrešio. Mirisale su predivno. Jeo sam te ukusne presavijene palačinke sa šunkom i sirom u Toskani, a vrsta iz Vale d'Aosta bila je ispunjena sirom, bez sumnje od krava koje sam video jutros. Zamajao sam Oskara komadom hrskavog hleba i pozabavio sam se hranom, kako ne bih izgledao nestrpljiv da čujem šta Alis ima da kaže.

– Moram da razgovaram s njom. – Zvučala je neodlučno. – Vidite, nisam joj rekla sve kad smo razgovarali danas po podne.

To je obećavalo, ali i dalje sam se ponašao kao da me *crespelle* zanimaju više od onog što ona ima da kaže. – Mmm, ovo je ukusno. Šta želite da joj kažete?

– Problem je u tome... pitala me je da li sam poznavala žrtvu pre dolaska ovamo, rekla sam ne, ali to je pomalo neiskreno.

Uzdahnuo sam. Zašto novinari i političari nikad ne mogu da priznaju kako su bili nepošteni? Nisam ništa rekao osim što sam ponovo zadovoljno promrmljao kad sam stavio hranu u usta i pustio sam je da kaže šta ima.

– Mislim, istina je da ga nikad nisam *upoznala*, ali znala sam ko je. U stvari, poslata sam ovamo da ga pratim.

– Poslata? Ko vas je poslao? – Uzeo sam veliki gutljaj *barbere* i čekao da ona objasni.

– Ja sam novinarka. Radim za *Miror* i objavljivali smo tekstove o slavnim ličnostima koje su imale plastične operacije. Saznali smo da je Rik Brauning – to mu je umetničko ime – bio u klinici u Montreu, na zatezanju, i poslata sam da to proverim. Kad sam otkrila da je ufolog i da dolazi ovde kasnije, morala sam naglo da razvijem zanimanje za sve ove gluposti. – Pogledala me je u oči. – Izvinite, to nije pošteno. Sigurna sam da vi iskreno verujete u sve to. Ne treba se rugati uverenjima drugih ljudi.

– U redu je. – Nisam hteo da otkrijem kako delim njene sumnje o NLO-ima i pravio sam se kako ne znam ništa o žrtvi, u nadi da ću saznati nešto više o njemu. – Bojim se da ne znam za glumca koji se zove Ričard ili Rik Brauning.

– Nekad je bio prilično poznat u svetu britanskih sapunica, ali nikad nije bio velika zvezda i sigurno nije bio međunarodno poznat. Zanimljivo je što sad vodi seriju emisija na televiziji o pogodite čemu? – Nije mi dala vremena da odgovorim. – Tako je, radi za kompaniju koja pravi emisije o neobjašnjivom, kao što su vanzemaljci među nama.

Široko sam se osmehnuo. – Ja ozbiljno sumnjam u naše prijatelje pirate s Kariba i njihova srebrna svemirska odela.

Uzvratila mi je osmeh. – I ja. U svakom slučaju, radi za televizijsku kuću *Kosmoslink*, a oni se bave takvim stvarima. Poslata sam ovamo sa uputstvima da ne otkrivam šta radim i morala sam da dobijem dozvolu urednika pre nego što sam pomislila da išta kažem inspektorki.

– Siguran sam da će razumeti. – Misli su mi letele po glavi. Ako je Rik Brauning bio predstavnik konkurentske televizijske kompanije, da li je došao da špijunira? A ako je tako, da li su ga prepoznali i ubili? – Kažite mi nešto... koliko je efikasna bila njegova maska? Iako ga *nisam* poznavao, sigurno su ga poznavali neki od ostalih?

– Ne obavezno. Da budem iskrena, nije uradio ništa značajno u poslednjih deset godina. Sumnjam da bi ga iko mlađi od mene prepoznao, mada sam sigurna da bi ga Džulijan i Izabel prepoznali da su mu videli lice. – Zaćutala je i video sam da razmišlja o tome što je rekla. – Kad bolje razmislim, pretpostavljam da je bio prilično poznat svakom ufologu koji je gledao njegove emisije.

– Dakle, pošto su gotovo svi ovde posvećeni ufolozi, svako od njih je mogao da ga prepozna. Stariji par, Vilfred i Sibil, rekli su mi da redovno gledaju Džulijanove emisije, tako da je vrlo verovatno da su gledali i te druge.

– Pretpostavljam da ste u pravu, ali problem je što je došao s klinike, i veći deo lica bio mu je prekriven zavojima... i ne govorim samo o nekoliko flastera. Spremna sam da se opkladim kako je šarmirao neku srdačnu bolničarku u Montreu i ubedio je da doda nekoliko slojeva zavoja, kako bi što više sakrio lice. Iznenadili biste se koliko to pomaže. Jedva sam ga prepoznala, a znala sam ko je on.

– Kako ste otkrili da dolazi ovamo?

Osmehnula se. – Pronašla sam i ja jednu srdačnu bolničarku, u zamenu za malo švajcarskih franaka, koja mi je rekla kako se hvalio da je velika televizijska zvezda i kako ide na sastanak ufologa u dolini Aosta. Brza onlajn pretraga kazala mi je da je ovo jedino mesto gde se sastaju ufolozi. Krenula sam u ponedeljak ujutro i čekala ga u dolini pre Valturnenša. U dolini ima mnogo hotela i nisam znala koji će odabrati. Čekala sam dva sata pre nego što sam uočila njegov crni mercedes, i onda je samo trebalo da ga pratim dovde, sačekam da se prijavi u hotel, i onda uradim isto. – Pogledala me je u oči. – To mi je posao. Time se bavim. Ne nazivaju to uzalud istraživačkim novinarstvom.

To je bilo zanimljivo. Ako je Braun stvarno prepoznat kao suparnik i ubijen zbog toga, onda se sumnjivci nalaze samo na jednoj strani, ali da li je Džulijan mogao da bude ubica?

– Ali zašto bi iko *ubio* Brauna? – Dozvolio sam sebi da zvučim malo zainteresovanije, a da ne zvučim previše detektivski. – Ne shvatam kako bi njegovo prisustvo u kampu moglo da smeta ikom osim Džulijanu i možda Izabel, ali zar ubistvo nije preterana reakcija ako pronađete špijuna u svom kampu?

– Znam na šta mislite. I ja sam pokušavala da dokučim to. Koliko vidim, niko u kampu nije znao ko je on ili, ako jeste, nije to odavao. Imam utisak da su ga Džulijan i Izabel *prepoznali*, ali nisu otkrili tu činjenicu. Pretpostavljam da je moguće da ga je ubio neko drugi iz drugog razloga, ali... – Oklevala je na tren. – Ako bih morala da se kladim, bio je to neko od to dvoje, mada sam saglasna da to izgleda preterano. Možda je postojao neki drugi razlog zbog koga su želeli da ga ubiju.

Izgledalo je da Alis ne može dodatno da doprinese istrazi bez moje preterane nametljivosti, i zato sam samo pokazao na njenu nedirnutu salatu. – Jedite. Gotovo sam pojeo svoje *crespelle*. Mogu lako da saznam broj kvesture i pozvaću ih ujutro i preneti inspektorki šta ste rekli. Ako bude želela da razgovara s vama, obavestiću vas. Koliko znam, možda će se ionako vratiti u kamp ujutro. – Nešto mi je palo na pamet. – Da li to znači da se sutra vraćate u London?

Odmahnula je glavom. – Ne, pošto nam je policija rekla da ostanemo ovde dok se istraga ne završi, ne mogu da odem. Pored toga, moj urednik želi da ga redovno izveštavam o događajima.

To mi se nije svidelo. Mogao sam samo da budem dostojanstven u porazu. – Nikad se ne zna, dok ne budete otišli, možda ćete videti vanzemaljce.

– Treba se nadati... Samo jedno, Dene: molim vas, možete li da ne otkrijete moj identitet? Što se tiče ljudi u kampu, ja sam ovde zbog NLO-a, iako mislim da je to gomila gluposti.

To znači da nas ima dvoje, ali nisam ništa rekao. – Obećavam, ako uradite nešto za mene.

– Naravno.

– Možete li nekako da ne otkrivate čitaocima gde se tačno nalazimo? Ako ništa drugo, ako uradite to, vaša konkurencija će preplaviti ovu oblast kao skakavci, a svaka prilika da Džulijan i ja vidimo posetioce iz svemira biće zauvek izgubljena. – Zvučalo je malo neverljivo, ali ona je odlučila da poveruje.

– Dogovoreno. Da budem iskrena, razmišljala sam da uradim tako. Kao što kažete, zašto da dajem konkurenciji korisne informacije kad imam priliku za sjajnu priču?

– Ovo pitam iz radoznalosti, kakav je tip bio Ričard, Rik Braun?

– Recimo da ga niko nije mogao optužiti da je skroman. – Pogledala me je na tren ili dva i video sam gađenje na njenom licu. – Mislio je da je bogom dan.

– Pa, glumce bije glas da su pomalo egoisti.

– *Pomalo?* Taj tip je bio gotovo dvadeset godina stariji od mene i tek je izašao iz bolnice, izgledajući kao lik iz horor filma, ali kad me je video u ponedeljak uveče, odmah je počeo da me muva, a ne pričam o prijateljskom razgovoru. – Glas joj je bio ogorčen koliko i izraz lica. – Kao što sam rekla, nikad ga ranije nisam srela ali znala sam da je ženskaroš, i bio je pravi matori bludnik. – Uzela je veliki gutljaj vina da ispere to sećanje. – Nije me ostavljao na miru. Očigledno, noć s njim bila bi iskustvo koje bih pamtila čitav život. – Ogorčeno se osmehnula. – Sigurna sam da bi bilo, ali ne iz razloga koje je on imao na umu.

– Ali bila bi to dobra priča za vas. – Ublažio sam svoje reči osmehom, ali ona se prilično uverljivo stresla.

– Samo zato što radim za tabloid ne znači da sam potpuno nemoralna. Postoje granice toga što sam spremna da uradim da bih dobila priču.

– Drago mi je što to čujem.

Bilo je to prijatno veče i hrana je bila vrlo dobra. Dok smo jeli i razgovarali, pod uticajem vina počela je vidljivo da se opušta. Pogledao sam naokolo i počeo da primećujem sličnost između uglavnom tamnih fotografija na zidovima. Dok sam čekao svoju *bistecca alla valdostana*, ustao sam i otišao da pogledam izbliza neke od njih i postalo je jasno da su te zrnaste fotografije navodno slike NLO-a. Da budem iskren, većina je prikazivala neko svetlo na nebu ili samo tačkice na nejasnoj pozadini, ali na svakoj je pisalo gde i kad je fotografija napravljena. Nije me iznenadilo kad sam video da su sve navodno napravljene u okolini ili na samom brdu na koje su ufolozi postavili osmatračnicu, Mon Sent Žorž. Što se tiče datuma, oni su bili iz poslednje tri godine.

Dok sam ih gledao izbliza, čuo sam neki umilan glas.

– Da li vas zanima vanzemaljski život?

Okrenuo sam se i video da taj glas pripada jednom tamnokosom Italijanu, starom između četrdeset i pedeset godina, a pošto je pristojno govorio engleski, odgovorio sam mu na engleskom.

– Tako je. Opčinjen sam time. Da li ste ovde iz istog razloga?

Osmehnuo se. – Živim ovde... mada sam i *ja* opčinjen vanzemaljskim životom. – Pružio mi je ruku. – Luiđi Arnad. Ja sam vlasnik *Alberga Italija*.

– Den Armstrong. – Rukovali smo se i brzo sam ga procenio. Iako je do savršenstva igrao ulogu srdačnog ugostitelja, moje staro pandursko šesto čulo kazalo mi je da postoji nešto neiskreno u njemu, i odmah sam ga ocenio kao nepouzdanog. Ipak, pohvalio sam njegov restoran i sjajnog kuvara i osmeh mu je postao širi.

– Mnogo vam hvala. Dajemo sve od sebe. Moj deda je napravio ovaj hotel posle rata, a moj otac je nastavio posao. Nažalost, umro je pre tri godine, i otad ja vodim posao.

– Pa, izgleda da to radite dobro. Vidim da je restoran gotovo pun večeras.

Klimnuo je glavom. – Gotovo svake večeri od Uskrsa smo puni i imali smo sreće da dobro poslujemo čitave godine.

Pokazao sam na fotografije. – Da li mnogi vaši gosti dolaze ovamo zbog NLO-a?

– Veliki broj. Ovdašnje planine su prilično poznate po tome.

A to je sigurno korisno za stalnu popunjenost kapaciteta, posebno na ovako zabačenom mestu. Nimalo velikodušno, uhvatio sam sebe da se pitam da li je to čista slučajnost, ili je ovaj ambiciozni hotelijer možda širio te glasine. Možda je nekako odgovoran i za svetla na nebu? Sve je dozvoljeno u ljubavi, ratu i poslovanju.

11.

Sreda noć

Nakon izvrsne i vrlo zasitne *bistecce*, otišao sam do recepcije i pitao da li imaju slobodnu sobu za mene i mog psa za narednu noć ili možda malo duže. Mlada dama na recepciji mi je rekla da imaju mesta i da je Oskar dobrodošao „sve dok se ne penje na krevet", i onda sam rezervisao jedno noćenje, a možda i dva ili tri. Vraćao sam se prema stolu da pojedem vrlo prijatne profiterole, kad sam se setio da ću morati sutra da joj pokažem pasoš, i palo mi je na pamet da je pasoš Ričarda Brauna možda i dalje u hotelu, ili makar njegova kopija. Italijanski hoteli, za razliku od francuskih, uvek traže neki identifikacioni dokument, a ponekad ga zadrže dok gosti ne odu – što je vrlo dobar način sprečavanja gostiju da se išunjaju bez plaćanja računa. Zaključio sam da je bolje da pitam da li je Karmela Kostej zadužila svoje ljude za to. Mada smo sad znali Braunovo pravo ime, možda postoje neki dokazi zašto je ubijen. Na primer, severnokorejska ili iranska viza bi sigurno izazvale sumnju.

Nakon večere, Alis me je otpratila do trga i iznenadila predlogom.

– Ako želite da se istuširate, moja soba je blizu.

Bolje je što smo bili napolju u mraku, inače sam bio siguran da bi uočila nesigurnost na mom licu. Rekao sam sebi da je to samo vrlo ljubazna i praktična ponuda prijatelju koji trenutno spava u folksvagen kombiju. S druge strane, možda je bilo nešto više od toga, a tri stvari su mi istovremeno pale na pamet. Prvo, ona je teoretski i dalje mogući ubica – koliko god neverovatno to izgledalo. Drugo, mnogo je mlađa od mene i sigurno može da nađe nekog boljeg od penzionisanog pandura koji je počeo da sêdi, i na kraju, najvažnije, već sam bio u čvrstoj i ozbiljnoj vezi sa Anom. Zahvalio sam se Alis i odbio njenu ljubaznu ponudu – kakva god da joj je bila prava priroda – zahvalio sam joj se na društvu i otišao iza zgrade do svog kombija.

Krenuo sam putem prema kampu, i usput sam se zaustavio na jednom za parkiranje zgodnom mestu i pozvao inspektorku Kostej da je pitam da li su njeni ljudi potražili Braunov pasoš u hotelu, i preneo sam joj ono što mi je rekao Pol, a zatim i Alis, o njenom pravom razlogu za dolazak ovamo. Čuo sam kako je inspektorka nezadovoljno frknula.

– Pa, sad makar znamo kako su se mediji dokopali priče. Mnogo hvala, Dene. A što se tiče pasoša, nameravam da pozovem hotel sutra ujutro. Danas nisam imala vremena.

I dalje sam imao blag osećaj krivice zbog Alisine verovatno sasvim nedužne ponude za tuširanje, tako da sam pozvao Anu da vidim šta radi i pomenem joj s kim sam večerao. Kad se javila, bilo mi je teško da nađem prave reči. Da li je to bila ženska intuicija ili nešto drugo, ona me je odmah pitala da li sam dobro i onda me je dovela pred svršen čin. – Dene, zvučiš kao nevaljali školarac. Šta si to radio?

– Nisam ništa radio... iskreno.

Verovatno je čula kako crvenim. – Hajde, kaži istinu. Šta nije u redu?

Bojažljivo sam joj rekao da sam večerao s mlađom ženom koja mi je ponudila da se istuširam u njenoj sobi i samo sam želeo da se javim i kažem da sam je odbio i kako ona ne mora da se brine da ću otići u Alisinu sobu iz bilo kog razloga. Na moje iznenađenje, prasnula je u smeh.

– Dene, *amore mio*, pravi si idiot. Poznajem te i verujem ti, ali lepo je što si se javio. Reci mi, kako izgleda ta mlađa žena? Da li je lepa?

Ukratko sam joj opisao Alis, trudeći se da naglasim kako uopšte nije lepša od nje, i ispričao joj o otkriću da je Alis novinarka. Kad sam krenuo da joj pričam šta sam saznao o žrtvi, iznela je vrlo razuman predlog.

– Hoćeš li da pitam Teta Menku o tom tipu? Znaš koliko se interesuje za te priče o neobjašnjivom, i ne bih se iznenadila da je čula za njega i njegove emisije. Možda može da obezbedi neke podatke ili tračeve. Kad bolje razmislim, kaži mi nešto o tom Džulijanu, i pitaću je i za njega i za njegovu kompaniju.

Bilo je negde oko jedanaest kad sam se vratio u kamp i parkirao kombi na isto mesto. Vatra se svela na blistav žar, ali dvoje ljudi je i dalje sedelo kraj nje. Pre nego što sam odveo Oskara u večernju šetnju, otišao sam da im se javim, i zatekao sam Sibil u višebojnom pačvork kaputu, a muž je sedeo kraj nje.

– Zdravo, Dene. Jeste li bili na večeri? Hoćete li *digestivo*? – Vilfred je uzeo bocu koja je stajala na zemlji i ponudio mi je. Kad sam pogledao bocu video sam da je to grapa. Dobro, neke grape su dobre, neke vrlo dobre, ali prema mom ograničenom iskustvu, velika većina grapa je pogodnija za potpaljivanje vatre ili skidanje farbe nego za piće. Nije mi bila poznata ta etiketa i odlučio sam da pametniji popušta.

– Hvala vam na ponudi, ali večeras sam već popio dovoljno. – Mada nisam popio ni izbliza toliko kao osoba s kojom sam večerao. – Upravo sam večerao u hotelu u Montazu i bilo je vrlo ukusno. Jeste li bili tamo?

– Ne, ali trebalo bi da odemo na večeru ove ili sledeće nedelje, zar ne? – Vilfred je pogledao Sibil.

– To je Džulijan rekao, ali pitam se da li će doći do toga nakon svega što se dogodilo. – Sibil je pogledala na sat. – On i Izabel su otišli na osmatračnicu pre nekog vremena. Mi krećemo za nekoliko minuta. Raspored je čudan danas, ali mislimo da treba da smenimo one koji su sad na dužnosti. Pored toga, ovo je vreme kad se vanzemaljci pojavljuju i neverovatno je uzbudljivo videti svetla. – Bila je vrlo uzbuđena ali, rekao sam sebi, upravo je to razlog što su došli ovamo. Za Sibil, Vilfred i većinu ostalih, nekoliko svetala na nebu bilo je isto kao zlatan grumen veličine pesnice za kopača zlata.

Pošto su ta svetla na nebu viđena između jedanaest i jedan, odlučio sam da odem na brdo s njima, makar zato što bi moja izmišljena ličnost ufologa želela to da uradi. Bio sam uveren da neću videti nikakve posetioce iz drugog sveta, ali i pored toga je postojao delić mene koji je želeo da vidi oko čega se diže tolika galama.

Temperatura je bila osetno niža nego ranije večeras, i uzeo sam zimsku jaknu iz kola i nekoliko minuta kasnije smo krenuli. Dosad su mi se oči navikle na tamu i nismo morali da koristimo baterijske lampe, što mi nije smetalo jer sam imao samo baterijsku lampu na telefonu. Kad smo stigli do vrha, video sam da su tamo ne samo Džulijan i Izabel nego i Džefri i Krispin, kao i Brajan i Don, o kojima sam razmišljao kao o piratima s Kariba, kako ih je Alis opisala. Vejn, kamerman, postavio je stativ i kameru, a Džulijan je nešto govorio. Zaustavio sam se i slušao, sve opčinjeniji.

– Evo nas na Alpima, čekamo neoboriv dokaz da nismo sami u svemiru. – Zastao je, dozvoljavajući nekoliko sekundi dramske tišine pre nego što je naglo podigao ruku i pokazao ka nebu. – Gledajte s nama dok očekujemo dolazak vanzemaljskih bića: bića koja su već ubila jedno ljudsko biće. – Sad se namrštio i nagnuo napred, prema kameri. – Avaj, jedan od pripadnika naše *Družine* spaljen je nasmrt pre nekoliko dana. Možda smo mi sledeći?

Nakon još jedne dramske pauze, ispravio se i pomerio šaku ispred grla. – Rez, Vejne. Gotovi smo.

Kad je Vejn okrenuo kameru ka nebu, razmišljao sam o onome što sam upravo čuo. Očigledno je Džulijan odlučio da iskoristi skorašnje događaje i pokušavao je da stvori utisak misterije i opasnosti. S obzirom na to da je jedan čovek ubijen i spaljen na vrlo sumoran način, to mi je izgledalo neukusno i nije me privuklo Džulijanovom projektu. Tek je trebalo da se vidi je li on sposoban da ubije nekog.

U međuvremenu, svi su se vratili na svoja mesta i svi su gledali ka nebu. Očigledno je bilo, po broju posmatrača, kako nisam jedini koji je shvatio da je ovo glavno vreme za osmatranje NLO-a na Mon Sent Žoržu.

Seo sam na jednu stenovitu izbočinu pored hrpe kamenja i čekao. Temperatura ovde je bila još niža i bilo je dovoljno hladno da budem zahvalan što sam poneo jaknu. Nije bilo ni oblačka na nebu, i mada nije bilo mesečine, zvezde su bacale dovoljno svetla da razaznam obrise drugih figura kraj sebe i obrise planina na horizontu. Piramidalni Materhorn je izgledao prepoznatljivo, i zapitao sam se ima li nečeg u Džulijanovoj pretpostavci kako je on važan za vanzemaljske posetioce.

Sve oči su bile uprte ka nebu i postojalo je neko iščekivanje. Sedeo sam opušteno dok se Oskar protezao kraj mojih nogu i uskoro je zahrkao, nimalo uznemiren mogućnošću susreta s vanzemaljcima. Da budem iskren, nakon obilnog obroka, s mukom sam držao otvorene oči.

Sedeli smo tako gotovo jedan sat, do pola jedan, kad su se ostali iznenada uznemirili. Svi su imali dvoglede, a pirati s Kariba su imali teleskop na stativu, i svi su gledali ka severu, prema Materhornu. Mada sam imao dvogled u kombiju, glupavo sam večeras zaboravio da ga ponesem, i odlučio sam da to zapamtim za sledeći put. Čuo sam kako Džulijan izdaje naređenja kamermanu i hor promuklih šapata koji su označavali da su i oni uočili nešto. Napregao sam se da vidim šta bi to moglo biti.

Prateći smer velikog teleskopa, postepeno sam počeo da uočavam udaljeno svetlo na nebu, koje se približavalo. Golom oku je to izgledalo kao obično svetlo: možda neka vrsta vazduhoplova. Pažljivo sam osluškivao, trudeći se da čujem buku motora, ali samo sam čuo povremene šapate i čak uzdahe nekih od prisutnih. I dalje na velikoj visini, to svetlo – možda su bila i tri-četiri svetla, ali bez dvogleda je bilo nemoguće reći – prošlo je iznad naših glava, a onda je naglo skrenulo udesno i nestalo bez traga. Pogledao sam u Džulijana, koji je stajao sasvim mirno, zureći uvis zanemeo od opčinjenosti, a svetlost zvezda obasjavala mu je začuđeno lice.

Nakašljao sam se da mu privučem pažnju. – Da li je to bilo ono što mislim da je bilo?

Spustio je dvogled i pogledao me je. Video sam kako mu mačkolike oči blistaju na svetlosti zvezda. – To su četiri puta... pet, ako je letelica stvarno sletela sinoć. To je izuzetno. I svaki put su ti objekti dolazili sa severa – iz smera Materhorna – a onda odlazili na jug. Izgleda da je to redovna ruta. – Čuo sam kako je duboko, zadovoljno uzdahnuo. – Osećam se povlašćeno što sam ovde, a ti, Dene?

– Bez sumnje. – Šta sam drugo mogao da kažem, mada još nisam bio uveren da je ono što smo videli bilo vanzemaljskog porekla. I pored toga, morao sam nevoljno da priznam kako sam se radovao što ću se naredne noći vratiti ovamo s dvogledom.

12.

Četvrtak, rano ujutro

Spavao sam prilično dobro, kad se sve uzme u obzir. Sedišta u mom kombiju mogu da se obore i tako se ravna površina produži do zadnjih vrata, ali je to naravno značilo da sam morao da delim prostor sa Oskarom. Mislio je da je to veoma zabavno i prvih deset minuta sam vodio borbu da ga sprečim da uđe u vreću za spavanje sa mnom. Na kraju je izgleda shvatio poruku i smirio se, ali kad sam se probudio narednog jutra, bio sam pribijen uz vrata kombija, s teškom psećom glavom na grudima, dok se on širio u preostalom prostoru, držeći se podalje od svog praznog kreveta.

Mumlajući gadne kletve, izašao sam na hladan jutarnji vazduh i odveo sam ga u šetnju, idući u širokom luku niže od kampa, za promenu, kako bih obišao okolinu. Mada sam i dalje čvrsto verovao da je ubica neko iz grupe ufologa, delovalo je razumno da vidim ima li drugih ljudi u okolini, koji žive u šumi ili tu kampuju. U šumi je bilo izuzetno tiho. Nestao je čak i zvuk klepetuša i čuo sam svega nekoliko ptica. Možda je visina od dve hiljade metara previše za njih... ali nisam ornitolog. Jedina buka bilo je pucketanje suvih grančica i lišća pod Oskarovim šapama, dok je tražio štapove i šišarke. Vegetacija je bila mešavina listopadnog i zimzelenog drveća, uz povremene čistine ili retku travu, i hodali smo gotovo dvadeset minuta u smeru sela pre nego što smo videli ozbiljnije znake ljudske aktivnosti.

Videli smo dve crvene veverice u krošnjama ispred nas i tišina je odmah prekinuta ratobornim Oskarovim lajanjem dok je neuspešno pokušavao da se popne na drvo. Veverice su reagovale s krajnjim prezirom, i Oskar je na kraju priznao poraz i nastavio da me prati stazom. Druga, manje poželjna životinja na koju sam naišao malo dalje bila je zmija. Uočio sam joj samo rep kad je brzo nestala u žbunju, i nisam znao o kakvoj se zmiji radi, ali imao sam osećaj da je to možda jedna od alpskih otrovnica. Poslednje što sam želeo je da ujede mog psećeg prijatelja ili mene.

Prvi znak civilizacije pojavio se dok sam hodao kroz veoma gustu smrekovu šumu. Počeo sam da čujem zvuke motora i izašao sam na jednu šljunčanu stazu, iza koje se nalazio voćnjak na padini, a smešan mali traktor probijao se između redova stabala uklanjajući korov. Iako je bio uži od normalnog traktora, nije bilo dovoljno prostora između stabala i bio sam zadivljen vozačevom veštinom. Mahnuo sam mu, a on je lenjo podigao ruku. Gledajući desno pored staze, uočio sam zgrade u daljini i odlučio sam da pogledam izbliza.

Uskoro se ispostavilo da je to *Manastir*, kafić i prodavnica, čiju sam tablu video dok sam dolazio. Tri ili četiri automobila već su bila parkirana ispred dugačke kamene zgrade, a na drugoj strani se nalazio prijatan prizor stolova ispod čvrste drvene nadstrešnice, prekrivene bambusom da bi se obezbedio hlad. Dvojica planinara u punoj opremi doručkovala su za jednim stolom, a divan miris kafe ispunio je vazduh. Odlučio sam da sledim njihov primer, a pogled u labradora rekao mi je da će mi se rado pridružiti.

Pošto je još bilo hladnjikavo, seo sam na sunce i pobrinuo se da budem malo dalje od drugih stolova, za slučaj da Oskar odluči da moli za hranu. Minut kasnije, jedan muškarac je izašao iz glavne kuće i došao da primi porudžbinu.

– Dobro jutro, šta želite? – Bio je to vrlo visok, mišićav crnac, i mada mu italijanski nije bio loš, očigledno mu nije bio maternji jezik.

– Rado bih doručkovao, molim vas. Kapučino, malo hleba ili kroasan i možda voćni sok. Šta imate?

– Mogu da vam iscedim nekoliko pomorandži ako želite, ili da vam ponudim domaći sok od jabuke. – Prilično dobro je govorio pomalo nesiguran italijanski, ali palo mi je na pamet da bi mu više prijao engleski.

– Da li je od jabuka s vaših stabala? – Postavio sam pitanje na engleskom i video sam kako mu se osmeh pojavljuje na licu kad je odgovorio na istom jeziku.

– Ubrao sam ih lično u septembru, gospodine. – Pokazao je prema voćnjaku u smeru iz kojeg smo došli Oskar i ja. – Čuvamo ih u manastirskom podrumu, a sok je vrlo ukusan.

– Onda ću uzeti čašu toga, hvala, a da nemate možda malo vode za psa?

– Naravno, gospodine. Prepustite to meni. – Njegov engleski je bio izvrstan i zapitao sam se odakle li je. Tokom prethodnih godina, sve veći broj migranata iz podsaharske Afrike dolazio je u Italiju i mnogi od njih su tečnije govorili engleski ili francuski nego italijanski. Život ovde mora da je bio znatno drugačiji zbog temperature, u poređenju s njegovim rodnim krajem.

Doručak, s domaćim hlebom i domaćim džemom od jagoda bio je izvrstan, a i Oskar je očigledno bio zadovoljan vodom koja mu je doneta i koricama mog hleba. Čovek je ostao i razgovarao sa mnom još neko vreme i saznao sam da se zove Konrad, i da dolazi iz Kadune u severozapadnoj Nigeriji. Rekao sam mu da se zovem Den, da sam Britanac, i oči su mu zablistale.

– Imam prijatelje u Engleskoj. Kažu mi da je to divna zemlja, prepuna tolerantnih ljudi.

Odlučio sam da mu ne razbijam iluzije. Tokom godina u londonskoj policiji, naišao sam na razne izuzetke od tog opisa – neki od njih su bili zaposleni u policiji – ali, kad razmislim, možda i nije bilo tako loše.

– Engleska je dobra, ali ako mene pitate, stvarno mi se sviđa Italija. Sad živim ovde i sviđa mi se. – I stvarno je bilo tako.

Kad smo Oskar i ja utolili žeđ, otišao sam do kamene zgrade da platim. Ime tog mesta je glasilo *Manastir*, i pogledao sam ga sa zanimanjem. Dugačka niska kamena zgrada nije imala nikakve ukrase niti arhitektonsku raskoš karakterističnu za druge crkvene zgrade u Italiji i pitao sam se kakva mu je istorija. Dobio sam priliku da saznam kad sam ušao. Za kasom je sedeo jedan stariji sveštenik, koji me je pozvao unutra čim sam promolio glavu kroz vrata.

– U redu je. Možete da uvedete psa. Volim sve životinje, a sanitarna inspekcija dolazi s mene na uštap.

Osmehnuo sam se zbog njegovih reči. Upotrebio je italijanski izraz čiji je bukvalni prevod „Svaki put kad papa umre". S obzirom na okovratnik i crnu odoru koje je nosio, to je ukazivalo na dobar smisao za humor. Unutra se nalazio mali asortiman proizvoda za prodaju i, kako je izgledalo, većina je bila tu proizvedena. Jedna od stvari koje volim u vezi sa Italijom je što možete pronaći dobru lokalnu hranu, i uzeo sam teglu džema od kajsije i veknu reklo bi se domaćeg hleba i odlučio da kasnije dođem kombijem i kupim hranu. Dok sam plaćao, pitao sam za istoriju manastira.

– Manastir je u stvari pogrešno ime. – Sveštenik je zvučao zadovoljno zbog pitanja. – Izgrađen je u trinaestom veku kao manastir, mala opatija, koji su osnovali cisterciti.

Čuo sam za cistercite mnogo puta tokom istraživanja srednjeg veka i dokazao sam mu da znam ko su i da su se zavetovali na siromaštvo i vredan rad u polju. Klimnuo je glavom.

– Upravo tako. I stoga je to duh koji pokušavamo da gajimo kod svojih gostiju. Pod „gostima" ne mislim na mušterije kao što ste vi; mislim na ljude koji rade ovde.

– Kao Konrad.

– Upravo tako. Radimo već pet godina i obezbeđujemo smeštaj za novopridošle migrante i pomažemo im da obezbede radne i boravišne dozvole. Zauzvrat, oni nam pomažu oko farme i uče korisne veštine. – Osmehnuo se. – U stvari, mnogi od njih dolaze iz zemljoradničkih porodica i dosta sam naučio od njih.

– To zvuči kao vrlo korisna usluga. Koliko gostiju imate trenutno?

– Osamnaest. Imali smo dvadeset, ali dvojica su nedavno dobila stalne poslove u Torinu. Konrad će verovatno otići sledeći. Dokumentacija mu je kompletirana i nadam se da će sve biti završeno za nekoliko dana ili nedelja.

– Želim i vama i njima mnogo sreće. Vratiću se kasnije da kupim neke stvari.

– To je lepo čuti. Da li živite u blizini?

– Samo do kraja nedelje. Bio sam gore u kampu... znate, sa ufolozima.

– Stvarno? Ali gore se dogodila neka užasna tragedija, zar ne?

– Nažalost. Sve je to vrlo tužno.

– Ljudi govore da je to ubistvo. To nije istina, zar ne?

– Izgleda da jeste, ali nema razloga za zabrinutost. Policija se bavi time.

– Da li znaju ko je to uradio?

– Stvarno ne mogu da kažem. U svakom slučaju, videćemo se kasnije.

Kad smo se vraćali kroz šumu, pozvala me je ispektorka Kostej.

– *Ciao*, Dene. Jesi li dobro spavao?

– Spavao? Nisam imao vremena za to, Karmela; čitave noći sam gledao neidentifikovane leteće objekte.

Nasmejala se. – Da, a ja sam Deda Mraz. Slušaj, dobila sam izveštaj o žrtvi iz Londona. Na engleskom je i mislim da sam shvatila suštinu, ali volela bih da zajedno pogledamo to, ako ti ne smeta. Upravo idem ka Montazu. Možemo li da se nađemo negde nasamo?

Pogledao sam preko ramena. Krov manastira je i dalje bio vidljiv iznad krošnji i predložio sam da se nađemo tamo i krenuo sam da se vraćam.

Kad sam se vratio u manastir, policijska kola su tek stigla i pozornik Šanu je stajao, dok je njegova šefica s mukom izlazila sa suvozačkog mesta. Mahnula je kad me je videla, a Oskar je otkasao tamo i oboje ih srdačno pozdravio. Nas troje smo seli za isti sto za kojim sam doručkovao. Nakon što smo naručili kapučino za Šanua i mene, a kafu bez kofeina za nju, spustila je fasciklu na sto i počeo sam da prevodim.

– Izveštaj potvrđuje ono što sam čuo sinoć: Ričard Braun, umetničko ime Rik Brauning, glumac, star pedeset tri godine, stanovnik Noting Hila u Londonu. Nedavno lečen na privatnoj klinici u Montreu, u Švajcarskoj. Nema pojedinosti, ali klinika je specijalizovana za plastičnu hirurgiju. Nakon studija glume imao je niz poslova, a najpoznatiji je po ulozi u jednoj dugotrajnoj britanskoj sapunici. Nakon toga, više se bavio voditeljskim poslom i snimio je nekoliko dokumentaraca za *Skaj*, a onda je počeo da radi za *Kosmoslink TV*, pre pet godina. Bio je voditelj serije emisija o NLO-ima i takvim stvarima, a redovno je snimao potkaste. Stekao je dosta pratilaca među ljudima sličnih stavova, mada je uglavnom radio za mejnstrim televizije. Ženio se dvaput, a od poslednje žene se razveo pre dve godine. U oba slučaja je on bio neveran.

Inspektorka je klimnula glavom. – To potvrđuje ono što je tvoja prijateljica rekla sinoć za večerom, da je bio ženskaroš.

– Još nešto? Da li je osuđivan?

Pogledao sam izveštaj. – Ništa osim nekoliko kazni za prebrzu vožnju. Ne, u tom smislu nema ničeg zanimljivog.

– Ima li ikakve veze između njega i Džulijana Gudfeloua ili *Družine srebrne kugle*?

– Opet, nema ničeg u izveštaju, ali jasno je da je verovao u te stvari – ili se makar pretvarao da veruje zbog karijere – tako da bih se iznenadio da nisu makar *čuli* jedan za drugog, ako se nisu bolje poznavali.

– Ima li neke veze s nekim od ufologa ovde?

– I dalje istražuju to, ali mislim da moraš da odvedeš Džulijana Gudfeloa sa strane i navedeš ga da ti kaže sve što zna o Braunu. – Klimnula je glavom i nastavio sam. – Ako je otkrio pravi identitet žrtve, mora da nam bude prvi na spisku sumnjivih, mada nisam siguran da je ubica. Alis Tarner mi je rekla kako ne misli da je iko drugi prepoznao Brauna, osim možda Džulijana i Izabel, ali naravno da je moguće da su ga drugi prepoznali i ćutali. – Setio sam se nečeg. – Da li su tvoji ljudi proverili snimak koji je napravio kamerman u utorak? Ima li nečeg zanimljivog?

Osmehnula se. – Ništa što bi tačno potvrdilo njegovu lokaciju – uglavnom samo drveće i nebo – ali zanimljiv je snimak Elizabet Vinter koja trči stazom prema policijskoj blokadi.

– Zašto je zanimljiv?

– Jer je većina krupan plan ženske zadnjice u helankama.

– Jao, Vejn i Libi, zar ne? Ili se makar Vejn interesuje za nju, iako to nije uzvraćeno.

U tom trenutku, Karmelin telefon je zazvonio. Bio je to kratak razgovor tokom koga je ona uglavnom slušala pažljivo i samo je mrmljala, dok na kraju nije rekla: – Dolazim odmah. – Spustila je telefon i pogledala me je preko stola. – Zvali su iz stanice. Britanska policija je poslala podatke o ostalim ufolozima. Naravno, sve je na engleskom. Moji ljudi sad to štampaju i pitala sam se da li bi došao i rekao mi šta tamo piše.

– Naravno. Gde da dođem?

– U kvesturu u Aosti. Nameravala sam da sednem i ispitam Džulijana Gudfeloua i njegovu partnerku ovog jutra, ali ovo je hitnije. Svratiću do kampa da proverim ima li nekih novosti od sinoć i onda ću svratiti do *Alberga Italija* da vidim imaju li Braunov pasoš, ili makar kopiju, a onda ću se vratiti u Aostu. To je vožnja od četrdeset pet minuta. Mogu li da te povezem? Šanu će te vratiti.

– Hvala, ali najbolje je da idem svojim vozilom, delimično zbog Oskara, ali i da ljudi u kampu ne bi pomislili da sam suviše blizak policiji. Pored toga, tako mogu da razgledam Aostu nakon što završimo. Često sam prolazio tuda, ali nisam se zaustavljao u gradu.

– Nešto mi je palo na pamet. – Dok si u hotelu, mogla bi da ih pitaš imaju li neke snimke s nadzornih kamera od utorka. Napokon, četvoro mogućih sumnjivaca odselo je tamo i bilo bi korisno proveriti alibije koje su nam dali.

Karmela mi se osmehnula. – Hvala, komesare Armstrong, mislim da je londonska policija izgubila dobrog detektiva kad si se penzionisao. Zadovoljstvo je raditi s tobom.

Uzvratio sam joj osmeh. – Zadovoljstvo je obostrano.

Oskar i ja smo požurili kroz šumu i stigli u kamp za petnaestak minuta. Ako je ranije bilo prohladno, sad sam se kuvao. Uspon je bio strm. Pre nego što sam otišao kombijem, pitao sam Val mogu li da donesem još mleka ili tako nešto. Nisam joj rekao kuda idem da bih još malo očuvao predstavu da nisam uključen u istragu. Široko mi se osmehnula.

– Koji litar mleka i nekoliko jaja bilo bi divno, hvala, Dene.

13.

Četvrtak ujutro

Vožnja do Aoste podrazumevala je spuštanje niza sve one ser-
pentine do Valturnenša i onda povratak do glavne doline, gde sam
skrenuo desno prema Monblanu i tunelu do Švajcarske, i vozio pre-
ostalih dvadeset kilometara auto-putem. U stvari, putovanje mi je
oduzelo gotovo sat vremena, ali naravno da nisam imao rotaciono
plavo svetlo na krovu. Glavna dolina bila je primetno šira od one
iz koje sam došao i to mi je omogućilo da vidim koliko su planine
stvarno velike sa obe strane. Dizale su se hiljadama metara iznad
mene i mnogi vrhovi bili su prekriveni snegom, čak i u maju. Do-
nje padine bile su istačkane seoskim kućama i krdima krava, čije
će mleko sigurno biti upotrebljeno za pravljenje čuvenog lokalnog
fontina sira. Da nije bilo beskrajne kolone teretnih vozila s registra-
cijama od Švedske do Turske i dalje, bila bi to prijatna vožnja.

Do Aoste je vodio dugačak, prav put okružen auto-servisima,
supermarketima, prodavnicama poljoprivredne opreme, skijaške
opreme i lokalnog sira i vina. Zapamtio sam prodavnice hrane i
podsetio sebe da svratim u povratku kako bih kupio zalihe za Val
i za sebe, uz domaće proizvode koje sam nameravao da kupim u
manastiru. Pogledao sam u retrovizor i video veliko, crno lice koje
zuri u mene puno nade, i setio sam se da bi bilo dobro da kupim još
jednu veliku vreću pseće hrane.

Kvestura, glavna policijska stanica za Vale d'Aosta, bila je mo-
derna zgrada u širokoj ulici s dosta mesta za parkiranje, što je bila
prijatna promena u odnosu na haos s parkiranjem oko kvesture
u Firenci, gde je radio Virđilio. Rekao sam svoje ime policajcu na

recepciji i nepun minut kasnije pozornik Šanu je strčao niza stepenice i otpratio mene i Oskara do prvog sprata. Tu sam bio na poznatoj teritoriji. Kao da sam se vratio u Skotland jard. Tu je bio centralni hodnik s kancelarijama i čuo sam žamor glasova, zvonjave telefona, zujanje štampača i druge elektronske opreme, i osetio sam miris kafe. Na putu do Karmeline kancelarije, Šanu je zastao kraj vrata na kojima je pisalo *Komesar Pjer Gresan*, i pogledao u mene.

– Komesar bi želeo da vas pozdravi.

Kucnuo je na vrata, a neki glas nam je rekao da uđemo. Šanu me je uveo i ostao u hodniku ispred vrata.

Komesar Gresan je bio verovatno nekoliko godina stariji od mene, imao je možda oko šezdeset godina. Kratko podšišana kosa bila mu je snežnobela, ali i dalje je izgledao aktivno i spremno. Skočio je na noge i prišao da me pozdravi.

– Komesare Armstrong, drago mi je. Virđilio mi je mnogo pričao o tebi. – Pogledao je Oskara, koji je gledao sa zanimanjem novo okruženje. – A ovo mora da je čuveni Oskar... Virđilio mi je rekao da je nezamenjiv član tvog istražiteljskog tima. – Sagnuo se da pomiluje Oskara, koji je izgledao kao da je navikao na takav kraljevski tretman.

Uzvratio sam osmeh Gresanu. – Drago mi je što sam te upoznao, komesare. Mnogo hvala što si me preporučio inspektorki Kostej. Ona je izuzetna detektivka i ponos tvoje jedinice.

– Pjer, molim te, zovi me Pjer. Drago mi je što je Karmela ostavila dobar utisak na tebe; i ja mislim tako. Uskoro će otići na porodiljsko odsustvo... da budem iskren, nedostajaće nam. – Namignuo mi je i osmehnuo se. – Ako želiš posao na nekoliko meseci, samo mi reci. – Pogledao je na zidni sat. Jedanaest i deset. – Znam da te čeka kako biste pregledali izveštaje iz Londona, ali ako imaš vremena, pozvao bih te na ručak kasnije. Obećavam ti dobar obrok.

– Mnogo ti hvala i, naravno, zovi me Den. Rado ću ručati s tobom, ako imaš vremena. Smem li da povedem svog četvoronožnog prijatelja?

– Naravno. Dobro, Šanu će te odvesti do Karmeline kancelarije. Vidimo se kasnije.

– Radujem se tome.

Karmela je čekala u kancelariji, koja je takođe izgledala vrlo poznato starom panduru kao što sam ja. Sto joj je bio prekriven fasciklama, a na jednom zidu nalazila se velika tabla za pisanje i podjednako velika plutana tabla. Ona je bila prekrivena fotografijama kampa ufologa iznad Montaza i mesta zločina. Primetio sam i nekoliko fotografija jedva prepoznatljive pocrnele mase koja je podsećala na žrtvu, kao i dve fotografije Rika Brauna ili Brauninga. Na jednoj od njih bio je otmeno odeven u besprekoran smoking na nekoj dodeli glumačkih nagrada, a ruka mu je bila prebačena preko golih ramena jedne lepe devojke u večernjoj haljini. Na drugoj je bio odeven kao Indijana Džouns, s kožnom jaknom i kaubojskim šeširom. Falio mu je samo bič u ruci i Zavetni kovčeg da bi slika bila potpuna. Iza njega se nalazila strma piramida koja je izgledala južnoamerički, ali nisam stručnjak za to.

Dobro sam pogledao muškarca na tim fotografijama. Alis ga je opisala kao vrlo uobraženog, i sigurno je na tim fotografijama zračio samopouzdanjem. Bio je zgodan muškarac s nizom belih zuba kao Oskar – mada sasvim moguće manje prirodnim – i bilo je jasno na osnovu izraza njegovog lica da je potpuno svestan svog izgleda. Moja mama bi ga opisala kao *napirlitanog*, i mogao sam da zamislim da je bio privlačan suprotnom polu – ili, moguće je, svom – i sasvim je moguće da je izazivao ljubomornu mržnju među muževima i momcima. Možda je to bio zločin iz strasti? Ne bi me iznenadilo, ali ako je tako, ko je bio toliko ljubomoran da ubije. Pogledao sam u Karmelu, koja je upravo završavala telefonski razgovor. Možda će nam informacije iz Londona pomoći da pronađemo, ako ne krivca onda makar motiv za ubistvo.

Spustila je telefon i podigla poznat predmet iz gužve na stolu i mahnula njime. – Dođi i sedi. Žao mi je što si čekao. Pasoš Ričarda Brauna. Bio je u hotelu, tako da sad imamo potvrdu identifikacije, ali nema ničeg zanimljivog u njemu; samo pečati iz nekoliko zemalja, ali ništa zlokobno. U hotelu su mi rekli da imaju nadzorne kamere, ali žena koja upravlja njima nije bila tamo jutros, pronaći će snimak od utorka i daće ga tebi što je pre moguće.

Samo sam odmahnuo rukom i seo naspram nje, dok je Oskar otišao s druge strane stola da se ponovo pozdravi. Dok mu je mazila uši jednom rukom, uzela je jednu fasciklu i dodala mi ju je drugom.
– Kaži mi šta misliš. U međuvremenu, kafa ili čaj?
– Rado bih popio kapučino, hvala.
Pogledala je Šanua, koji je čekao kraj vrata. – Kapučino za Dena i espreso bez kofeina za mene, molim te.
Kad se udaljio hodnikom, prelistao sam izveštaj. Ne znam da li ga je Pol spremio, ali bio je temeljno urađen i bio sam impresioniran. Svakom od ufologa bio je posvećen jedan pasus i sadržao je datum i mesto rođenja, zanimanje, bračni status i dodatne informacije. Mnogi su izgledali sasvim nedužno, a kad se Šanu vratio s kafom, sa spiska sam izdvojio svega nekoliko imena koja su zahtevala dalju istragu. Tu su bili Džulijan, Izabel, Libi, tetovirani Don, kamerman Vejn i, iznenađujuće, Megi Vernon, Sandrina prijateljica. Što se tiče ostalih, nisam uočio ništa neobično.
Karmela je privukla stolicu i sela kraj mene dok sam joj objašnjavao sve. Nakon što sam preskočio ne mnogo zanimljive Sibil, Vilfreda, Betani i Pitera, počeo sam sa ostalima.
– Niko od sumnjivaca nema krivični dosije osim Donalda Grajmsa. Osuđen je na četiri godine zbog napada, a odslužio je dve pre nego što je pušten uslovno pre pet godina. Koliko podaci pokazuju, otad nije upadao u nevolje, ali jasno je da je bio nasilan, a možda je i dalje.
Karmela je zapisivala u svoju beležnicu. – Sigurno treba ponovo razgovarati s njim.
– Džulijan Gudfelou je proveo petnaest godina u britanskoj vojsci, i penzionisao se kao major. Bio je u pešadiji i služio je u Siriji i Avganistanu. Nema pohvala, ali nema ni kršenja discipline. Izgleda da je bio prosečan oficir i, kao pešadinac, sigurno je učestvovao u dosta borbi. Verovatno bi imao živaca da udari nekog u glavu i zapali leš. – Klimnuo sam glavom. Činjenica da je Džulijan bio u vojsci nije me iznenadila i nije bilo sumnje da bi, zbog takve prošlosti, bio manje gadljiv od prosečnog filmadžije. Ali jesam li mislio da je ubica, posebno takav koji je spreman da polije leš benzinom i zapali ga?

– Ima li nečeg o njegovog televizijskoj kompaniji?

– MZITV prodaje emisije raznim televizijskim stanicama u Velikoj Britaniji i inostranstvu. – Osmehnuo sam joj se. – Kako mi zvuči, nije mu potreban dodatni novac koji uzima od ufologa.

– A njegova partnerka?

– Prijateljica Džulijana Gudfeloua, Izabel Sančez, posebno je zanimljiva. Rođena je u Velikoj Britaniji, ali roditelji su joj Španci, i ima pedeset dve godine. Zanimljivo je što je pohađala glumačku akademiju u Londonu pre trideset godina, u isto vreme kad i Ričard Braun ili Brauning.

– I ona je bila glumica?

– Da, ali nikad nije imala uspeha. Nakon nekoliko godina sporednih uloga, udala se za nekog venecuelanskog milionera koga je nepoznata osoba (ili osobe) ubila pre četiri godine u Maroku... ali piše kako se u to vreme pričalo da je to mafijaški obračun, moguće povezan s narkoticima. U svakom slučaju, vrlo ljubazno joj je ostavio kuću u centru Londona i nekoliko miliona u banci. Nema dodatnih podataka o njoj, ali u izveštaju piše da i dalje proveravaju.

– A njena veza sa Džulijanom Gudfelouom?

– Radili su zajedno otkako je on osnovao kompaniju pre jedanaest godina. Ona radi kao izveštač i voditelj i putuje po svetu s njim. Tu je i adresa njene *Fejsbuk* stranice. Izgleda da je ona tu da doda malo glamura svetu malih zelenih. Postoji i adresa njenog kanala na *Jutjubu*, tako da možemo da pogledamo i sami. Ne pominje se koliko dugo su ona i Džulijan zajedno, i da li su uopšte u vezi. Ne žive zajedno.

– A ostali?

– Libi, odnosno Elizabet Vinter, stara dvadeset devet godina, radi za Džulijana malo duže od godinu dana. Diplomirala je medijske studije i odmah se zaposlila na televiziji, počevši od dna kao saradnica u lokalnoj televiziji, a onda je prešla na *Skaj*, i postepeno je napredovala. Ovaj posao u Džulijanovoj kompaniji izgleda kao veliki korak unapred za nju. Kad sam juče razgovarao s njom, stekao sam utisak da se ili boji Džulijana ili nešto tu nije u redu. Ne znam kakve to ima veze s Rikom Brauningom, ali mislim da bi je vredelo detaljnije ispitati. Još jedna mogućnost; možda je upoznala Brauninga na počecima svoje televizijske karijere. Možda joj se nabacivao, ko zna?

Karmela je i dalje zapisivala. – Bez sumnje... još neko?

– Vejn O'Konel bi mogao da bude naš čovek. Radi kao kamerman u MZITV svega šest meseci, a pogodi gde je radio pre? – Odgovorio sam. – *Kosmoslink*.

– Vidi, vidi, ista kompanija za koju je radio Ričard Braun. To *jeste* zanimljivo. Moramo da saznamo zašto je otišao. Pitam se da li je bilo nekih prigovora na njegov rad. Ko zna? Možda se posvađao s Braunom, a kad ga je prepoznao u Montazu, odlučio je da izravna račune s njim.

Klimnuo sam glavom. – Poslednja zanimljiva osoba je ona o kojoj znam najmanje. Zove se Margaret (Megi) Vernon, i ona je ovde sa Sandrom Vilson, ćerkom mog prijatelja, inspektora Vilsona iz Londona. U izveštaju nema ničeg negativnog o njoj, ali privuklo mi je pažnju to što radi za još jednu televizijsku kompaniju, *tvxUK*. Ne znam kakve emisije snimaju, ali vredelo bi istražiti. Zar ne bi bilo zanimljivo da se i oni interesuju za NLO-e? Rado ću to proveriti onlajn pre nego što ti danas budeš ispitala te ljude.

– Hvala, Dene, to je bilo vrlo korisno. Bolje je da ih ispitamo sutra ujutro. Nažalost, imam neke obaveze danas po podne. – Osmehnula se. – Moram da idem na pregled u bolnicu.

– Ako ikako mogu da ti pomognem, samo reci. Rado ću ti biti na usluzi. – I činjenica je bila da sam stvarno bio rad da joj pomognem. Ovo me je vratilo u stara vremena. Posao privatnog istražitelja ume da bude jednoličan i, iskreno, ponekad mi deluje prilično ljigavo to što se šunjam naokolo, istražujući male prljave tajne drugih ljudi. Uključenost u pravu policijsku istragu ubistva bila mi je kao duševna hrana. A kad smo kod hrane, setio sam se poziva na ručak i pomenuo sam to Karmeli. Osmeh joj je postao širi.

– Volela bih da mogu da pođem s tobom. Pjer je sjajno društvo, a ono što on ne zna o policijskom poslu – ili, u stvari, o bilo čemu – u ovoj dolini nije ni vredno znati. – Popila je svoju sad mlaku kafu bez kofeina i ustala, uz glasan uzdah. Saosećajno sam je pogledao.

– Da li ti je to prvo dete?

Klimnula je glavom. – I jedva čekam da se rodi. Osećam se kao kit, gležnjevi su mi otečeni i, iz nekog razloga, stalno jedem sardine. Mačke će me pratiti naokolo. Šta je s tobom? Imaš li dece?

– Jednu ćerku, ali sad ima trideset godina. Udaje se naredne godine, tako da ću možda uskoro postati deda.

– Da li Oskar zna da će možda imati konkurenciju za tvoju pažnju?

Pogledao sam ga dok je zadovoljno trljao glavu o Karmelinu nogu. – On je po prirodi srdačan pas. Prihvatiće to bez problema.

14.

Četvrtak popodne

Pjer Gresan je bio u pravu kad je obećao dobar ručak. Vodio me je kaldrmisanim ulicama starog grada Aoste, pored ostataka dve hiljade godina stare rimske tvrđave, sve dok nismo stigli do vrlo drevne, niske, kamene zgrade, s krovom napravljenim od debelih, grubih kamenih ploča. Ta građevina je izgledala kao da je oduvek tu, a drevna izrezbarena hrastova vrata izgledala su kao da pripadaju nekom zamku. Unutra je restoran već bio polupun, mada je bilo tek podne, i predivan miris hrane ispunjavao je vazduh. Konobar nam je pokazao naš sto i vlasnik, koji je očigledno dobro poznavao Pjera, prišao je da se rukuje s nama i kaže nam koji su današnji specijaliteti. Bio sam zadivljen kad sam čuo da njih dvojica razgovaraju lokalnim patoa narečjem, koje je zvučalo više kao francuski nego italijanski, mada sam, i pored diplome iz francuskog koju sam stekao u davna vremena, jedva razumeo pokoju reč.

Pjer me je pogledao i obratio mi se na italijanskom. – Jesi li gladan?

Na trenutak, mogao sam da se zakunem da je Oskar klimnuo glavom. Kad govorimo o hrani, on je poliglota koliko i proždrljivac. – Naravno. Ne biram šta ću jesti. Prvi put sam u Aosti, a ti si meštanin, pa biraj.

Usledio je kratak razgovor na patoa jeziku, i nakon što je ugostitelj otišao Pjer mi je rekao šta me čeka. – Ne možeš da dođeš u Aostu a da ne probaš neke od lokalnih specijaliteta, i naručio sam *fondutu*, zatim goveđu karbonadu s palentom. Ne znam kakvi su ti planovi za večeru, ali verovatno ti neće biti potrebno mnogo nakon ovog.

Nije se šalio. Kad je stiglo prvo jelo u usijanim lončićima od live-nog gvožđa, na prvi pogled je sve izgledalo kao švajcarski fondi, ali je ukus bio neznatno drugačiji. Pored kockica hleba za umakanje, dobili smo i izbor povrća, od krompirića do komadića brokolija. Pjer mi je rekao da je tajna ovog jela u *fontina* siru – već sam zaklju-čio da je fontina najpoznatiji proizvod u ovoj dolini – i da je pome-šan s jajima i komadićima tartufa. Rezultata je bio ukusan i pili smo divno lokalno vino uz njega.

Razgovarali smo tokom jela. Pitao me je o karijeri u Skotland jardu i bio je pomalo iznenađen kad sam mu rekao da se policijski posao tamo ne razlikuje mnogo od policijskog posla ovde. Ispričao sam mu o svom novom zanimanju privatnog istražitelja i pokazao je zanimanje.

– Odlazim u penziju naredne godine, pa ako ti ikad bude po-trebna pomoć ovde u Alpima, samo me pozovi. Rado ću ti pomoći.

– Nikad se ne zna. Ovog puta nisam ovde zvanično, ali sad kad se moja agencija pročula, ponekad me angažuju i za poslove izvan Toskane. Sigurno ću zapamtiti to. Karmela mi je rekla da znaš sve o policijskom poslu u dolini.

– Kad to radiš ovoliko dugo kao ja, saznaš sve što se događa.

Upravo sam pojeo svoju *fondutu* – i davao sam poslednje koma-diće hleba svom uvek gladnom psu – kad mi je telefon zazvonio. Bio je to Pol iz Londona i imao je vesti.

– Dodatno sam istražio tvoje ufologe i naišao sam na neke nove informacije. Razgovarao sam s menadžerkom kadrovske službe u *Kosmoslinku* i dala mi je iznenađujuće vesti. Vejn O'Konel je otpu-šten jer je napao kolegu. Smeš li da pogađaš ko je to bio?

– Nije valjda naš Rik Braun?

– Glavom i bradom. Tad se pričalo da su se zakačili zbog neke žene, ali gospođa iz kadrovskog nije htela da mi kaže ništa više.

– Nameravamo ozbiljno da porazgovaramo s gospodinom O'Konelom sutra ujutro, tako da će ovo biti vrlo korisna informaci-ja. Mnogo ti hvala, Pole.

– A ima još. Detektivka Malori, jedna od novajlija, došla je po-sle tebe, poznaje nekoga ko radi u *Kosmoslinku* i obećala je da će razgovarati s njim sutra i videti može li da sazna neki trač – stvari o kojoj nam žena iz kadrovske ne bi govorila. Vredi pokušati; možda ću sutra imati nešto novo za tebe o O'Konelu ili žrtvi.

– Sjajno, to će mnogo pomoći. Drago mi je što mogu da ti kažem da je Sandra dobro, ali pitam se da li bi mogao da proveriš njenu prijateljicu, Megi Vernon. Navodno radi za neku televizijsku kompaniju koja se zove *tvxUK*. To verovatno nije važno, ali voleo bih da proveriš. Vidi da li je imala ikakve veze s Rikom Braunom ili, kad smo kod toga, s Džulijanovom kompanijom, MZITV? Znam da su ona i Sandra dobre prijateljice, pa ne želim da stvari postanu neprijatne ako nema ničeg konkretnog.

– Prepusti to meni i hvala, Dene, stvarno cenim što mi ovako pomažeš.

– Nema na čemu, druže.

Sad je jedna stvar bila jasna. Kad sam pitao da li je iko u kampu poznavao žrtvu, svi su odmahnuli glavom. Sve brže je postajalo jasno da je neko od njih lagao, a ako je tako – zašto?

Dalja razmišljanja prekinuo je konobar koji je doneo veliki tanjir goveđeg gulaša s prilogom od palente, ali ne bilo kakve palente. Palenta mi se inače sviđa, ali nisam baš lud za njom. Pravi se od kukuruznog griza i ima konzistenciju krompir-pirea, i pomalo je bezlična. Današnje jelo bilo je sve samo ne bezlično jer je bilo pomešano s fontinom – neizbežno – kao i lokalnim buđavim sirom, a rezultat je bio izuzetno ukusna mešavina. U stvari, to bi bilo sasvim ukusno zasebno jelo, ali danas je bilo bogato preliveno goveđim gulašom, i ta kombinacija je, osim što mi je dala više kalorija nego što mi je potrebno, bila divna. Dok smo jeli, rekao sam Pjeru šta sam upravo saznao od Pola i mudro je klimnuo glavom.

– *Cherchez la femme*. Zvuči mi kao da je žrtva možda ubijena iz ljubomore. Ispitivanje kamermana će biti zanimljivo.

Imao sam isti osećaj.

Nekako sam uspeo da pronađem mesta nakon sve te palente i govedine za izvrsnu panakotu s flambiranim šumskim voćem u sirupu, koja je verovatno dodala još hiljadu kalorija obroku, ali više nisam mario. Nisam svakog dana imao priliku da jedem tako dobro, i iskoristio sam to. Pored toga, kazao sam sebi, Oskar i ja možemo kasnije da potrošimo te kalorije šetnjom po planini.

Nakon ručka – a Pjer je insistirao da plati – i neizbežne čašice izuzetno dobre grape, najsrdačnije sam mu se zahvalio i otišao da se prošetam gradom. Aosta je na mnogo načina bila zimski grad, s brojnim prodavnicama koje prodaju skije, skijašku odeću, opremu za hodanje i planinarenje, kao i brojnim barovima – uz neizostavni „britanski" pab – koji su reklamirali kuvano vino. Današnji dan nije bio za kuvano vino i uhvatio sam sebe kako izbegavam direktno sunce i držim se hlada ne samo zbog svog psa. Podsećam vas, zbog tih kalorija koje su mi kružile venama, bilo je neizbežno da mi bude vruće.

Uživao sam u obilasku grada i rado sam otišao u kupovinu i onda se vratio u Montaz i prijavio se u *Albergo Italija*. Dali su mi udobnu sobu s malim balkonom, a pogled preko sela do doline i planina iza bio je divan. Stajao sam tamo, naslonjen na ogradu, i duboko udahnuo. Oskar je, kraj mojih nogu, promolio njušku kroz gvozdene rešetke i uradio isto. Čist planinski vazduh bio je osvežavajući. Bilo je dovoljno prostora da postavim Oskarov krevet pored prozora i promrmljao sam molitvu da on odluči da spava u njemu, umesto da pokuša da se popne na moj krevet.

Pre nego što sam seo da pogledam internet, kao što sam obećao Karmeli, pomislio sam da odvedem Oskara u šetnju po selu i dam mu priliku da se istrči u obližnjoj šumi. Kao što sam i mislio, bilo je to stvarno malo selo i obišao sam sve, uključujući crkvicu, u roku od petnaest minuta, tako da smo otišli malo dalje u šumu i proveli prijatnih pola sata hodajući mrežom staza, dok je Oskar stalno tražio štapove ili šišarke da mu ih bacam. Ponovo bi sve bilo idilično, samo da nije bilo ubice u okolini.

Kad sam se vratio u sobu, izvadio sam ajped i malo istraživao po internetu. Počeo sam traženjem kompanije u kojoj je radila Megi, Sandrina prijateljica, i ono što sam otkrio bilo je iznenađujuće. Bilo mi je potrebno svega nekoliko sekundi razgledanja sajta *tvxUK*, kako bih shvatio da ta kompanija ipak nije specijalizovana za vanzemaljske istrage nego za sasvim drugačiji program.

Megi je radila za kompaniju koja snima filmove za odrasle. Izveštaj iz Londona je ukazivao samo da radi za *tvxUK*, ali nije pisalo u kom svojstvu. Pregledao sam prilično eksplicitne plakate filmova – samo zbog istrage, naravno – ali nijedna od oskudno odevenih žena nije bila Megi. Naravno, to nije obavezno značilo da ona nije porno zvezda, ali bilo je verovatnije da je deo administracije ili produkcije. Pitao sam se da li je Sandra znala pravu prirodu prijateljičinog posla. Ipak, bilo da je njen posao podrazumevao svlačenje odeće ili ne, što se tiče istrage ubistva, laknulo mi je kad sam video da nema očigledne veze sa MZITV ili *Kosmoslinkom*.

Zatim sam pregledao *Fejsbuk* stranicu koja pripada Izabel Sančez. Gotovo svi postovi i fotografije govorili su o tome koliko je njena karijera bila uspešna. Pregled snimaka na *Jutjubu* rekao mi je kako nije nimalo oklevala da pokaže svoje fizičke atribute, i na trenutak mi je palo na pamet kako bi verovatno imala uspešnu karijeru pred kamerama *tvxUK*. Međutim, osim potvrde da je očigledno imala glumački ego, postovi i snimci na *Fejsbuku* nisu dali dodatne podatke o njoj i, iako je ostala osoba za koju se zanimamo, izgledalo je da nema ničeg posebno tajnog u vezi s njom.

15.

Četvrtak uveče

Pjer je bio u pravu. Kad je došlo veče, stvarno mi nije bilo do punog obroka i zato sam odlučio da preskočim večeru. Odvezao sam se do kampa da odnesem mleko i jaja koje sam kupio za Val i usput sam svratio do *Manastira* da kupim zalihe za sebe. To se vrlo brzo pretvorilo u drugo pivo i sendvič od fokače, kozjeg sira i pečenog plavog patlidžana. Moja bivša žena me je često optuživala da sam alav, ali alavost je relativna stvar. Labradori su priča za sebe, ali po izgledu Oskarovog lica večeras, bilo je prilično jasno kako misli da je prvi put bolji od mene u tom smislu.

Sedeo sam ispred zgrade i uživao u večernjem suncu i, dok sam sedeo, zazvonio mi je telefon. Ovoga puta to nije imalo veze sa slučajem. Bila je to Melisa, moja urednica iz Londona, i zvala me je u vezi s drugim krimićem. Poslao sam joj prvu verziju pre nekoliko nedelja i nestrpljivo sam čekao njenu presudu. Nije gubila vreme.

– Dene, svidelo mi se.

Talas olakšanja me je preplavio. – Stvarno?

– Bez sumnje, podjednako je dobar kao i prvi.

Nakon olakšanja došao je talas oduševljenja i popio sam veliki gutljaj piva da proslavim, dok je ona nastavljala da hvali knjigu.

– Imam samo nekoliko sitnih izmena i stavila sam ih u imejl koji sam ti poslala, ali želela sam da te pozovem i kažem ti koliko sam uživala u knjizi.

– Vrlo si ljubazna, Melisa. Mnogo ti hvala.

– Kako stoje stvari u Firenci? Ovde pljušti kiša; kakvo je vreme u predivnoj Toskani?

– Nisam trenutno u Toskani, ali mogu da zamislim kakvo je vreme tamo: vedro i sunčano. Trenutno sam u Alpima, istražujem jedno ubistvo.

– Opa, baš uzbudljivo! Ko je ubijen?

Pomenuo sam da je ubijen jedan britanski glumac i brzo sam saznao da je ona pažljivo pratila taj slučaj, a postojao je razlog za to. – Bilo mi je žao kad sam čula vesti o Rikovoj smrti, ali nije mi bilo previše žao. Dobra sam prijateljica s njegovom bivšom ženom, Veronikom, i bio je grozan prema njoj.

– Kako to? – Mada sam imao osećaj da znam odgovor i pre nego što ga je rekla.

– Nije mogao da se okane drugih žena. Bilo joj je grozno i ne znam kako je uspela da ostane tako dugo u braku s njim. Razvod je bio najbolja stvar koju je ikad uradila.

Razmišljao sam o koristi koju bih imao kad bih mogao da ispitam nekog ko je toliko dobro poznavao žrtvu, ali pre nego što sam i smislio pitanje, Melisa mi je dala neverovatnu informaciju, mada nepotpunu.

– Razvela se od njega pre nekoliko godina, ali jasno je da je on samo nastavio da slama ženska srca nakon što ga je Veronika izbacila. Ne tako davno, pre nekoliko meseci, pročitala sam o nekoj jadnici koja se navodno ubila zbog njega. Internet je pun priča o tome kako joj je Rik bio ljubavnik, a kad je otkrila da joj je bio neveran, nije mogla to da podnese i ubila se.

– Da li se sećaš njenog imena?

– Ne, ali kladim se da znam ko zna. Tvoja prijateljica Džes, novinarka koju sam upoznala na potpisivanju knjige pre nekoliko meseci. Izgledala mi je kao veoma obaveštena osoba. Sigurna sam da bi ona mogla da ti iskopa tu informaciju.

– To je genijalna ideja, Melisa. Jesi li ikad pomislila da se baviš detektivskim poslom?

Nasmejala se i razgovarali smo još malo pre nego što je prekinula vezu, ostavljajući me da se osećam izuzetno srećno zbog vesti da joj se svidela druga knjiga, i zadivljen vestima o bivšoj ljubavnici Rika Brauna, kojoj je slomljeno srce. Možda to ima neke veze sa slučajem?

Odmah sam pozvao Džes Barns, i zvučala je zadovoljno što me čuje.

– Zdravo, lepotane, kakav je život u Toskani? I dalje čekam da me pozoveš, znaš.

– Nisam siguran koliko bi Kitu bilo drago ako bi došla ovamo da me vidiš. – Sreo sam njenog muža nekoliko puta i znao sam da su u vrlo srećnom braku i imaju dvoje malih blizanaca koji im ne daju mira. Poznajem Džes preko dvadeset godina i počeli smo da poštujemo jedno drugo. Za novinarku je bila neuobičajeno pristojna, a prema mom iskustvu, to nije uobičajena stvar u toj profesiji.

– Pitam se da li bi mogla da potražiš neke informacije za mene. – Ispričao sam joj šta mi je Melisa upravo rekla, i njen odgovor je bio očekivano koristan.

– Nejasno se sećam te priče. Videću šta mogu da saznam i obavestiću te. To će morati da bude sutra, jer Kit i ja upravo izlazimo – samo nas dvoje, za promenu, bez dece!

Dok je govorila, palo mi je na pamet da verovatno mogu da zamolim Alis Tarner za pomoć. Ona je bila ovde, i bio sam prilično siguran da, kao istraživački novinar jednog od tabloida, možda zna nešto o tome. Ne zaboravi, rekao sam sebi, prebacujući se u ulogu glavnog inspektora, ona je i dalje potencijalno sumnjiva, tako da bi bilo bolje da je držim podalje od istrage.

Džes i ja smo lepo razgovarali i mogao sam da joj prenesem vesti kako je moj izdavač izgleda zadovoljan drugom knjigom iz serije. Obećao sam joj da ću doći u Veliku Britaniju na novo potpisivanje knjige, i izvešću nju i porodicu na dobar ručak da joj se zahvalim što mi je obezbedila divan članak u *Sandej tajmsu*, koji je znatno pomogao prodaji knjige.

Upravo sam završio razgovor kad sam čuo svoje ime i video Vilfreda i Sibil kako dolaze prilazom prema meni. Izgledalo je kao da su došli peške iz kampa, i to je potvrdilo da su u dobroj formi za svoje godine... koliko god da su imali godina.

– Zdravo, Dene, jeste li imali dobar dan?

Odlučio sam da im ispričam jednu verziju istine. – Ispunjen dan, pomagao sam policiji oko prevođenja. – Glumio sam ogorčenost.

– Došao sam ovde da se odmorim i vidim šta je to što su ostali primetili na nebu ovde. Ima li nečeg novog od sinoć?

Sibil je odgovorila. – Ničeg. Jedina aktivnost se izgleda događa noću. Pretpostavljam da je to da bi ostali neprimećeni.

Nisam mogao da odolim a da ne istaknem problem s tom tvrdnjom. – Ali ako ne žele da budu viđeni, ne bi trebalo da pale svetla. – Pre nego što su odgovorili, pokazao sam na slobodna mesta za svojim stolom. Palo mi je na pamet da bi bilo dobro da im nasamo postavim neka nezvanična pitanja. – Mogu li da vas počastim pićem? Ako ste hodali od kampa, sigurno ste spremni za hladno pivo kao ja.

Seli su i pozvao sam Konrada. Vilfred je naručio pivo, a Sibil je dozvolila da je ubedim da uzme čašu belog vina. Razgovarali smo o svemu i svačemu nekoliko minuta, dok nam nisu doneli piće i onda sam počeo da pričam o ubistvu.

– Zar to ubistvo nije grozno? Šta ili ko mislite da je iza toga?

Vilfred je pogledao oko sebe i nagnuo se ka meni, govoreći tiho. – Ima mnogo... znate... stranaca u ovom hostelu, ili šta god da je. Mora da ste ih videli. Šta ako je jedan od njih opljačkao i ubio Nika? To je stvar kakvu bi takvi ljudi mogli da urade.

Uzdržao sam se. Konrad i njegovi drugovi delovali su mi kao pristojni ljudi, a nagoveštaj rasizma u glasu starog Vilfreda me je rastužio. Nakon što sam se stalno borio protiv policajaca rasista dok sam bio u službi, bilo je razočaravajuće – i potpuno neukusno – čuti kako ovaj naizgled bezazleni matorac izgovara to. Ipak, svađa s Vilfredom ne bi pomogla istrazi i zato sam ignorisao te gnusne nagoveštaje i odmahnuo glavom.

– Inspektorka kaže da to nije pljačka. Proverila je žrtvine kreditne kartice i ništa nije uzeto, a patolog je pronašao roleks sat na njegovom zglavku. Svi znaju koliko on košta, a lopov to sigurno ne bi ostavio.

– Da li je istina da mu Nik Grin nije bilo pravo ime? Momci u kampu kažu da je internet pun priča kako se taj tip zvao Rik Brauning.

Sibilino pitanje me je dovelo u neprijatan položaj i razmislio sam pre nego što sam odgovorio. Koliko sam znao, Karmela nije obavestila ufologe o njegovom pravom identitetu, ali bilo je neizbežno da su neki ljudi u kampu to saznali sami, što mi je potvrdio razgovor sa ćerkom. Odlučio sam da potvrdim njihove pretpostavke.

– Da, to je objavljeno jutros, rekao bih. Brauning mu je bilo umetničko ime... da li vam to nešto znači?

Vilfred je klimnuo glavom. – O, da, on je... on je bio veoma poznat u svetu istraživanja vanzemaljskog života. Imao je svoju emisiju na *Diskaveriju* i drugim kanalima. Bio je vernik, baš kao i mi. Ironično je što ga je ubio jedan od voljenih vanzemaljaca.

Imao sam osećaj da Vilfred ne zna šta govori, ali dao sam sve od sebe da zvučim srdačno dok sam pokušavao da ga vratim na pravi put. – Ali nije ga ubila vanzemaljska letelica, Vilfrede. To je uradio čovek. Bez ikakve sumnje.

Vilfred je izgledao sumnjičavo. – To je ono što oni uvek govore. Niko ne želi da nam veruje. – Podigao je čašu i izveo mađioničarski trik: pola čaše nestalo je u njegovoj bradi. Kad je ponovo spustio čašu, pogledao me je zaverenički i zapanjeno sam mu uzvratio pogled. Nije bilo nimalo pene na njegovoj bradi. Kako je to izveo? Nisam imao više vremena da razmišljam o toj mozgalici, jer on nije popuštao. – Mi znamo istinu, Dene. Zapamti to, šta god da policija kaže.

Nije bilo svrhe da se raspravljam i zato sam samo mudro klimnuo glavom. Bilo je primetno manje sveže ove večeri i proveli smo nekoliko sati razgovarajući, dok je sunce postepeno nestajalo iza dalekih planina i tama je počela da pada. Otkrio sam da, ako izbegavam rasizam i NLO-e, Vilfred predstavlja prilično dobrog sagovornika, mada je uglavnom govorila Sibil. Nisam saznao mnogo više o dinamici grupe, ali zainteresovala me je jedna sitnica koju je pomenula.

– Naravno, svi smo bili uznemireni time što se dogodilo, a to je posebno uticalo na Džulijana i Izabel. Čula sam da su njih dvoje imali vrlo glasnu svađu danas popodne, što je neuobičajeno. Inače su smireni, opušteni i pribrani, ali, čoveče, kako su se posvađali!

– Pitam se zbog čega.

Vilfred je tužno odmahnuo glavom. – Samo nervoza, valjda. Svi smo na ivici živaca. Napokon, možda smo bliže otkrivanju dokaza vanzemaljskog života nego ikad pre, i poslednje što nam treba jeste gomila policajaca koji se muvaju naokolo i uznemiravaju sve.

Kad je pao mrak i zvezde počele da trepere iznad, povezao sam njih dvoje do kampa i predao namirnice Val, koja je, kao i uvek, sedela kraj vatre. Većina ostalih je bila tamo ali dok sam pio još jednu šolju čaja, postepeno su počeli da ustaju i idu ka vrhu Mon Sent Žorža, spremajući se za večerašnji lajt-šou.

Vratio sam se do kombija i dao Oskaru večeru, koja je nestala za tren, kao i obično, i proverio sam imejlove. Naravno, dobio sam imejl od Melise o svojoj novoj knjizi i uz njega je bio priložen rukopis s raznim komentarima, dodacima i izmenama koje je napravila. Mada je u telefonskom razgovoru rekla da ima vrlo malo izmena, bilo ih je mnogo i već je bilo kasno kad sam konačno završio za taj dan. Pogledao sam preko ramena ka mestu gde je Oskar čvrsto spavao u svojoj korpi i izneo sam predlog.

– Jesi li za šetnju, kuče?

Otvorio je jedno pa drugo oko, a onda, sekund kasnije, skočio na noge i stresao se. Čarobna reč je ponovo delovala.

Uzeo sam džemper za svaki slučaj, i ovog puta sam se setio da ponesem dvogled pre nego što sam krenuo stazom prema osmatračnici. Dok smo se peli, izvadio sam telefon, pozvao Anu i izvestio je o dosadašnjem toku dana. Ispričala mi je kako je ona provela dan i onda mi je prenela poruku svoje tetke.

– Teta Menka kaže da je čula za te dve televizijske kompanije i poslaće ti imejl sutra ujutro, ali rekla mi je da ona koja pripada tom Džulijanu nije poznata po prenošenju istine.

– Kad imamo u vidu da mu se knjiga i emisije zovu *Mi znamo istinu*, to je pomalo smešno, ali ne iznenađuje me. Sigurno izgleda kako na sve načine koristi Braunovu smrt. Da li ona misli da on namerno izmišlja stvari kako bi učinio svoje emisije zanimljivijim?

– Baš tako. U svakom slučaju, kaže da će sutra znati više.

Kad sam stigao do osmatračnice video sam da je većina ufologa već tamo. Noć je bila divna i, bez svetlosnog zagađenja velikih gradova, celo nebo je bilo istačkano zvezdama i video sam nešto što je izgledalo kao Venera, tik iznad horizonta. Seo sam i uzeo dvogled, dok je Oskar lutao naokolo, velikodušno prihvatajući tapšanja i milovanja okupljenih.

– Zdravo, Dene, nedostajali ste nam za večerom. – Alis je prišla i sela na kamen kraj mene. – Da li ste radili nešto zanimljivo?

Ispričao sam joj kako sam se opredelio za užinu umesto obilnog obroka i kako sam na kraju sedeo u manastiru i razgovarao s Vilfredom i Sibil. Na moje iznenađenje, video sam kako starci sede malo dalje od mene razgovarajući sa Džulijanom, koji je držao dvogled u ruci. Bila je gotovo ponoć i nakon šetnje do manastira očekivao sam da budu u krevetu. Njih dvoje su sigurno bili u dobroj formi, ali naravno da su imali podsticaj u vidu mogućeg intergalaktičkog kontakta. Pogledao sam okupljene i video da su došli gotovo svi. Koliko sam video, jedini ufolozi koji noćas nisu bili ovde jesu Libi, Izabel i Val, mada je njena ćutljiva ćerka, Mili, bila ovde.

Svestan da ostali verovatno slušaju, ispričao sam Alis istu priču kao Vilfredu i Sibil, i bilo je jasno na osnovu reakcija ljudi oko mene da je Braunov pravi identitet sad bio poznat svima. Pošto to više nije bila tajna, pokušao sam da iščeprkam nešto.

– Nije mi jasno šta je radio ovde s vama ako je radio za suparničku kompaniju.

Očekivano, Džulijan je prvi odgovorio. – Industrijska špijunaža, ili možda industrijska sabotaža! Ili je pokušavao da nam ukrade ideje, ili da nam upropasti ono što radimo ovde. To baš liči na tu podlu ništariju. Nisam mogao da poverujem kad sam čuo ko je on bio i da je bio ovde, ali to je očekivano od ljigavca kao što je on. Kopirao nas je godinama i čak je svratio prošle godine kad smo snimali u Čičen Ici. Doslovno sam naleteo na njega. Tad nije bio maskiran i kad sam ga optužio da nas namerno prati, samo se nasmejao. – Džulijan je frknuo. – Ali da dođe ovde i pokuša da glumi nedužnog člana naše grupe, to je grozno!

Nisam se iznenadio što se njih dvojica nisu voleli, ali koliko je to neprijateljstvo bilo ozbiljno? Dovoljno za ubistvo?

– Moram da kažem da mi je žao što je mrtav. Ja sam uživala u njegovim emisijama. – Svi pogledi okrenuli su se prema Valinoj ćerki, ko bi to rekao. Bilo je neobično uopšte je čuti da govori, a to što je rekla nešto tako kontroverzno izazvalo je veliko iznenađenje. Čak se i Džulijan zbunio... ali samo na tren.

– Njegove emisije su bile lepo snimljene, to moram da priznam, Mili, ali naravno da je to više zasluga produkcije nego njegova. Ono što mi smeta jeste činjenica da nas je tako otvoreno kopirao. To je neprofesionalno i nedopustivo! – Možda je, nakon što je shvatio da je previše ogorčeno govorio o nekom ko je upravo prebijen nasmrt, odlučio da govori pomirljivijim tonom. – Naravno, lično mi je žao što je čovek mrtav, ali profesionalno govoreći, to nije veliki gubitak. – Rekavši to, ustao je i otišao stazom prema susednom vrhu, ostavljajući me da se pitam koliko mu je stvarno bilo žao.

Razgovarao sam sa Alis i još nekima tokom narednog sata, dok nije bilo gotovo jedan ujutro. Baš kad sam ozbiljno pomišljao da odem u hotel na spavanje, začuli su se prigušeni glasovi i svi su pogledali severno, prema Materhornu. Uzeo sam dvogled i gledao nebo dok nisam video svetlo. Okretao sam točkić za izoštravanje dok nisam video jasnije, ali to je bilo samo neko vrlo blistavo, belo svetlo, na velikoj visini. Bilo je teško reći koliko je bilo visoko ali ta vanzemaljska letelica – ako je to stvarno bila – bila je predaleko da bi se čak i kroz najbolji dvogled videlo išta drugo osim blistavog svetla. A što se tiče kamera i teleskopa, ta stvar se pomerala prebrzo, i video sam kako imaju teškoće da je prate. A onda, kao i sinoć, naglo je skrenula i počela da ponire, pa nestala iza planina.

Pogledao sam ostale, koji su živo razgovarali, očigledno uvereni da su upravo videli pravi dokaz postojanja NLO-a. Ja sam imao osećaj da je to što smo videli najverovatnije bilo zemaljskog porekla.

16.

Petak ujutro

Moja prva noć u hotelskoj sobi sa Oskarom nije prošla bez incidenta. Negde oko četiri ujutro probudio sam se zbog vrućine i zatekao teško i nimalo mirisno telo priljubljeno uza se, i onda je usledilo natezanje. Svukao sam ga sa sebe i odveo do njegove korpe i zapretio mu prstom, dok nije shvatio poruku i ostao tamo. Zatim sam se vratio u krevet i zatvorio oči, ali pet minuta kasnije, ponovo sam imao pseće društvo. To se nastavilo dvadesetak minuta dok, konačno, Oskar nije shvatio kako ne može da istera svoje i ostavio me na miru.

Nakon što sam temeljno očetkao sve inkriminišuće crne pseće dlake s kreveta, doručkovao sam rano i odvezao se do kampa u sedam i trideset, i zatekao potpuni mir, tako da su izgleda svi spavali malo duže zbog sinoćnjeg gledanja zvezda. Parkirao sam kombi, a Oskar i ja smo otišli kroz šumu do *Manastira*, gde smo se sastali s Karmelom i vodnikom Furnijeom u osam. Danas je nebo bilo oblačno i imao sam osećaj da će pasti kiša pre večeri, ali vazduh je bio osetno manje hladan nego juče ujutro, i sedeli smo napolju, pili kafu i razgovarali.

Detektivi su doručkovali, a ja sam pio kapučino kad nas je prekinuo poziv upućen Karmeli. Odmah sam video da nešto nije u redu i čim se razgovor završio, podigao sam obrvu. – Problemi?

– U kampu. Jedan od ufologa je nestao.

– Ko? – Molio sam se u sebi da to nije Polova sestra.

– Elizabet Vinter. Nije spavala u svojoj hotelskoj sobi sinoć, a jutros joj nema ni traga u kampu.

– Libi je nestala? Da je nije možda mučila savest pa je pobegla?

Vodnik Furnije je pogledao inspektorku u oči i osmehnuo se, pokazujući ka nebu. – Da li vi mislite ono što ja mislim?

Karmela je odlučno odmahnula glavom. – Ne, sigurna sam da ne mislim. Neće biti nikakvih vanzemaljskih otmica dok sam ja nadležna. Moramo odmah da odemo tamo.

Klimnuo sam glavom. – Saglasan sam. Iznenadio bih se da je stvarno pobegla. Nije izgledala previše veselo, ali sigurno nije delovalo da će da ode. Možda je samo otišla s nekim muškarcem. Ona je, ipak, vrlo privlačna žena.

– Nadam se da se to dogodilo. – Inspektorka je popila kafu bez kofeina i ustala. – Bolje je da se ne pojavimo zajedno, i mislim da bi trebalo da se vratiš istim putem kojim si došao, a ja ću da otežem dok ne stigneš. Furnije može pomalo da prevodi dok ti ne dođeš. Važi, Furnije?

Tužno me je pogledao. – Daću sve od sebe, inspektorka, ali znate...

I dalje sam razmišljao o Libi. Šta ako nije samo otišla, nego je napadnuta ili nešto još gore? Ko je to mogao da bude: njen šef, kraj kojeg se nije osećala prijatno, kamerman koji je možda žudeo za njom ili čak Braunov ubica koji prikriva svoje tragove? Da li je videla ili čula nešto u utorak uveče? I ja sam ustao. – Vratiću se u kamp što pre budem mogao. Ko je prijavio Libin nestanak?

– Poziv je uputio vlasnik hotela u Montazu, neki Luiđi Arnad.

– Isti čovek koji je prijavio Braunovu smrt. Korisno je poznavati tog tipa, mada mu ne bih verovao.

Kad sam stigao u kamp video sam da vlada užurbana aktivnost. Jedan mali beli fijat lokalne policije bio je parkiran kraj Karmelinih kola. Izgledalo je da su ufolozi budni i Val je delila šolje čaja svima odreda. Uočio sam Alis kako razgovara s piratima s Kariba i otišao da popričam s njom. Izgledala je zabrinuto kad mi je rekla šta se dogodilo.

– Obično doručkujem s Libi, pa kad se nije pojavila, poslala sam joj poruku da vidim da li je dobro. Nije odgovorila, pa sam pozvala recepciju i kazali su mi da se sinoć nije vratila. Njen ključ se i dalje nalazio na tabli iza recepcije i zabrinula sam se. Sela sam u kola i došla pravo u kamp. Kad sam stigla pitala sam Džulijana, a on je rekao da je ona otišla sinoć oko devet i da je otad nije video. Problem je u tome što njena kola nisu ispred hotela, a nisu ni ovde. Samo je nestala bez traga.

– Mislite li da je pobegla?

– Ne shvatam zašto bi to uradila. Sigurna sam da nije imala nikakve veze sa ubistvom.

Video sam inspektorku s Džulijanom ispred njegovog kampera, pa smo Oskar i ja otišli da pomognemo. Karmela mi je mahnula kad me je videla i obratila mi se zvanično, zbog posmatrača koji možda razumeju italijanski.

– Sinjor Armstrong, bojim se da mi je ponovo potrebna vaša pomoć. Nestala je Elizabet Vinter, jedna od radnica ovog gospodina. Moram da znam kad ju je poslednji put video.

Klimnuo sam glavom i usmerio pažnju na Džulijana, koji je izgledao veoma zabrinuto. – Libi je nestala? – Video sam kako klima glavom. – Kad ste je poslednji put videli?

– Sinoć oko devet. Izabel, ona i ja smo snimali naraciju za emisiju koju snimam o događajima ovde i bavili smo se time od šest i trideset pa nadalje. Kad smo završili, Libi je rekla kako će se vratiti u hotel da pojede nešto, a onda će otići pravo u krevet. Izabel i ja smo večerali u kamperu i onda otišli na osmatračnicu, gde ste me videli. Nisam je video otad.

Verno sam preveo sve Karmeli i ona je sačekala da završim, pre nego što je progovorila.

– To je bilo pre gotovo dvanaest sati. Mislite li da je otišla, možda se vratila u Veliku Britaniju?

Džulijan je odmahnuo glavom. – Sigurno nije. Ima posao ovde i uvek je bila vrlo pouzdana.

Preveo sam to Karmeli i onda joj kazao šta mi je Alis rekla. Inspektorka je odmah izvadila telefon. – Halo, Šanu. Gde si? Dobro. Moraš da svratiš u *Albergo Italija*. Elizabet Vinter je nestala i moraš da pregledaš njenu sobu. Vidi da li su joj stvari i dalje tamo i vidi da li je njen pasoš u hotelu. Ako postoji nešto sumnjivo ili ima nekih tragova kuda je otišla, odmah me pozovi.

I dalje smo razgovarali s Džulijanom i nismo saznali ništa novo, kad je inspektorkin telefon zazvonio. Bio je to kratak poziv pozornika Šanua, i rekao je da je pronašao Libin pasoš na recepciji i potvrdio je da su njene stvari u sobi. Inspektorka se smrkla.

– Dobro, to onda znači da nije pobegla, te joj se možda nešto dogodilo. Počećemo potragu odmah. Prvo moramo da pronađemo kola. Možda su negde u blizini. Kakva kola vozi?

Džulijan je rekao da je to iznajmljen beli fijat 500, i policajci su otišli do puta, sa uputstvom da provere svaki parking ili stazu koja vodi do šume. Nepunih pet minuta kasnije, telefon je zazvonio. Karmela i ja smo bili u šatoru gde smo se dogovarali o pitanjima za Džulijana i Vejna O'Konela, o njihovom odnosu s Ričardom Braunom, ali to smo morali da prekinemo. Ustala je.

– Kola su pronađena petstotinak metara odavde. Izgleda da postoji neka staza koja se odvaja od puta desno, a njena kola su bila parkirana u blizini. Nema ni traga od Elizabet... Libi, tako da moramo da počnemo ozbiljnu potragu.

Izašao sam za njom iz šatora i otišao do ufologa okupljenih oko vatre. Svi su nas gledali sa zanimanjem kad je Karmela podigla ruku da bi ućutali, a ja sam počeo da prevodim.

– Libina kola su pronađena desetak minuta pešice odavde i organizovali smo potragu. Ko se dobrovoljno javlja da pomogne?

Svi su podigli ruke i ona je klimnula glavom. – Dobro, četiri tima. Po jedan od mojih ljudi u svakom. Sinjor Armstrong, možda biste bili dovoljno ljubazni da predvodite jedan od timova. Vodniče Furnije, vi ćete odrediti zone pretrage za svaki od timova, a ja ću reći Šanuu da me odveze patrolnim kolima. – Izvinjavajući se, pokazala je na svoj stomak. – Babica mi je preporučila da se ne krećem mnogo. Moji policajci mogu da me obaveste preko radija ili telefona.

Nekoliko minuta kasnije, svi smo krenuli. Poveo sam svoju grupicu u kojoj su bili Džulijan i Izabel i krenuli smo prema severnoj strani puta, gde smo počeli da se krećemo kroz lavirint životinjskih tragova u smeru Libinih kola. Druga grupa je poslata levo, a treća je otišla desno od nas, a svi ostali uzbrdo, pre nego što su se rasporedili sa obe strane puta kako bi vratili do policijskih kola kroz šumu.

Ispod smo čuli glasove policajaca koji su već pretraživali okolinu kola. Džulijan i Izabel su izgledali zabrinuto, ali ni izbliza toliko kao neki drugi u kampu. Kamerman Vejn je izgledao posebno uznemireno. Dok smo hodali kroz šumarak, iskoristio sam priliku da im postavim neka pronicljiva pitanja.

– Kažite mi, kad ste saznali da je žrtva u utorak muškarac po imenu Ričard Braun ili Rik Brauning?

Džulijan se zaustavio na mestu i okrenuo ka meni. Gledao sam mu lice, trudeći se da procenim njegovu reakciju. – Nisam ga uopšte prepoznao. Prvi put sam čuo za to sinoć.

– Jeste li oboje sigurni u to? – Mada sam bio sklon da mu poverujem, gledao sam pažljivo ne samo njegovo lice nego i Izabelino. Njeno je izgledalo bezizrazno, a Džulijan je bio besan. Očigledno se njegova osećanja prema žrtvi nisu promenila preko noći.

– I dalje ne mogu da verujem da je taj pacovčić imao hrabrosti, drskosti, da se zamota u zavoje i dođe ovamo da špijunira mene i moj tim. To je neoprostivo, zar ne, Izabel?

Ponovo sam pogledao Izabel, i prvi put sam uočio nešto nalik na saosećanje na njenom licu. – Kad su mi Krispin i Džefri juče rekli ko je on, nisam im poverovala. Ja... srela sam ga više puta i čudno mi je da je uspeo tako da nas prevari. – Glas joj je bio tek malo glasniji od šapata. – A sad je, naravno, mrtav.

Da nisam znao za netrpeljivost između Brauningove i Džulijanove kompanije, poverovao bih da je ona iskreno tužna zbog onog što se dogodilo. Moja sumnjičava priroda odmah me je navela da se zapitam da li su ona i Džulijan bili u dogovoru u vezi s Rikom Brauningom. Jasno sam video bes na Džulijanovom licu, ali Izabel je bilo teže pročitati.

Međutim, pre nego što sam stigao da nastavim ispitivanje, začuo se zvuk pištaljke i jasni povici „Eccola qui“. Evo je.

Rekao sam Džulijanu i Izabel da se vrate u kamp. Izgledali su nevoljno, ali morao sam da insistiram. Čim su se udaljili, potrčao sam u smeru pištaljke, a Oskar je radosno trčao ispred mene, uveren da je ovo nekakva igra.

Izašli smo iz šumarka i videli Libino vitko telo kako leži potrbuške na zemlji, sa užasnom ranom na glavi i krvlju koja je zalila zemlju svud okolo. Kraj njenih nogu, ukopan u mestu, stajao je jedan mlad, uniformisan pozornik iz lokalne policije, uz Krispina, Džefrija, Sandru i Megi. Otrčao sam do tog policajca i uhvatio ga za ruku, okrećući ga ka sebi.

– Zaboga, odvedite ove ljude odavde i pošaljite ih natrag u kamp. I pobrinite se da niko drugi ne vidi ovo. Pozovite inspektorku i kažite ostalim policajcima da zaštite mesto zločina.

Morao sam da uhvatim Sandru za ruku i skrenem njen užasnut pogled s leša i gurnem je u smeru kampa, s Megi. Mladi policajac se konačno pribrao i poterao je podjednako zaprepašćene Džefrija i Krispina, i sve ih poveo sa sobom. Niko nije progovorio ni reč. Kleknuo sam kraj tela i opipao hladnu kožu na Libinom grlu iznad karotidne arterije. Na moje iznenađenje, uprkos groznoj rani, osetio sam puls. Bila je i dalje živa, ali u nesvesti.

Odvezao sam džemper koji sam nosio oko pojasa i prebacio ga preko Libinih ramena, i raščistio mahovinu i suvo lišće s njenog lica, kako bi mogla lakše da diše. Upravo sam uzimao telefon da pozovem Karmelu, kad su trčeći koraci najavili dolazak vodnika Furnijea. Zaustavio se na mestu kad je video telo i brzo sam mu rekao šta sam otkrio.

– Živa je, Furnije, ali teško povređena. Dovedite bolničare što pre možete. Stvarno je u lošem stanju. Možete li mi dati svoju jaknu? Moramo da je utoplimo. Hladna je kao santa leda.

Zatim sam video Oskara, koji je tiho cvileo, i polako prilazio do Libi, a onda je legao kraj nje, dodajući svoju telesnu toplotu pokrivačima na njoj. Pružio sam ruku i pomilovao sam ga po glavi, a on me je pogledao zabrinuto svojim krupnim smeđim očima. Stvarno je vrlo dobar pas.

Karmela i Šanu su stigli nekoliko minuta kasnije, i takođe su dodali malo svoje odeće na sve veću hrpu na Libi, dok smo očajnički pokušavali da joj podignemo telesnu temperaturu. Prema njenom izgledu, možda je provela ovde čitavu noć i, mada su noćne temperature bile više poslednjih dana, sigurno je bila blizu hipotermiji. Kola hitne pomoći stigla su oko pola sata kasnije, što je bilo impresivno, s obzirom na vijugav put dovde. Bolničari su preuzeli komandu i Oskar i ja smo oslobođeni dužnosti.

Dok su pomagali Libi, otišao sam do Karmele. Stajala je kraj haube patrolnih kola, oslonjena na njih, dok se obema rukama držala za veliki stomak. Saosećajno sam je pogledao.

– Nisam imao prilike da pitam ranije. Šta je babica rekla juče? Sve je dobro, nadam se?

Osmehnula mi se. – Sve je dobro i normalno, ali da budem potpuno iskrena, kazala mi je da prestanem da radim, ali ne mogu da odem usred istrage ubistva. – Umorno je prošla rukom kroz kosu. – Hvala na pitanju.

– Da sam ti šef, poslao bih te odmah kući. Tvoje zdravlje je važnije od bilo koje istrage.

Pružila je ruku i na tren me je uhvatila za mišicu, a onda me odlučno pogledala. – Ali ti mi nisi šef, a ako pomeneš išta Pjeru, kunem se da ću te uhapsiti kao saučesnika u ubistvu.

Uzvratio sam joj osmeh. – Dobro, obećavam, ali pokušaj malo da usporiš. U redu? U svakom slučaju, dobra vest je što je Libi i dalje živa, ali u vrlo je lošem stanju. Koliko sam čuo od bolničara, život joj je ugrožen.

– S obzirom na ranu, dobro je što je uopšte živa.

Klimnuo sam glavom. – I kladim se da je osoba koja ju je udarila otišla uverena da ju je ubila ili da umire. Šta mislimo, ko je to bio?

– Kladila bih se na nekog od ufologa, zar ne? Kola nisu pipnuta. Otključana su, a ključevi i njena torba s telefonom i novčanikom još su tu. Ne izgleda da je zlostavljana, što isključuje oportunističko ubistvo. Kao što sam rekla, to mora da je neko iz grupe.

– Slažem se s tim. Mislimo li da je to ista osoba koja je ubila Brauna? Možda je Libi videla nešto što nije smela?

– Ta dva napada moraju biti povezana, naravno, pa pretpostavljam da se moramo ponašati kao da je to delo iste osobe. Napokon, *modus operandi* je isti. Pozvaću nekog od forenzičara da ode do bolnice i razgovara s lekarima koji će je operisati. Moramo da otkrijemo čime je udarena i kad.

Klimnuo sam glavom. – Nešto mi je palo na pamet, ali možda bi vredelo da ne otkrivamo da je još živa, makar zasad? Tako će ubica biti uljuljkan u lažni osećaj sigurnosti, i tako ćemo izbeći da neko ode u bolnicu i pokuša da dovrši posao.

– Dobra ideja. Obavestiću svoje policajce. – Pogledala me je u oči. – Naravno, moguće je da će se ispuniti ubičina želja. Ona ne izgleda dobro. – U tom trenutku, bolničari su se pojavili iz šume, noseći Libi na nosilima. Bila je previjena i prekrivena ćebićima, a jedini vidljivi delovi kože bili su joj beli kao sneg. Ubacili su je u kola hitne pomoći i dok je vozač ulazio i palio motor, bolničarka je prišla Karmeli.

– Vrlo je slaba, ali i dalje je živa. To je sve što mogu da vam kažem.

– Znate li kad je napadnuta?

– Nisam patolog, ali oboje mislimo da je bila tamo celu noć.

Karmela se osmehnula bolničarki. – Hvala vam na pomoći. Nadajmo se...

Kola hitne pomoći su krenula u rikverc, okrenula se i ponovo vratila nizbrdo, sa upaljenim plavim rotacionim svetlima. U međuvremenu, ja sam se preračunavao.

– Džulijan je rekao kako je Libi sela u svoja kola malo posle devet uveče. Pod pretpostavkom da ostali mogu da potvrde to i da su bolničari u pravu kad su rekli da je ležala tamo celu noć, mislim da se pokušaj ubistva odigrao malo posle toga, možda odmah nakon devet. Šta kažeš na to? Njen ubica je čekao pored puta i zaustavio ju je pod nekim izgovorom, naveo ju je da ode u šumu i zadao joj je udarac u glavu, za koji je mislio da je smrtonosan.

– A sama žena se ne bi zaustavila zbog nekog nepoznatog, posebno po mraku. To znači da je napadač verovatno bio neko od ufologa.

Klimnuo sam glavom. – Pitanje je ko?

17.

Petak rano popodne

Bilo je pola dva kad smo završili sa uzimanjem izjava i ustanovljavanjem gde su se svi nalazili između devet sinoć i devet jutros. Ponovo su parovi garantovali jedno za drugo, što nije mnogo pomoglo. Vejn kamerman je bio s Val i nekoliko drugih kraj logorske vatre, od pola devet do deset, a pirati s Kariba su bili na osmatračnici do sitnih sati, nakon čega su se navodno vratili u hotel. Alis je večerala sama i onda otišla na spavanje.

Pirati s Kariba su navodno bili na osmatračnici od devet do jedanaest sinoć, ali niko drugi nije bio s njima da potvrdi to, pa je možda jedan, ili obojica, otišao da ubije Libi. Od jedanaest je većina grupe bila tamo, uključujući Džulijana, i video sam ih svojim očima. Samo su Izabel, Val i Libi bili odsutni. Sibil i Vilfred su se dobrovoljno javili da nastave produženu osmatračku smenu, a mi ostali smo se vratili u kamp, ili u mom slučaju u hotel. Rano ujutro, Džefri i Krispin su preuzeli smenu od starog para i ostali su tamo do doručka.

To je značilo da su postojali brojni kandidati koji su možda to uradili. To što nisam mogao tačno da odredim vreme napada činilo je stvari još komplikovanijim, iako sam verovao da je moj scenario da se Libi zaustavila na putu do hotela značio kako se napad odigrao između devet i pola deset. A jedini ljudi s čvrstim alibijem u tom periodu bili su Vilfred i Sibil, koji su bili sa mnom.

Nakon što je poslednja osoba napustila šator, Karmela me je pogledala. – Jesi li gladan?

– Čudno što pitaš. – Sasvim jezivo, Oskar je takođe podigao glavu i kunem se da je klimnuo glavom.

– Hajdemo, onda. Idemo u selo i nadajmo se da će nas poslužiti u restoranu. – Ustala je s mukom i krenuo sam za njom napolje. Jutarnji oblaci su se potpuno razišli i sunce je sijalo s vedrog, plavog neba a temperatura je bila savršena, verovatno negde oko dvadeset stepeni. Namerno pojačavajući glas da bi nas neki od ufologa čuli, Karmela se okrenula ka meni i progovorila, na neočekivano razgovetnom engleskom, za one koji možda slušaju. – Hvala vam, sinjor Armstrong. Mogu li da vam ponudim ručak u znak zahvalnosti?

Odmahnuo sam rukom, ali dozvolio sam da me ubedi. Dosad je mesto zločina pretraženo, a lokalna policija se spakovala i otišla i ja sam jedva čekao da odem. Raspoloženje među ufolozima bilo je očekivano sumorno. Poslao sam Sandru i Megi u njihovu kamp-prikolicu da se naspavaju nakon šoka zbog pronalaženja onog što su verovale da je leš, a Džefri i Krispin su izgledali podjednako uzdrmano.

Pratio sam patrolna kola u kojima su bili Karmela i vodnik do sela. Na malom trgu ispred restorana bilo je stolova sa suncobranima, i seli smo, a Oskar se smestio ispod stola kraj mojih nogu. Izašao je uobičajeni konobar i potvrdio da još poslužuju ručak, i mrko mi se osmehnuo kad nas je prepoznao.

– Dobar dan. Žao nam je što je došlo do nove tragedije u kampu. Sinjorina Vinter je bila tako ljubazna dama.

Radio Mileva u Montazu sigurno je radio vrlo efikasno, ali njegov šef je, naravno, pozvao policiju da prijavi Libin nestanak. Pokazao sam na dvoje policajaca. – Pomažem im oko prevođenja. Uzgred, zahvalite se sinjoru Arnadu što je jutros obavestio policiju. Pretpostavljam da je morao da upotrebi svoje jezičke talente.

– Trenutno nije ovde, ali sigurno ću mu preneti poruku. Uvek rado pomažemo. Dobro, šta želite da jedete?

Izdeklamovao je jelovnik i zapamtio je naše narudžbine bez zapisivanja. Klimnuo sam glavom. Uvek je dobro videti profesionalca. Rekao mi je da su upravo dobili svežu ribu i odabrao sam grilovane kozice u sosu od ljute paprike, kao predjelo. Nisam se iznenadio kad je Karmela naručila porciju grilovanih sardina i onda *spaghetti alle sardine* kao glavno jelo. Današnji specijalitet je bio *lasagne al cinghiale*, a uvek sam voleo divlju svinju, pa sam naručio to, a Furnije je sledio moj primer. Nakon što je konobar otišao, Karmela me je pogledala i umorno uzdahnula.

– Toliko sumnjivaca s prilikom, ali nemamo motiv.

Klimnuo sam glavom. Razgovori nisu otkrili gotovo ništa što bi moglo da pomogne u otkrivanju ko je i zašto napao Libi. – Jutros je sve bilo zbrzano. I dalje moramo da sednemo i ispitamo Vejna O'Konela, Donalda Grajmsa i Džulijana Gudfeloua i njegovu prijateljicu o ubistvu u utorak. Kad sam pomenuo Brauna, Džulijan se razbesneo, a Izabel je izgledala gotovo tužno što je mrtav.

– Oboje su prilično dobro poznavali Brauna, siguran sam, i ne bih se iznenadio da su ga jedno ili oboje stvarno prepoznali kad je došao ovde, iako to poriču. Na osnovu onog što govoriš, ta žena ga je verovatno poznavala bolje nego Gudfelou, a njena reakcija na Braunovu smrt bila je neočekivana.

– Pošto je bila na glumačkoj akademiji istovremeno kad i Braun, možda su se poznavali tad... možda i intimno.

Klimnula je glavom. – I ko zna, možda su i nedavno bili intimni? Bilo bi lepo kad bismo to mogli da saznamo. Sigurno moramo da utvrdimo koliko je dobro Izabel poznavala Brauna.

– Danas bi trebalo da mi se jave iz Londona s malo više informacija o kompaniji u kojoj su Braun i O'Konel radili, a moja prijateljica novinarka istražuje navodno samoubistvo povezano s Braunom. Nadamo se da će nam to pomoći.

Konobar se pojavio s bocom crnog vina i velikom bocom vode. Pre nego što je otišao, dodao je: – Barbara je napravila kopiju snimaka nadzorne kamere od utorka koje ste tražili, i daće vam ih pre nego što završite obrok. Pita da li vam treba i kopija sinoćnih snimaka... zbog skorašnje tragedije.

Karmela mu se zahvalila na oba snimka i onda, nakon što joj je Furnije sipao vodu, a sebi i meni vino, predložila je zdravicu.

– Nadajmo se da ćemo rešiti ovo što je pre moguće. – Uputila nam je bled osmeh. – Ne samo zato što se beba bacaka danas, jedva čeka da izađe, stvarno želim najpre da rešim ovaj slučaj. Uzgred, kao što sam strahovala, nema otisaka na plastičnoj boci u kojoj se nalazio benzin, a laboratorija i dalje proverava letvu koju si pronašao, tako da nam je brzo potrebno nešto konkretno.

Palo mi je na pamet da ručanje u restoranu u ovakvoj situaciji možda zvuči neodgovorno, ali činjenica je da smo sad samo mogli da čekamo. Pored toga, nakon dve godine u Italiji, nisam nimalo sumnjao u to koliko im je važna dobra hrana – a i meni je. Pogledao sam svog četvoronožnog prijatelja. Bio sam siguran da i on ima iste prioritete.

Baš kad smo završili obrok kafom, Karmelin telefon je zazvonio i ona je napeto slušala pre nego što ga je ponovo spustila i pogledala preko stola u nas.

– To je bio policajac iz bolnice. Elizabet Vinter je i dalje živa – na veliko iznenađenje svih lekara, izgleda – ali je u komi. Ne znaju da li će se i kad probuditi, niti da li će moći da se seti šta se dogodilo i kaže nam ko ju je napao. Na osnovu stanja rane, uvereni su da je napadnuta možda dvanaest sati pre nego što je pronađena, i ležala je tamo čitave noći. Dakle, tvoja teorija da se napad odigrao dok se vraćala u hotel deluje uverljivo, Dene.

Furnije i ja smo izrazili olakšanje što je Libi još živa, a onda je on postavio pitanje o kojem smo Karmela i ja raspravljali ranije. – Da li mislimo da je to ista osoba koja je ubila Brauna?

Karmela je odgovorila. – Volela bih da znamo, ali ako nije, to je velika slučajnost.

Nakon ručka, dvoje policajaca se vratilo u Aostu sa snimkom od utorka uveče i sinoć. Tiho sam se obratio Karmeli pre nego što je krenula, i obećala mi je da će se potruditi da se odmori popodne. Laknulo mi je kad je to rekla. Njena posvećenost je bila pohvalna, ali morala je da misli na svoje i bebino zdravlje.

Otišao sam u svoju sobu i nakon što sam uključio laptop, video sam da me je Lina iz kancelarije u Firenci pitala mogu li da prihvatim veliku istragu naredne nedelje. To je bila jedna lokalna IT kompanija koja rukuje osetljivim materijalom i sumnjala je u neke od svojih radnika. Odgovorio sam joj da prihvati, ali da im kaže kako možda neću moći da počnem pre utorka. Stvarno sam želeo da rešim ovaj slučaj pre nego što moram da odem – pre svega da bih pomogao Karmeli, koja je izgledala iscrpljeno. Danas je već bio petak i nadao sam se da ću pronaći ubicu ili ubice pre naredne nedelje.

Bio je tu i imejl od Anine tetke. Teta Menka je očigledno obavila istraživanje o dve TV kompanije i, kao što je već nagovestila, izgledalo je da je Džulijanova kompanija bila poznata po tome što škrtari sa istinom. Navela je tri primera navodnih viđanja vanzemaljaca za koja se kasnije dokazalo da su izmišljena, i rekla mi je da je MZITV trenutno pod istragom regulatornih tela. Mada je kazala da nema konkretne dokaze, utisak joj je bio da kompanija ne radi tako dobro kao što smo mislili.

Što se tiče *Kosmoslink TV-a*, kompanije u kojoj je radio Rik Braun, oni su izgleda temeljnije proveravali činjenice, a rezultat toga bio je veći ugled. Ponovila je ono što smo već znali o Braunu kao nepopravljivom ženskarošu, ali nažalost, nije znala imena koja bi mogla to da potvrde.

Pronašao sam kratku poruku od Džes, moje prijateljice londonske novinarke, u kojoj je pisalo:

Možda sam iskopala nešto zanimljivo. Znaću više sutra. x

Legao sam na krevet i, nakon crnog vina i hrane zaspao. Probudio sam se sat kasnije kad mi je telefon zazvonio. Bio je to Pol iz Skotland jarda.

– Zdravo, Dene, upravo mi se javila detektivka Malori. Tip iz *Kosmoslinka* s kojim je razgovarala ne želi da se njegovo ime pominje, ali rekao je nešto zanimljivo. Što se tiče kompanije, vrlo su uspešni i izgleda da je sve u redu, ali Rik Braun ili Brauning nije bio omiljen kod direktora. Čak se pričalo da će ga otpustiti. Osim što nije držao prste k sebi, i gotovo svakodnevno zbog toga išao u kadrovsko, postoje glasine da je postao vrlo neomiljen jer je išao na skupa putovanja o trošku kompanije bez nekog posebnog razloga. Malorin kontakt misli da su ta putovanja bila više ljubavni izleti nego istraživačka putovanja. Čitajući između redova, pomislio sam da je njegovo ubistvo bilo pravo olakšanje za kompaniju. Ne kažem da su vrsta ljudi koja bi iznajmila plaćenog ubicu da ga se otarasi, ali ovako ili onako, nisu bili tužni zbog vesti o njegovoj smrti.

Zahvalio sam mu se najsrdačnije i rekao mu za napad na Libi. Ispostavilo se da ga je sestra već pozvala i kazao sam mu da sam poslao nju i njenu prijateljicu Megi s mesta zločina, i rekao im da se odmore nakon šoka. Obavestio sam ga, u poverenju, da se Libi i dalje bori za život i saglasio se da ne kaže ništa Sandri dok mu ne javim. Pitao me je ko je to mogao da uradi, a ja sam odgovorio da iskreno ne znam. Osećao sam se potpuno nemoćno.

18.

Petak popodne

Negde posle četiri, odveo sam Oskara u dugu šetnju, malo zbog njega, a malo da razbistrim glavu i razmislim. Pronašli smo dobru stazu koja vodi uzbrdo, otprilike u pravcu kampa i povremeno smo nailazili na proplanke. S tih otvorenih prostora imao sam dobar pogled na vrh Mon Sent Žorž. Popodne je bilo vedro mogao sam, bez dvogleda, da vidim sitne figure Dona i Brajana, pirata s Kariba, a sunce se odbijalo od njihovih srebrnih kombinezona dok su sedeli kraj hrpe kamenja na osmatračnici. Dobro sam pogledao oko sebe i nisam video nikog u okolini i nikakvog traga vanzemaljaca na nebu. Bilo je zanimljivo što su se vanzemaljski posetioci pojavljivali samo po mraku i cinično sam se zapitao da li je to zbog toga da bi sakrili svoje zemaljsko poreklo. Telefonski razgovor s vodnikom Furnijeom malo kasnije učinio je tu moju pretpostavku verovatnijom.

– Pregledali smo snimak s dve hotelske kamere na recepciji i ispred glavnog ulaza. U utorak uveče, kad je Braun ubijen, izgleda da je tačna priča Alis Tarner o tome da je pila u baru pa otišla na večeru, i nije napuštala hotel nakon toga. Elizabet Vinter se vratila u pola šest i kola su joj bila parkirana napolju cele noći, tako da mislim da je i ona oslobođena sumnje. Dva momka s tetovažama i pletenicama tvrdila su da su bili na straži od šest uveče, a snimak pokazuje da su se vratili u hotel u dva ujutro, kao što su rekli.

– Braun je poslednji put viđen živ oko pola šest, tako da izgleda kako niko od njih nije kriv za Braunovo ubistvo.

– Tako je. A što se tiče sinoćnjeg snimka, nema ni traga Elizabet Vinter, ali znamo da je ležala nesvesna u šumi. Ima mnogo snimaka

Alis Tarner kako ide u restoran u osam i izlazi malo pre deset, tako da je ona oslobođena sumnje. Donald Grajms i njegov drug su bili napolju čitavo veče i vratili su se ponovo oko dva, ali zanimljivo je da je oko ponoći, obe noći, drugih troje ljudi napustilo hotel. Dvoje su išli nizbrdo, jedno u fijatu pandi, a jedno na skuteru. Prepoznao sam visokog konobara koji nas je posluživao danas kao jednog od njih, a drugi je verovatno bio kuvar, i vraćali su se kući nakon smene, ali treća osoba je išla *uzbrdo* oba puta i vratila se tek sat kasnije. Hoćete li da pogađate ko je to bio?

Već sam imao dobru predstavu ko je to mogao da bude. – Možda vlasnik, Luiđi Arnad?

– Upravo tako. To je bio on. Uporedio sam lice na snimku s fotografijama na hotelskom sajtu, i to je sigurno on. Na snimku se jasno vidi kako odlazi uzbrdo u prilično otmenom alfa romeo đuliji. Možda je išao da poseti svoju devojku ali, opet, zar nije to vreme kad se NLO-i pojavljuju svake noći?

– Tako je. Da volim da se kladim, uložio bih dosta novca na to da on ima dron ili nešto slično s pričvršćenim svetlima ispod. Mislim da ste u pravu i da je išao da simulira prelet NLO-a.

– I mi tako mislimo. Nije bio umešan u ubistvo, jer je radio u hotelu u utorak uveče kad je Braun ubijen, ali vreme njegovih ponoćnih izlazaka odgovaraju sinoćnjoj pojavi NLO-a. – Čuo sam ga kako se kikoće. – Razgovarao sam s komesarom Gresanom, inspektorka je otišla kući da se odmori, i on ne misli da možemo da ga optužimo za nešto protivzakonito, ali misli kako je dobra ideja da obavestimo Arnada da znamo za to. To je prilično lukav način za poboljšanje prometa, ali ne želimo da mu dozvolimo da vara ljude.

– Razmišljao sam da ponovo večeram u restoranu večeras, pa bih mogao da popričam s njim.

– Uradite to, molim vas. O, i da ne zaboravim, i dalje nema otisaka na letvi koju ste pronašli, ali u laboratoriji kažu da još ima nade. Obaveštavaću vas.

Nakon što je prekinuo vezu, nastavio sam uzbrdo sa Oskarom i uskoro sam ugledao *Manastir*. Zaustavio sam se da popijem nešto i na kraju sam pio hladno pivo na večernjem suncu i razgovarao sa sveštenikom koji mi se predstavio kao don Pjero. Došao je i pridružio mi se za stolom i pokušao da izvuče nove informacije o istrazi ubistva, ali pravio sam se nevešt i on je odustao. Umesto toga, razgovarali smo o svemu, od fudbala – koji mu je očigledno bio omiljena tema – do lokalne hrane i pića. Potvrdio je moju pretpostavku da je hrana u hotelu vrlo dobra, ali izraz na licu kad je govorio o vlasniku potvrdio je moju početnu pretpostavku o tom čoveku.

– Luiđi nije nalik svom ocu. Stari Tomazo je bio stvarno dobar čovek i pomogao mi je mnogo kad smo stigli ovamo. Luiđija, nažalost, više zanima Luiđi nego pomaganje drugima.

Ispustio sam neodređen uzdah i zatražio da mi ispriča nešto više. – Kakva je njegova prošlost? Da li je uvek radio u hotelu?

– Ne, proveo je gotovo dvadeset godina radeći negde na jugu. Nemam pojma čime se bavio, ali uspeo je da zaradi dosta novca. Otkako se vratio, potrošio je na hiljade evra na modernizaciju hotela i kupio je vrlo lepa kola i svaki put kad ga vidim drugačije je odeven.

– Kažite mi, don Pjero, jeste li videli neke od tih NLO-a o kojima ljudi govore?

Lice mu se razvuklo u širok osmeh. – Stojim ispred vrata svake noći pre odlaska na spavanje i gledam u nebesa, ali zahvaljujem se Gospodu što mi je omogućio još jedan dan na zemlji i ne gledam svetla na nebu. Znam da ste gore u kampu, ali izgledate mi kao razuman čovek. Da li stvarno verujete u vanzemaljski život?

Danas je bio petak i trebalo je da idem kući najkasnije u ponedeljak, tako da sam pomislio kako bi trebalo da mu kažem delimičnu istinu. – Da budem iskren, ne verujem mnogo u takve stvari. Došao sam ovamo iz radoznalosti i zato što je svemir tako veliki da verovatno nije mudro odbaciti mogućnost postojanja života negde drugde, ali gajim veliku sumnju prema tim svetlima na nebu. U stvari, pitao sam se da li ta NLO aktivnost možda doprinosi uspehu hotela dole, ili sam preveliki cinik? Šta vi mislite?

Ponovo se osmehnuo i namignuo. – Da sam na vašem mestu, postavio bih isto pitanje Luiđiju Arnadu.

Uzvratio sam mu osmeh. – To upravo nameravam da uradim večeras.

Dok smo se Oskar i ja vraćali prema hotelu u suton, uhvatio sam sebe kako razmišljam o Luiđiju Arnadu i onome što je možda radio pre dolaska ovamo. S obzirom na to da je bio jedan od ljudi koji žive najbliže ubistvu u utorak ili sinoćnjem napadu na Libi, verovatno je imalo smisla da ga proverim. Ako je zaradio novac na sumnjiv način, onda možda postoji neka veza – koliko god neverovatna – s ljudima spremnim da izvrše ubistvo za novac. Izvadio sam telefon da pozovem Karmelu, ali onda sam odlučio da sačekam do sutra. Poslednje što sam želeo je da je uznemirim kad se zasluženo odmara.

Nakon što sam se istuširao i presvukao, nahranio sam Oskara i otišli smo do restorana. Kad sam stigao tamo, zatekao sam Alis kako sedi sama za stolom i mahnula mi je kad me je videla. Kad ju je prepoznao, Oskar se zaleteo da je pozdravi i dozvolio joj je da ga pomiluje. Išao sam za psom, ali nije se ponudila da pomazi i mene, što je sasvim u redu.

– Zdravo, Dene. Dođite i pridružite mi se. Prijaće mi društvo. – I dalje je izgledala uzdrmano.

– Mnogo hvala. – Seo sam naspram nje i uputio sam joj ohrabrujući osmeh. – Kako ste? Dobro ste poznavali Libi, zar ne?

– Ne tako dobro. Malo smo ćaskale, ali bila mi je draga. Ko bi uradio tako nešto? – Upitno me je pogledala.

– Ne znam. Policija ne može da pronađe motiv. – Odlučio sam da promenim temu i pogledao sam oko sebe. – Gde su vam prijatelji pirati?

– Na osmatračnici, i sigurna sam da će ostati tamo do noćnog lajt-šoua. I budimo iskreni, oboje znamo da je to samo šou, zar ne?

Neodređeno sam slegnuo ramenima. – Ko to zna?

Nekoliko trenutaka kasnije, visoki konobar je stigao s priborom za jelo za mene, i čim je spustio jelovnik ispred mene i otišao, Alis je uzela svoju bocu crnog vina i napunila mi čašu, ispraznivši time bocu. Kao kad smo poslednji put večerali, dokazala je da ima istu veliku žudnju za alkoholom koju sam primetio kod brojnih novinara. Verovatno je to bilo zbog posla. Podsećam vas, znao sam mnogo bivših kolega u policiji koji su imali sličnu sklonost ka opijanju, tako da nisam baš bio u poziciji da mnogo zameram novinarima.

Podigla je čašu i kucnula u moju. – Evo, Dene, oboma nam je verovatno potrebno ovo nakon današnjih događaja. Ali kad pričamo o Libinom i Rikovom ubistvu, čudno je da su se dogodila u tako kratkom razmaku, zar ne? Mislite li da je oba izvršila ista osoba?

Prihvatio sam vino, ali dao sam sve od sebe da izbegnem njena pitanja. Bila je dobra u svom poslu, ali i ja sam imao dugogodišnju praksu u razgovoru s novinarima i uspeo sam da izbegnem sve što je bilo previše nametljivo. Na kraju je shvatila poruku i popustila je. – Dobro, pričajte mi o svom životu u Italiji. Šta ste radili pre nego što ste se doselili i zašto ste došli ovamo?

Odlučio sam da ne otkrivam svoj privatni život i samo sam joj pomenuo svoju književnu karijeru, ali ubrzo je pokazala da je stvarno dobar istraživački novinar. Pogledala me je u oči i široko se osmehnula.

– Čudno je, jasno se sećam nekog inspektora, izvinite, glavnog inspektora, iz londonske policije, koji se zvao Den Armstrong. Da li vam to zvuči poznato?

Uzaludno sam pokušao da je zavaram. – Iznenadili biste se koliko ima Armstronga u Britaniji.

I dalje se osmehivala dok je uzimala telefon i okretala ga ka meni. – Čudno koliko ste slični ovom zgodnom momku. Koliko se sećam, on je bio vrlo dobar detektiv.

Fotografija na ekranu bila je nepogrešivo moja iz vremena kad sam dao izjavu medijima o nestanku jedne saudijske princeze. Kao što je Sun Cu verovatno rekao, povremeno u bici dođe trenutak kad moraš hrabro da prihvatiš poraz, i zato sam joj se osmehnuo.

– Dobro, uhvatili ste me. Svaka čast. – Na licu mi se pojavio ozbiljniji izraz. – Sad kad znate, šta ćete da uradite povodom toga?

– To sam upravo htela da vas pitam. Da li bi vam smetalo da pomenem vaše ime u narednom članku koji ću poslati uredniku? Obećavam da neću reći ništa loše o vama.

Mada sam iz iskustva znao da obećanja novinara znače vrlo malo, mislio sam kako mogu da joj verujem, ali otkrivanje mog prisustva ovde moglo bi da izazove komplikacije.

– Voleo bih da me ne pomenete. Ne marim mnogo za sebe, ali činjenica je da, iako sam u penziji i došao sam ovde samo zbog zanimanja za NLO-e, to bi moglo da izazove diplomatske probleme. Siguran sam da me razumete.

Zapitao sam se koliko veruje u moju tvrdnju da sam pravi ufolog, ali klimnula je glavom. – Shvatam. Mogu da zamislim naslove u italijanskoj štampi – *Britanska policija se petlja u italijanske poslove*. Da su uloge drugačije podeljene, sigurna sam da bi moj urednik objavio naslov *Inspektor Montalbano pokazuje Skotland jardu kako se to radi* ili tako nešto. Dobro, obećavam da ću vas izostaviti, ali pod jednim uslovom.

Imao sam osećaj da znam koji će to uslov biti, ali dozvolio sam joj da ga kaže. – Izvolite.

– Obaveštavaćete me o toku istrage. Vi i ja znamo da mislimo isto o malim zelenim ljudima, iako pokušavate da ubedite ljude u suprotno. – Odmahnula je rukom nakon mojih slabašnih pokušaja da poreknem to. – Sve je to sranje. Oboje znamo to. Kažite mi, zašto ste ovde?

Odlučio sam da joj kažem delimičnu istinu. – Dobro, ponovo ste me nadmudrili. Što se tiče mog zanimanja za vanzemaljce, varalica sam. Ovde sam jer činim uslugu prijatelju tako što pazim na njegovu sestru koja je ovde. Na početku je trebalo da dođem i ponudim svoje prevodilačke usluge, ali izgledalo mi je kao dobra ideja da se infiltriram u grupu. To je razlog što se pretvaram da sam posvećeni ufolog, ali molim vas zadržite to za sebe.

Klimnula je glavom nekoliko puta i bio sam prilično umiren. Nakon još jednog gutljaja vina, vratila se na prethodno pitanje.

– I, šta ima novo u istrazi? Da li mislite da su dva ubistva nekako povezana? Sigurno mislite tako.

– Iskreno, ne znam, ali to je verovatno. Budimo iskreni, bila bi velika slučajnost da njena smrt nije povezana s prvom. Ne vidim Libi kao ubicu, tako da je teško zamisliti da ju je neko napao iz osvete, ali možda je slučajno videla nešto što nije smela u utorak uveče. Problem u ovom trenutku jeste sklapanje kockica. Čekamo još izveštaja iz Velike Britanije, u nadi da će nam nešto privući pažnju. Uzgred, biće vam drago da saznate kako sam juče saznao ko ste, pre nego što ste mi saopštili to, tako da ste poznatiji nego što ste mislili.

Prvi put je prestala da se osmehuje i izgledala je zabrinuto. – Čuvaćete moju tajnu, zar ne? Neću reći nikom ko ste i zašto ste ovde, ako vi uradite isto za mene.

– Kao što sam rekao sinoć, obećavam da neću otkriti vaš pravi identitet ljudima u kampu, mada inspektorka i njeni ljudi od juče znaju da ste novinarka. Zamolio sam je da ne pominje šta radite ovde, tako da ne morate da se brinete. Oni vas neće odati... a neću ni ja. Dajte mi svoj broj telefona da mogu da vas obaveštavam. – Kad smo razmenili brojeve, znao sam da joj neću reći više nego što budem morao. Novinarima – koliko god bili lepi i šarmantni – nikad ne možete potpuno da verujete.

U tom trenutku konobar se vratio s mojim predjelom i iskoristio sam priliku da naručim još jednu bocu vina. Kako sam danas već kasno ručao, izbegao sam testeninu i opredelio se za mešano predjelo i sad sam dobio poslužavnik sa salamom, šunkom, kozjim sirom na dvopeku, pečenim paprikama i komadićima palente, prekrivenim grilovanim plavim patlidžanom i seckanim pečurkama. Bilo je ukusno koliko i lepo. Nekoliko minuta smo ćutali, a samo povremeno bi se čuo glasan uzdah mog uvek gladnog psa, koji je počeo da me gurka njuškom, poručujući mi kako veruje da je na ivici smrti od gladi. Bacio sam mu veliki komad hleba, koji je počeo da žvaće i onda ga progutao u rekordnom roku. Dok sam jeo nešto mi je palo na pamet, i pomenuo sam to čim sam spustio viljušku.

– Zanima me da saznam nešto više o Libi. Kad sam upoznao vas dve, a Džulijan je pomenut, bio sam siguran kako sam video senku na njenom licu. Da li vam je pričala o svom odnosu s njim? Sad izgleda jasno da je prva žrtva bila ozbiljan ženskaroš i pitam se da li mislite da je i Džulijan takav, te da je ona bila seksualno uznemiravana. Da li vam je išta pomenula?

Video sam je kako razmišlja o tom pitanju. – Ne sećam se ničeg određenog. Znam na šta mislite. Sigurno je postojalo nešto kod Džulijana što ju je uznemiravalo, ali nikad nije ništa rekla. – Podigla je glavu i razrogačila oči. – Mislite li da ju je možda ubio da je ućutka?

– Nemojte da utuvite sebi svašta u glavu i nemojte, nipošto, da pominjete to svom uredniku, ili ćemo oboje biti u sosu. – Pogledao sam je u oči. – Ozbiljan sam, Alis, ni reči, obećavate?

– Obećavam, ali malo ću da pronjuškam. Nikad se ne zna, neko možda zna nešto što nije spreman da kaže policiji. Uzgred, ne mislim da su odnosi između Vejna i Džulijana sjajni.

– Da li je Vejn nešto rekao? Razgovaraćemo sutra s njim, pa sve što ste čuli može biti korisno.

– Ovo je samo pretpostavka, ali jeste li videli koliko je bio uzdrman danas nakon smrti sirote Libi?

– Da, stvarno. Mislite li da je bilo nečeg među njima? Ili bi on možda voleo da je bilo?

– Ne znam, ali malo ću pronjuškati. Možda ima neku mračnu tajnu. – Podigla je pogled. – Uzgred, žao mi je što ste se razveli. To mora da je bilo teško.

Zatreptao sam. Stvarno je bila dobra u njuškanju – gotovo kao moj četvoronožni prijatelj – i očigledno je htela da mi pokaže koliko me je proverila. – Da, to nije bilo prijatno, ali sad sam preboleo. – Izbegao sam da pomenem Anu, i odlučio sam da je dobra ideja da prebacim težište razgovora na nju. – A šta je s vama? Jeste li udati?

Lice joj se smrklo. – Bila sam, ali nastradao je u nesreći.

– To je još teže. Žao mi je zbog toga. Šta se dogodilo?

– Oboren je s motora na putu do posla, malo pre Božića. Udario ga je autobus otpozadi. – Glas joj je zadrhtao. – Rekli su da je umro na mestu. – Popila je još jedan veliki gutljaj vina i zapitao sam se postoji li neka veza između unosa vina i njenih očigledno još uzburkanih osećanja. Pet ili šest meseci nije predugo vreme za ožalošćenost.

– Tako mi je žao. Baš grozno za vas... i njega. – Dok sam govorio, uočio sam kako vlasnik, Luiđi Arnad, obilazi stolove, šarmirajući goste. Pogledao sam Alis. – Moraću da vas napustim na nekoliko trenutaka, moram da razgovaram s vlasnikom hotela.

Nekoliko minuta kasnije, Arnad je stigao do našeg stola i počeo da skuplja naše tanjire i proverava da li smo uživali u hrani. Dok je to radio, obratio sam mu se na italijanskom. – Sinjor Arnad, hvala vam što ste dozvolili inspektorki da pregleda snimke nadzornih kamera od prethodnih noći. – Izgledao je iznenađeno i zato sam mu objasnio. – Neko od vaših zaposlenih dao joj je kopiju snimaka. Inspektorka me je zamolila da vas pitam da li redovno idete na brdo u ponoć. – Pogledao sam ga u oči. – Da li idete?

– Ponekad. – Zvučao je zbunjeno, ali video sam ga kako poku-
šava da improvizuje. – Lepo je izaći na svež vazduh nakon večeri u
restoranu.

– Naravno. Kažite mi, sinjor Arnad, da li kojim slučajem imate
dron?

Užasnut izraz pojavio mu se na licu, ali i dalje je nastavljao da se
razmeće. Video sam da Alis izgleda zbunjeno, bez sumnje se pita-
jući o čemu razgovaramo, i potajno sam joj namignuo. Prevešću joj
kasnije. – Šta? Dron? Čemu bi mi služio dron?

Primetio sam da nije porekao to. – Ako vas inspektorka zamoli
da otvorite prtljažnik svoje lepe alfe napolju, sigurni ste da ne bi
pronašla ništa zanimljivo unutra?

– U mojim kolima... Ne, naravno da ne... – Bio sam siguran da je
čak i Oskar mogao da čuje neiskrenost u njegovom glasu.

– Inspektorka mi je rekla kako ne misli da ste radili nešto pro-
tivzakonito, ali misli da bi trebalo da znate kako s neodobravanjem
gleda na one koji pokušavaju da prevare druge ljude.

Na trenutak je izgledalo kao da će nastaviti da se pravi nevešt,
ali onda su mu se ramena opustila. – Da, da, naravno. Shvatam. –
Glas mu je sad zvučao kao da je pomiren sa sudbinom.

– Dobro, razumeli smo se. Ako poznajete još nekoga ko ima
dron, možete da mu kažete da ga vrati u kutiju i ostavi tamo. Da li
je to jasno, sinjor Arnad? Moram da obavestim inspektorku, znate.
Mogu li da joj kažem kako se to neće ponoviti?

– To se neće ponoviti. – Pokorno je oborio pogled i odlučio sam
da iskoristim to.

– Vrlo dobro, inspektorka će biti zadovoljna. A sad, nešto dru-
go... možete li da mi kažete više o Ričardu Braunu, koji je ubijen u
utorak uveče? Odseo je bio ovde, zar ne?

Očigledno jedva čekajući da se iskupi, namrštio se dok je po-
kušavao da se usredsredi. – Bio je ovde samo jednu noć pre smrti
i nisam ga mnogo viđao. Postoji ipak nešto. Naša recepcionerka,
Barbara, popričala je sa mnom o vrlo sugestivnom načinu na koji ju
je gledao i zbog nekih stvari koje joj je rekao te večeri. Ona je lepa
devojka, ali vrlo je ozbiljna i marljiva, a on je izneo neke nepristojne
predloge. Kazala je da joj se smučilo.

Tu nije bilo ničeg iznenađujućeg, ali nešto drugo mi je palo na pamet i pogledao sam Arnada. – Da li mu je neko dolazio u posetu dok je bio ovde?

– Ne bih rekao, ali idem da proverim s recepcionerkom Barbarom.

Uzeo je tanjire i odjurio, a ja sam pogledao Alis, koja me je brzo upitala šta se dogodilo.

– To je zvučalo napeto, Dene. Da li biste mi preveli?

Ispričao sam joj sažetak razgovora i ona se kiselo osmehnula. Bio sam zadovoljan što je bol zbog gubitka muža izgleda malo popustio... makar na površini. Polako je odmahnula glavom.

– Uvek sam govorila da je većina tih NLO stvari čisto zaluđivanje ili... prevara. Ovo je samo dokaz za to. Hoćete li saopštiti ostalima da ih je prevario nepošteni hotelijer?

Razmišljao sam o tome i odmahnuo sam glavom. – Tehnički, nemam dokaz da je to bio gospodin Arnad, tako da je policija rekla da će samo zanemariti to. Napokon, naši prijatelji u kampu ne ugrožavaju nikog, pa je bolje da ih ostavimo da veruju u šta god žele. Imali su dovoljno stresova tokom ove nedelje.

– Pretpostavljam da ste u pravu. A čula sam da ste ga pitali za Rika Brauna. Da li je imao neke korisne informacije?

– Samo da se nabacivao recepcionerki.

– Kakav ljigavac! – Malo se stresla, i na trenutak, na licu joj se videla prava mržnja. – Što više slušam o njemu, to mi se više gadi. Ne mogu da kažem da mi je žao što više nije s nama.

Pitao sam se da li misli na to što više ne odseda u hotelu ili što je mrtav. U svakom slučaju, bilo je jasno da ga nije volela i delio sam njeno loše mišljenje o njemu. – Vrlo je jasno da nije bio dobar čovek. A što se tiče sinjora Arnada, moram da priznam da sam prvi put sreo nekog ko je pokušavao da oponaša vanzemaljsku letelicu.

– Pa, mada nisam mogla da razumem šta ste govorili, mislim da je sigurno dobio poruku. Izraz na njegovom licu bio je neprocenjiv. Mislim da odsad neće često koristiti dron.

– Nadajmo se da će posao nastaviti dobro da mu ide i bez njega. Ovo je dobar hotel, hrana je izvrsna, iako NLO-i nisu stvarni.

Oboje smo naručili pečene jagnjeće kotlete kao glavno jelo. Bili su posluženi na hrpi pečenih krompirića začinjenih ruzmarinom i jeli smo meso prstima. Nažalost, konobar koji je doneo hranu do-neo je i informaciju da se niko od osoblja ne seća da je Ričard Braun imao posetioce ili pozive. Zahvalio sam mu se i prionuo na večeru. Ionako su izgledi za to bili mali.

Uz desert od sladoleda od banane i tamne čokolade, bio je to još jedan izvrstan obrok i osećao sam kako mi se kaiš zateže. Alis je izgledala prilično umorno, ali malo manje uznemireno kad sam pokupio ostatke jagnjetine za Oskara i poželeo joj laku noć.

19.

Subota rano ujutro

Nisam se trudio da idem do osmatračnice u petak uveče – bio sam siguran da neće biti svetala na nebu nakon mog razgovora sa Arnadom – i divno sam spavao. Probudila me je, rano ujutro, hladna, vlažna njuška na ramenu, ali Oskar je ovog puta makar proveo celu noć u svom krevetu. Ustao sam i odveo ga u jutarnju šetnju, pre nego što sam otišao u restoran da doručkujem. Jutros nije bilo ni traga od Alis i nadao sam se da je i ona uspela da se naspava. Makar sam sad imao bolju predstavu zašto toliko pije. Izgubiti muža na takav način mora biti teško.

Kad sam se odvezao do kampa, video sam da vatra već gori i da Val vredno radi na pripremi doručka. Zvuk i miris prženja slanine imao je magnetsku privlačnost za mog psa i gotovo je i *meni* pošla voda na usta, pre nego što sam uspeo da pronađem snage da uzmem samo šolju čaja. Oskar je, s druge strane, uspeo da obezbedi nekoliko komada kožure od slanine, koja je nestala u njegovom grlu u tren oka. Dok sam pijuckao čaj, gledao sam oko sebe i bio zadovoljan što su Sandra i Megi ustale i izgledale manje sluđeno nego juče. Pitao sam ostale ufologe da li su imali sreće sinoć i pretvarao sam se da izgledam iznenađeno što nije bilo tragova vanzemaljske aktivnosti.

Upravo sam dovršavao ispijanje čaja kad sam video Džulijana kako izlazi iz svog kampera, izgledajući besprekorno kao i uvek. Nekoliko trenutaka kasnije, izašla je Izabel, koja je bila podjednako otmena u modernoj, po meri krojenoj bluzi koja joj se pripijala uz telo. U poređenju s prljavim i zapuštenim izgledom većine ostalih, izgledali su kao da su upravo izašli s nekog filmskog seta, sa šminkom i svim ostalim. S obzirom na dva nasilna napada u blizini u poslednja četiri dana, izgledali su neverovatno neuznemireno. Pitao sam se kako će reagovati kasnije kad stigne inspektorka i postavimo im pitanja u vezi sa Džulijanovim odnosom s Libi i Izabelinim odnosom s Ričardom Brauningom.

Pirati s Kariba nisu bili kraj logorske vatre, ali nakon još jednog noćnog dežurstva, verovatno su spavali. Džefri i Krispin su izgledali veselo i naizgled su se oporavili od šoka jer su videli ono za šta su mislili da je Libin leš. Pomislio sam na nju, pitajući se kako je i nadajući se da će se izvući bez ozbiljnog oštećenja mozga.

Nisam imao vremena da dugo mislim o tome jer mi je telefon zazvonio i video sam da je to Karmela.

– *Ciao*, Dene. Upravo dolazimo iz doline i imamo neke vesti. Jesi li doručkovao? Da se sastanemo u *Manastiru* za dvadesetak minuta?

To mi je odgovaralo i progutao sam ostatak čaja i skočio na noge, odvlačeći nevoljnog Oskara od primamljivih mirisa.

Imao sam osećaj da će ljudi početi da shvataju, posebno kad vide Karmelu koja će doći uskoro, u mom prisustvu, da ispita Džulijana i Izabel, ali sad me nije bilo mnogo briga. Važnije je bilo da pronađemo ko je ubica (ili ubice).

Oskar i ja smo krenuli nizbrdo i stigli do manastira pre Karmele. Seo sam za uobičajeni sto ispod bambusom prekrivene nadstrešnice, a Oskar se izvalio u hlad ispod stola, dahćući kao parna lokomotiva – iskreno, trčao je dvostruko više od mene, jer je često išao u šumu da donese štapove koje sam mu bacao.

Bilo je to još jedno divno jutro i sunce je jako sijalo, a snegom prekrivene planine blistale su na svetlosti. Kraj zida starog manastira, jedan od don Pjerovih „gostiju" sjajno je ispunjavao malterom fuge u starim kamenim zidovima oko dve cvetne leje, dok je drugi muškarac sadio lavandu i ruže u njih. Mnoge biljke u lejama već su bile u cvatu, što je bila prava gozba za oči i nos. Duboko sam udahnuo i seo, protežući noge.

Tri-četiri minuta kasnije, pojavila su se plavo-bela policijska kola i parkirala se ispred, a dva radnika su nestala kao čarolijom. Razumeo sam njihov oprez i osetio sam sažaljenje.

Karmela je imala tamne podočnjake i izgledala je vrlo umorno. Pogledao sam vodnika Furnijea kad su se približili i on je mrko odmahnuo glavom. Očigledno je i on mislio kako bi ona trebalo da bude kod kuće i odmara se. Seli su za moj sto i trenutak kasnije don Pjero je izašao da primi našu narudžbinu. Video sam kako gleda mene, pa dvoje policajaca, ali nije ništa rekao.

Već sam dobro doručkovao i zato sam naručio kapučino, dok su drugo dvoje tražili i kroasane. Nakon što je stari sveštenik otišao, osmehnuo sam se Karmeli.

– I kako se buduća majka oseća danas?

– Buduća majka se oseća iscrpljeno. Nisam ni trenula sinoć. Šta sam onda uradila? Sišla sam u kuhinju i jela konzervisane sardine, i razmišljala o slučaju. Uzgred, iz bolnice su jutros javili da je Elizabeta i dalje živa. Noć je bila mirna i stanje joj je stabilno. Lekari kažu da su umereni optimisti.

U tom trenutku, zazvonio mi je telefon. To je bio Pol iz Skotland jarda.

– Zdravo, Dene, kako je žena koja je napadnuta juče?

– U komi je, ali i dalje diše i možda se stanje malo poboljšalo, ali vest da je živa i dalje je poverljiva.

– Sjajno. Dobio sam još malo informacija. Prijatelj detektivke Malori iz *Kosmoslinka* ima dobru prijateljicu koja radi u kompaniji Džulijana Gudfeloua, MZITV, i pozvao ju je sinoć da sazna nove tračeve. Priča se da će trenutna voditeljka, dama po imenu Izabel Sančez, biti zamenjena svojom mlađom verzijom. Kako se zove poslednja žrtva?

– Libi... Elizabet Vinter?

– Pogodak. To je ona.

To je stvarno bilo zanimljivo. Da li je to značilo da sve konačno dolazi na svoje mesto? Ipak, dao sam sve od sebe da se ne uzbuđujem previše, jer je postojao jedan problem. – Sjajno, Pole, hvala, ali zbunjen sam. Ako je Libi znala da će joj Džulijan dati Izabelin posao, zašto sam stekao utisak da se ona i Džulijan Gudfelou ne slažu... ili makar da ona ne uživa u njegovom društvu?

– Ovo je samo pretpostavka, ali možda razgovaramo o poslovičnom kauču za kasting? Možda joj je ponuđen posao uz određenu protivuslugu? To ne bi bilo prvi put...

– Moguće je. Hvala, kao i uvek, Pole. Uzgred, video sam Sandru pre pola sata i ponovo je izgledala dobro nakon šoka.

– Drago mi je što to čujem. Čekaj malo, znam da sam zaboravio nešto. Malo sam istraživao i ispostavilo se da je naša prijateljica Megi ovlašćeni računovođa i radi u *tvxUK* u računovodstvu. Sumnjam da to uključuje svlačenje odeće, ali ako si mislio na ucenu ili tako nešto, ne deluje mi verovatno.

Kad sam preneo sve informacije Karmeli, izgledala je zadovoljno, posebno zbog vesti da će Libi preuzeti Izabelin posao. – Pa, mislim da nam to daje pravi motiv za napad na Elizabet Vinter, zar ne? Izabel se iznervirala zbog činjenice da će je Džulijan zameniti mlađom ženom i odlučila je da se otarasi konkurencije.

– To je prilično radikalna reakcija. – Furnije je kazao to pre mene. Nije izgledao uvereno, a ja sam razmišljao o tome.

– Sigurno jeste, ali šta ako Izabel Sančez nije samo čula da će Libi dobiti njen posao nego je otkrila i da Libi spava s Džulijanom? Izabel je shvatila da će izgubiti dvaput, i mogu da zamislim da ju je to gurnulo preko ivice.

Karmela je klimnula glavom. – Možda si u pravu. Izabel sigurno izgleda kao odlučna osoba. Kad govorimo o odlučnim osobama, moramo da razgovaramo s Donaldom Grajmsom. Mada nema jasnog motiva zbog koga bi napao dve žrtve, ima krivični dosije zbog nasilja i moramo da ga preznojimo. Uzgred, u bolnici su rekli da su izvadili komadiće kore drveta iz Libine rane na glavi, tako da je prilično jasno kako je oružje kojim je pokušano ubistvo gotovo sigurno neka debela grana. – Pogledala nas je bespomoćno. – Pronalaženje toga usred šume bilo bi kao traženje igle u plastu sena. – Pogledala je labradora, koji joj je spustio glavu na koleno i oduševljeno ju je gledao. – Pretpostavljam da Oskar nije baš dobar tragač, zar ne?

– Ako bismo tražili nešto jestivo, možda, ali, kao što kažeš, ima mnogo grana u šumi. Ima on trenutke kad zablista ali, kao što sam rekao, pronalaženje grane u šumi je težak zadatak.

– Kad pominjemo komade drveta, imam dobre vesti. – Karmela je zazvučala veselije. – Dok sam dolazila ovamo jutros, forenzičari su me pozvali i potvrdili da su uzeli otiske s letve koju si pronašao. Kao što smo i mislili, očekivano pripadaju Džulijanu Gudfelouu.

To sigurno nije bilo iznenađenje. – To su sjajne vesti. Sad znamo da je napravio lažne otiske na tlu kako bi izgledalo da je Braunova smrt delo vanzemaljske letelice. – Mislio sam da je bolje da izrazim sumnju. – Ali to ne znači da je ubio Brauna. Ništa od toga ne bi bilo prihvaćeno kao dokaz na sudu.

Karmela je klimnula glavom. – U pravu si, naravno, ali možda, ako mu saopštimo novosti da smo pronašli njegove otiske, možda popusti i prizna sve.

Nisam bio uveren u to, ali video sam da Furnije zadovoljno trlja ruke. – Možda ćemo uloviti dvoje ubica. Možda su on i Izabel izveli oba napada zajedno.

20.

Subota ujutro

Nakon što su Karmela i Furnije otišli, ušao sam u manastirsku prodavnicu da kupim kutiju keksa kao poklon za Val, da joj se zahvalim za sve šolje čaja koje mi je dala. Don Pjero je bio tamo i video sam kako jedva čeka da me pita kako to da sam doručkovao s policajcima drugo jutro zaredom, ali uzdržao se, a ja nisam ništa rekao. Kad sam kupio keks, bio sam zadovoljan kad sam video da su se dvojica radnika ponovo pojavila sad kad je policija otišla, i da ponovo vredno rade.

Sastao sam se s Karmelom i Furnijeom u kampu i ona mi je rekla kako namerava da prvo razgovara s Džulijanom i Izabelom, a onda s Donom Grajmsom i na kraju s Vejdom, kamermanom. Saglasili smo se da Sandrina prijateljica Megi više nije predmet istrage.

Razgovor sa Džulijanom i Izabel odigrao se u njihovom skupom kamperu. Karmela je postavljala pitanja, dok je vodnik Furnije slušao, a ja prevodio. Pozornik Šanu je ostao ispred vrata da nas niko ne bi uznemiravao. Unutrašnjost kampera podsetila me je na jednu luksuznu jahtu koju sam posetio tokom jednog velikog hapšenja dilera droge. To mesto nimalo nije podsećalo na običnu kamp-prikolicu i bilo je besramno luksuzno. Džulijan je sigurno tetošio sebe.

Mada sam se vratio u kamp pešice, Izabel je izgleda već zaključila ko sam.

– Dene, jeste li vi detektiv? Izgleda da provodite mnogo vremena s policijom. – Ona i Džulijan su sedeli jedno kraj drugog na kauču, ali mom sumnjičavom oku udaljenost između njih i ukočeno sedenje ukazivali su da odnos među njima nije bio toliko bajan.

– Pomažem inspektorki oko prevođenja. – Oklevao sam i onda odlučio da ne škodi da dodam prikrivenu pretnju. – Ali, kad već pitate, mogu da potvrdim da sam donedavno bio glavni inspektor londonske policije.

Video sam kako pobedonosno gleda Džulijana. – Rekla sam ti, Džulijane. – Pogledala me je ponovo, i to mrko. – Dakle, gospodine detektive, šta ste otkrili? – Bilo je mržnje i prezira u njenom glasu i osetio sam kako sam se nakostrešio, ali Karmela se uključila i vratila razgovor na sumnjivce. Počela je od Izabel, a ja sam prevodio.

– Zovete se Izabel Sančez i imate pedeset dve godine? – Džulijan je izgledao iznenađeno. Možda mu je rekla da je mlađa.

Klimnula je glavom. – Tako je.

– Pričajte mi o studijama glume, sinjora Sančez. Verujem da ste se vi i Ričard Braun upoznali tamo.

To neočekivano pitanje mora da je iznenadilo Izabel i video sam, na trenutak, zabrinutost na njenom licu, pre nego što se na njenim usnama pojavio izuzetno prijateljski i naizgled iskren osmeh. Jedno je bilo sigurno: možda se nije proslavila, ali i dalje je bila talentovana glumica. – Baš lepo što ste me podsetili na to. Sećam se godina na akademiji s velikim zadovoljstvom.

– A Ričarda Brauna? Da li se i njega sećate sa zadovoljstvom?

– Sećam ga se. – Ponovo je povratila kontrolu i pokušao sam da je uzdrmam.

– Verujemo da ste vas dvoje bili bliski. – Nisam znao ništa slično, ali vredelo je pokušati i oduševio sam se kad sam video da sam dobro naslutio.

– To zavisi od toga šta podrazumevate pod „bliski“. Spavali smo nekoliko puta, ako ste na to mislili.

Dok sam prevodio zbog detektiva, motrio sam Džulijana i jasno sam video da mu se izraz lica promenio na tren kad je čuo to. Bio sam siguran da je to bila novost za njega i, očigledno, nije posedovao partnerkine glumačke talente. Ponovo sam pokušao sa Izabelom.

– I jeste li ostali u kontaktu s Braunom nakon što ste završili fakultet?

Na trenutak je izgledalo kao da će poreći to, ali Džulijan joj je priskočio u pomoć.

– Izabel i ja ga poznajemo godinama. Delio je naše verovanje u vanzemaljski život, iako je bio krajnje nemoralan. – Preveo sam to Karmeli i ona je usmerila pažnju na Izabel.

– Koliko dugo vas zanima vanzemaljski život, sinjora Sančez? Da li ste ubeđeni toliko koliko i Džulijan?

Izabel, ponovo, nije ni trepnula. – Povremeno, otkad znam za sebe. Verovatno otkako sam prvi put pogledala *Bliske susrete*. Sigurna sam da je taj film uticao na milione ljudi. I, naravno, otkako sarađujem s Džulijanom više nemam nikakve sumnje. Šta je s vama, Dene? Da li verujete, ili je sve ovo bila gluma?

Karmela se ponovo ubacila. – Dozvolite da ja postavljam pitanja, sinjora Sančez. Da budemo jasni, da li oboje govorite kako niste imali posebno bliske odnose s Ričardom Braunom? Sigurni ste da se niste nedavno sreli s njim?

Izabel je odlučno odmahnula glavom. – Samo povremeno, ali nikad nismo razgovarali. – Izgledala je i zvučala uverljivo, ali nešto mi nije delovalo istinito. Video sam kako njih dvoje razmenjuju poglede i stekao sam utisak da joj ni Džulijan ne veruje u potpunosti. A ako on ne veruje, onda ne verujem ni ja.

Karmela je nastavila. – A vi, sinjor Gudfelou? Da li ste često viđali Brauna?

– Što sam ređe mogao. Bio je neprijatan čovek, i da sam znao ko je kad je stigao ovamo, oterao bih ga.

U međuvremenu, Izabel je odlučila da pređe u napad. – Kad ćete nam dozvoliti da odemo? Ne možete beskonačno da zadržite naše pasoše. Odlučila sam da odem ranije, možda čak i sutra.

– Dvoje ljudi je mrtvo, sinjora Sančez. Shvatate li to? – Karmelin glas je bio leden i dao sam sve od sebe da prenesem njen ton kad sam prevodio. – Oboje su ubijeni. Napustićete Montaz kad vam dozvolim i ne pre toga, mada bih volela da sad napustite *ovo vozilo*. Moram da razgovaram sa sinjorom Gudfelouom nasamo, i molim vas da izađete dok vas ne pozovem. – Nije dala Izabel priliku da se pobuni. – Vodniče, molim vas, izvedite damu.

Kad bi pogled mogao da ubije, Karmela bi ležala mrtva na podu, ali potpuno je ignorisala Izabel dok se vrata nisu zatvorila za njom, i onda je usmerila svu pažnju na Džulijana.

– Dobro, sinjor Gudfelou, zašto mi ne biste rekli kako to da su vaši otisci na letvi koja je iskorišćena u detinjastom pokušaju da se naivni zavaraju da pomisle kako je smrt gospodina Brauna izazvala vanzemaljska letelica?

Nadmeni izraz nestao je odmah sa Džulijanovog lica i zamenilo ga je lukavstvo. – Otisci, kažete?

– Da, sinjor Gudfelou, vaši otisci na dokaznom materijalu koji vas vrlo jasno povezuje sa ubistvom Ričarda Brauna.

Sad se pojavio strah na Džulijanovom licu. – Dobro, inspektorka, to jesu moji otisci, ali samo sam koristio tu letvu da crtam. Nemam nikakve veze s Braunovim ubistvom, kunem se. – Glas mu je sad bio pun poštovanja. – To je bilo glupo, i gorko se kajem zbog toga. Otišao sam tamo nakon što su policajci otišli, ali to je sve što sam uradio, kunem se. I to me ne povezuje sa ubistvom, znate. Morate da mi verujete.

Karmela nije odustajala i divio sam se njenoj čeličnoj rešenosti. – Sinjor Gudfelou, gde ste tačno bili u utorak uveče između pet i devet i petnaest?

– Već sam vam rekao, inspektorka. Bio sam ovde sa Izabel.

– Dakle, jedina osoba koja može da vam dâ alibi je vaša partnerka. – Podigla je ruku da bi ga sprečila da govori. – Ričard Braun je ubijen udarcem u glavu. Pokušavala sam da zaključim zašto se ubica mučio da zapali njegovo telo. Ali, naravno, sad vidim da je to namerno urađeno kako bi taj događaj izgledao povezan s vanzemaljcima. Činjenica da ne poričete da ste se vratili i pokušali da ostavite lažne tragove sletanja vanzemaljaca dovodi me do neizbežnog zaključka. Kažem, sinjor Gudfelou, da ste ubili Ričarda Brauna i onda smislili tu vanzemaljsku predstavu kako biste prikrili tragove i dodali uverljivost svom profitabilnom posliću uzimanja novca od lakovernih. Šta imate da kažete u svoju odbranu?

Pogledali smo Džulijana, koji je očigledno tražio prave reči.

– Nisam nikog ubio, čak ni kad sam bio u vojsci. Nikad ne bih mogao da uradim tako nešto. Da, priznajem da sam otišao tamo nakon odlaska policije i da sam ostavio one tragove u zemlji, ali nisam ubio Brauninga niti sam zapalio njegovo telo. Morate da mi verujete. – Zvučao je sve očajnije i uhvatio sam sebe kako sam sklon da mu poverujem. – Znam da je to bilo neverovatno glupo, ali mislio sam da je to suviše dobra prilika da bih je propustio. Znam šta sam video u Andima, ali niko ne želi da veruje. – Glas mu je postao nesrećniji. – Samo sam želeo da me jednom shvate ozbiljno.

– A uništavanje mesta ubistva je način da vas shvate ozbiljno? Slušajte, sinjor Gudfelou, ne verujem vam. Znam da krijete nešto i *saznaću* istinu. – Prezir u Karmelinom glasu bio je jasan. – I mislim na pravu istinu, ne laži koje promovišete u svojim televizijskim emisijama.

Džulijan je oborio glavu. – Rekao sam vam istinu, inspektorka, stvarno jesam.

– Sa utorka prelazimo na četvrtak uveče. Šta možete da mi kažete o ubistvu Libi Vinter? Da li ste bili umešani i u to?

Ovog puta je izgledao zaprepašćeno. – Ne, naravno da nisam. Sviđala mi se Libi. U stvari, mnogo mi se sviđala.

– Kad kažete da vam se mnogo sviđala, objasnite koliko i kako? Da li ste vas dvoje bili u seksualnoj vezi?

Odlučno je odmahnuo glavom... ali ne potpuno uverljivo. – Ne, naravno da nismo. Odakle vam ta ideja?

Karmela je ignorisala njegovo pitanje. – Čula sam da ste nameravali da joj date ulogu u kompaniji koju trenutno obavlja vaša partnerka, Izabel. Pretpostavljam da je Libi bila zadovoljna zbog toga, zar ne?

Sad je izgledao iskreno sablažnjeno. – Odakle vam to, zaboga? To su poverljive informacije.

– Ne postoje poverljive informacije u istrazi ubistva. Dakle, ne poričete da je to bila vaša namera. Odgovorite mi na pitanje, molim vas: da li je Libi bila zadovoljna ponudom?

– Pa da, očigledno je bila... – Džulijan se praćakao kao riba na suvom.

– A da li je bila zahvalna? Ili je taj posao zahtevao protivuslugu? Imam svedoke koji kažu da su odnosi među vama bili napeti. Šta ste tražili zauzvrat?

– Ništa... ništa nisam tražio. – Bio sam prilično siguran da je čak i Džulijan čuo neiskrenost u svom glasu. – Stvarno, ništa se nije dogodilo među nama... ništa.

– Ali voleli biste da se nešto dogodilo, zar ne?

– Ne, naravno da ne. Ja sam sa Izabel.

– A da, Izabel. Nekako ne mislim da bi bila previše srećna da je zameni upola mlađa žena. To mora da je bolelo. – Nastavio sam da ga gledam u oči dok sam dodavao dva svoja pitanja. – Kad ste preneli Izabel vesti da je zamenjena? Možda u četvrtak popodne? Tako sam čuo.

Video sam ga da okleva, očigledno razmišljajući da porekne, pre nego što je popustio. – Da, bilo je to u četvrtak popodne. Rekao sam joj tad i, ne, nije bila srećna.

– Bila je dovoljno nesrećna da izađe te večeri i ubije ženu koja je došla na njeno mesto?

Odmahnuo je glavom ali, ponovo, nije delovao uvereno. – Naravno da nije. Izabel nije ubica.

Pokušao sam s još jednim svojim pitanjem. – Ili vas je Libi, možda, odbila? A kad kažem odbila, mislim na posao i protivuslugu koja ide uz to. Da li je rekla ne i to vas je naljutilo dovoljno da je ubijete?

– O ne, ne, ne. Zaboga, ne. Nikad joj ne bih naudio. – Bio sam spreman da mu poverujem, mada ono što je zatim rekao nije zvučalo istinito. – Nije bilo protivusluge. Za kakvog me čoveka smatrate? – Sad je pričao u prazno i čuo sam to, ali možda nije lagao o tome da nije pokušao da ubije Libi. Rekao sam Karmeli šta mislim i preveo sam joj razgovor, a ona je uputila Džulijanu otrovan pogled.

– Sinjor Gudfelou, moramo da otkrijemo tačno kakav ste čovek. – Okrenula se prema vodniku. – Furnije, zamolite sinjoru Sančez da uđe i, istovremeno, izvedite ovog gospodina, i pobrinite se da on i žena ne razgovaraju.

Nekoliko trenutaka kasnije, Izabel je sela na kauč umesto prekorenog Džulijana, i izgledala je kao da je na ivici strpljenja. Pre nego što je Karmela postavila pitanje, Izabel je prasnula.

– Dobro, za šta sam optužena? Mislite li da sam ubila oboje, ili samo jedno?

Toliko je bila besna da se Oskar, koji je na svoj uobičajeno prijateljski način krenuo da je pozdravi, okrenuo i prišao do mene, gledajući me kao da pita: *Koji je njen problem?*

Karmela je odgovorila savršeno mirno i dao sam sve od sebe da zvučim smireno dok sam prevodio. – Niko vas ne optužuje ni za šta... zasad, ali zanimljivo mi je što mislite da vas možda smatramo sposobnom za ubistvo. Ako vas zanima, smatram vas. – Sačekala je malo i nastavila. – Naravno, kad ste čuli da ste izgubili posao zbog mlađe, lepše žene, prepostavljam da vam je sigurno došlo da ubijete.

To je vrlo uspešno obuzdalo Izabelin rastući bes. Izraz ogorčenog neprijateljstva odmah joj je nestao s lica i izgledala je kao zbunjena devojčica.

– Ja, inspektorka? Nikad ne bih mogla da ubijem nekog. – *Osim vas*, bila je neizgovorna pretnja.

– I tvrdite da ste bili sa sinjorom Gudfelouom između devet i jedanaest u četvrtak uveče, kad je Elizabet Vinter napadnuta?

– Već sam rekla to.

– A vas dvoje ste bili zajedno i od pet do devet one noći kad je Braun ubijen?

– Naravno, ne možete da dokažete suprotno, zar ne?

Karmela je ignorisala to pitanje. – Sad kad vaš trenutni partner ne sluša, želim da mi kažete istinu o sebi i Ričardu Braunu. – Svideo mi se način na koji je Karmela suptilno naglasila reč „trenutni" kako bi prenela svoju sumnju u tu vezu i jasno sam video da je to upalilo, ali trenutak kasnije, Izabelina glumačka obuka ponovo je izbila na površinu.

– Ali već sam vam rekla, inspektorka, ili me niste slušali? Jedva da sam ga poznavala. Ili možda dresirani majmun koji prevodi nije obavio dobar posao. – Osmehnuo sam se kad sam čuo „dresirani majmun". Mislio sam da je to dobra fora. Tokom godina u policiji, sumnjivci s kojima sam razgovarao i koji su se osećali ugroženo stalno su pribegavali – uglavnom zato jer su imali šta da kriju – ulizičkoj ljubaznosti ili otvorenoj agresiji, kad su im postavljana neprijatna pitanja. Reakcija onih koji nisu imali šta da kriju, bila je negde između te dve krajnosti. Mada sam znao da taj moj osećaj ne vredi na sudu, pojačao je moje uverenje da Izabel Sančez ima nečistu savest... mada se nije znalo u kojoj meri.

Istina je bila da je Izabel u pravu: nismo imali nikakve konkretne dokaze protiv nje ni za jednu noć, i ona je to znala. Pribrala se i započela otvoren napad. – Ako stvarno mislite da sam uključena u ta grozna ubistva, onda me uhapsite, ali biće vam potrebni dokazi, a vi ih nemate. Ako nećete da me uhapsite, morate da mi vratite pasoš i dozvolite mi da odem.

Ponovo je bila u pravu. Činjenica je da nismo imali dokaze krivice za ubistvo ili pokušaj ubistva protiv njih dvoje ili ostalih ufologa. Pogledao sam Karmelu i video da je donela odluku.

– Želim da vi i vaši prijatelji ostanete u Italiji dok ne istražimo sve mogućnosti. Sinjor Gudfelou je rekao da ste nameravali da ostanete dve nedelje, tako da ćete ostati još nedelju dana i tražiti leteće tanjire. Do kraja naredne nedelje očekujem da ću uspešno okončati ovaj slučaj. – Mahnula je rukom kad se Izabel pobunila. – Ako bude potrebno, ići ću u sud i obezbediti odluku o zabrani kretanja. Ako pokušate da napustite ovu oblast pre nego što vam dozvolim, bićete uhapšeni. Da li je to jasno?

Izabel nije odgovorila, ali video sam joj u očima da zna kako nam je pronašla slabu tačku. Mogli smo da sumnjamo koliko nam je volja, ali bez dokaza nismo mogli da izgradimo uspešan slučaj protiv nje ili Džulijana. Ponovo sam pomislio na Libi, koja je ležala kritično povređena u bolničkom krevetu. Kad bi se samo osvestila i povratila sećanje. Nisam sumnjao da je Izabel, a možda čak i Džulijan, odgovorna za napad na Libi koji ju je zamalo ubio. A sasvim je moguće i za ubistvo Ričarda Brauna.

21.

Subota ujutro

Dvoje detektiva i ja napustili smo Džulijanov i Izabelin kamper i otišli do policijskog automobila kako bismo se udaljili od rado-znalih ušiju. Karmela je izgledala još umornije i iscrpljenije, i bilo mi je drago kad ju je Furnije nagovorio da sedne dok smo on i ja stajali ispred otvorenih vrata. Oskar je, u međuvremenu, nabacio svoj „umirem od gladi" izraz i otišao je do logorske vatre, gde je Val i dalje sedela kao i čitave nedelje. Kraj nje je bila njena ćerka, a naspram njih Vilfred i Sibil. Alis je sedela malo dalje, razgovarajući s piratima s Kariba. Kad me je videla, mahnula mi je, a ja sam joj uzvratio, ali nisam se približavao.

– Dobro, gospodo, šta mislite o Gudfelouu i Sančezovoj? – Karmela je pridržavala stomak obema rukama i glasno je uzdahnula. – Par podmuklih lažova ili nedužne žrtve policijskog zlostavljanja?

Vodnik je prezrivo frknuo. – Nedužne? Nema šanse. Oboje su krivi kao đavo. Možda su oboje ubili Brauna, a onda su pokušali da ubiju Vinterovu, ili je jedno napalo jedno, a drugo drugo, ali ne sumnjam u njihovu krivicu... posebno krivicu te žene. Baš je gadna. – Pogledao je u mene. – Šta vi mislite, komesare?

– Ne morate da me zovete komesare, sad sam samo Den. Slažem se s vama da su sumnjivi, ali potrebni su nam dokazi. Oboje su ima-li priliku obe noći, jer im je jedini alibi to da su bili zajedno. Oboje su imali sredstvo – napokon, šuma je puna kamenja i grana, i oboje su dovoljno snažni za to. Džulijan je imao motiv zbog Braunove industrijske špijunaže – mada, budimo iskreni, ubistvo je pomalo preterano – a Izabel je imala razlog da ukloni Libi s puta. Ono što nemamo jesu svedoci koji mogu da potvrde da su videli jedno od njih ili oboje. Da, Džulijanovi otisci su na letvi koju je koristio da ostavi tragove u zemlji, ali to nije dovoljno da uveri sudiju ili porotu da je ubio Brauna. Napokon, ako jeste ubio Brauna, zašto nije istovremeno zapalio telo i ostavio te otiske kako bi potkrepio svoju NLO bajku? Ne, potrebno nam je nešto više. Nadajmo se da će se Libi probuditi iz kome i reći nam ko ju je napao.

Karmela je klimnula glavom i pogledala je prema logorskoj vatri. – Sad treba da ispitamo Donalda Grajmsa i Vejna O'Konela. Da li da počnemo od Grajmsa, pošto je trenutno ovde, a ne u hotelu? Furnije, kaži mu da ode u šator, a mi ćemo mu se pridružiti. – Vodnik je otišao da razgovara s Donom, a Karmela me je pozvala da priđem i obratila mi se šapatom. – Dene, smem li da vas zamolim za uslugu?

Sagnuo sam glavu prema otvorenim vratima. – Naravno.

– Ne govorite Furnijeu ništa zasad, ali mislim da su mi počeli trudovi. Babica je rekla da bi trebalo da se porodim svakog dana. – Videvši zabrinutost na mom licu, mahnula je prstom. – Ni reči, u redu? U svakom slučaju, htela sam da vas pitam sledeće: ako me odvezu u bolnicu pre kraja istrage, da li biste bili spremni da ostanete ovde i pomažete Furnijeu? On je dobar policajac, ali sigurna sam da bi cenio da ima nekog tako iskusnog kraj sebe. Pjer je zvanično na čelu istrage, ali razgovarala sam jutros s njim, pre nego što smo došli, i zamolio me je da vam kažem kako biste mu time mnogo pomogli. Hoćete li moći da uradite to? Da budem iskrena, on uopšte nije želeo da dolazim danas ovamo.

– Naravno da hoću. Nema problema. Dajte mi Pjerov broj, za svaki slučaj. – Sačekao sam dok nije unela broj u moj telefon, a onda sam se nagnuo ka njoj. – Ali imam jedan uslov: čim završimo sa ovom dvojicom jutros, naći ćeš nekog da te odveze do Aoste... ili ću to uraditi lično. – Pre nego što je stigla da se pobuni, nastavio sam. – Pjer je u pravu. U ovom trenutku imaš vrlo važnu obavezu, a ona nema veze sa slučajem. Furnije je dobar čovek i naravno da ću mu pomoći, ali moraš da zapamtiš da imaš obavezu prema svom nerođenom detetu. Pjer je rekao to, i ja to kažem... vreme je da odeš.

– Ne, ali... – Video sam kako joj bolan grč prelazi preko lica.

– U stvari, zaboravi Dona i Vejna. Furnije i ja ćemo razgovarati s njima. Moraš odmah da odeš odavde. – Ignorišući njene neubedljive proteste, pozvao sam policajca Šanua i on je dotrčao. – Šanu, inspektorka mora da ode odmah u bolnicu u Aosti. Možete li je odvesti svojim kolima dok ja budem ovde s vodnikom Furnijeom?

– Da, naravno, ako... – Pogledao je Karmelu, koja je konačno popustila i klimnula glavom.

– Tako je verovatno najbolje. – Umorno mi se osmehnula. – Hvala, Dene.

Šanu joj je pomogao da uđe u njegovu policijsku alfu i nekoliko trenutaka kasnije, išli su stazom prema putu, sa upaljenim rotacionim svetlima. Pozvao sam Oskara i otišao do šatora, zaustavljajući se da obavestim vodnika pre nego što uđemo da razgovaramo s Donaldom Grajmsom.

Klimnuo je glavom. – Moram da priznam da mi je laknulo. Inspektorka se preforsirala. Trebalo je da otvori bolovanje prošle nedelje, a možda i nekoliko nedelja ranije.

Pogledao sam prema šatoru. – Vi i ja ćemo razgovarati s Grajmsom i kamermanom, a onda ćete izvestiti komesara Gresana. Da li želite da ja budem glavni, ili želite da postavljate pitanja, a ja da ih prevodim?

– Bio bih vam vrlo zahvalan ako biste vodili ispitivanje, komes... Dene. Prevodićete mi, a ako mi nešto padne na pamet, dodaću svoja pitanja. – Osmehnuo mi se. – Znatno mi olakšava život što imam nekog tako iskusnog kraj sebe.

Potapšao sam ga po ramenu. – Dobro biste se snašli i sami, siguran sam, ali rado pomažem. Dobro, da vidimo šta gospodin Grajms ima da kaže.

Kad smo ušli u šator, Don je sedeo pravo kao strela na jednoj od stolica kraj drvenog stola, leđima okrenut ulazu. Kao i obično, bio je odeven u srebrno svemirsko odelo. Mora da nas je čuo kako ulazimo, ali nije se okrenuo. Furnije i ja smo seli naspram njega i objasnio sam šta će se dogoditi.

– Inspektorka Kostej je morala da se vrati u Aostu, ali zamolila je vodnika i mene da vam postavimo neka pitanja. Snimaćemo razgovor, pa vas molim da govorite istinu.

Na moje iznenađenje, osmehnuo se. – Kako ono beše? „Sve što kažete biće zapisano i može biti upotrebljeno protiv vas?" Nešto tako. Čuo sam to dovoljno puta, i čovek bi pomislio da se sećam svega. – Izraz lica mu je postao odlučniji. – Pretpostavljam da ste me zato izdvojili, ali pre nego što pokušate da mi nešto prikačite, moram da vam kažem da sam se promenio. Da, nekad sam bio usijana glava, uradio sam neke glupe stvari, ali sazreo sam u poslednjih nekoliko godina. – Pogledao me je u oči. – Začudili biste se kako dvadeset pet meseci i šesnaest dana u zatvoru mogu da navedu osobu da sedne i razmotri svoj život. Meni je to pomoglo. Ovde sam na odmoru, radim ono što volim, i nemam nikakve veze sa onim što se dogodilo.

Preveo sam to Furnijeu i dok sam to radio, stalno sam gledao Donovo lice. Trudeći se da ignorišem hijeroglife iscrtane svud po njemu, stekao sam utisak da govori istinu, ali odlučio sam da ga još malo isprovociram.

– Činjenica je, Done, da nemate alibi za utorak uveče ili sinoć, zar ne? Da li mi stvarno govorite da niste imali veze ni sa jednim ubistvom?

– Zašto bih hteo da ubijem bezazleno stvorenje poput Libi, ili nekog tipa krajnje čudno umotanog kao mumija?

S obzirom na to kako je on izgledao, mislio sam da je pomalo drsko optužiti nekog drugog da izgleda čudno, ali nisam ništa rekao. Odlučio sam da pokušam poslednji put. – Kažete mi da nemate veze s tim ubistvima?

Pogledao me je u oči. – Kažem. Kunem se majčinim životom. Nisam ubica, morate da verujete u to.

Da li je to bilo zbog njegovog tona ili nekog neobjašnjivog psećeg instinkta, Oskar je ustao s mesta na kojem je ležao i lizao se – to mu nije bila jedna od prijatnijih navika – i prišao je do stola, legao kraj Dona i naslonio glavu na njegovu butinu. Don me je pogledao i pomilovao ga po ušima. – Pa, makar mi vaš pas veruje.

U stvari, obojica smo mu verovali. Tokom svoje policijske karijere, verovatno sam mogao na prste jedne ruke da izbrojim kad sam potpuno pogrešno procenio sumnjivca. Razvio sam prilično dobar osećaj za procenu da li osoba s kojom razgovaram govori istinu ili laže – mada ne mogu da tvrdim da sam svaki put bio u pravu. Sad sam imao osećaj da Don nije ubica. Postavio sam mu još nekoliko pitanja, proveravajući kad i zašto su on i njegov prijatelj Brajan došli ovamo, sve dok nisam bio uveren kako mogu da ga isključim iz dalje istrage. Završio sam pitanjem šta on misli da se dogodilo, a njegov odgovor je bio zanimljiv.

– Niste ovo čuli od mene, u redu? Dobro se slažem s većinom ljudi, i ne želim da izazivam probleme, ali ako me već pitate, ne sviđa mi se Izabel. Nisam je poznavao dosad, mada sam je viđao na televiziji – znate, ona vodi emisije o vanzemaljcima. Na televiziji je nasmejana i šarmantna, ali ovde je bila odsutna i nepristupačna, puna sebe. Možda je samo nevaspitana, ili su možda ona i Džulijan usred raskida. Ne znam. Sigurno ne izgleda da su njih dvoje u dobrim odnosima. – Pokazao je prema Oskaru, koji je sad, kad je obavio posao, legao na pod kraj njegovih nogu. – Znate kako se psi nakostreše i reže kad vide nešto što im se ne sviđa? Pa, tako se ona ponaša.

– Niste prva osoba koja je pomenula to. Šta je s njenim odnosom s Libi?

– Brajan i ja mislimo da su Libi i Džulijan bili u vezi. Bilo je nečeg u načinu na koji ju je gledao. A ako smo mi to primetili, kladim se da je i Izabel primetila, a to bi objasnilo neprijateljsko ponašanje. Kao što rekoh, da sam na vašem mestu, pokušao bih da prišijem bar jedno ubistvo Izabel. – Na trenutak je izgledao gotovo bojažljivo. – Ali ne pominjite me. Nisam vam ništa rekao.

Nakon što je otišao, razgovarao sam s Furnijeom i obojica smo se saglasili kako je Don verovatno oslobođen sumnje, ali dokazi – ili makar optužbe – protiv Izabel su se gomilali.

Pre nego što sam mogao da uvedem poslednju osobu koju ćemo ispitati, Furnijeov telefon je zazvonio i dodao ga je meni.

– To je komesar Gresan. Želi da razgovara s vama.

Uzeo sam telefon. – Dobro jutro, Pjere. Mislio sam da ćeš se javiti.

– *Ciao*, Dene. Upravo sam razgovarao s Karmelom. Drago mi je što je konačno odlučila da se pobrine za sebe i misli o bebi. Kaže da

157

si je lično smestio u kola, i bravo na tome. Da li si siguran da ti ne smeta da pomažeš?

– Smeta? Oduševljen sam. Vodnik Furnije je upravo razgovarao s poslednjim sumnjivcem, a ja sam mu pomagao. Postoji li mogućnost da se sastanemo danas i razgovaramo o svemu pre nego što preduzmemo nove korake? Da dođemo u Aostu?

– Da, hajde da se sastanemo, ali nema potrebe da dolaziš do Aoste. Moram ovog popodneva da budem u Červiniji, da svratim kod zapovednika stanice karabinijera, kako bismo rešili neki problem, pa ću svratiti u kamp ufologa i onda biste ti i Furnije mogli da pođete sa mnom u Červiniju na ručak. Znam vrlo dobar restoran tamo.

– Zvuči kao dobra ideja. Ako ništa drugo, nisam bio tamo i biće lepo videti Materhorn izbliza. I ovoga puta ja častim.

– Raspravićemo oko toga ko će častiti kad budemo ručali. – Na osnovu njegovog tona, imao sam osećaj kako ću izgubiti u toj raspravi. Ako nešto volim kod Italijana, to je ta njihova darežljivost, ali zbog toga je teško častiti ih ručkom. Kad smo Ana i ja jednom bili na ručku s Teta Menkom, morao sam da ustanem usred ručka kako bih gurnuo novčanice konobaru u ruku, da bih je sprečio da plati.

Kad sam rekao Furnijeu šta smo se dogovorili, ozario se. – Biće kao u stara vremena. Kad sam počinjao, bio sam pozornik kod komesara Gresana, tad je bio inspektor Gresan, ali onda je unapređen, kao i ja. On je dobar šef i voli hranu!

Pogledao sam Oskara. – Zar svi ne volimo hranu? – Nešto mi je palo na pamet. – Uzgred, kod koga su pasoši? Voleo bih da pogledam ko je bio gde i kad, za slučaj da uočim nešto neobično.

– U kancelariji inspektorke Kostej. – Izvadio je telefon. – Mogu da dogovorim da ih daju komesaru kad pođe ovamo. Kažite mi, na šta ste mislili kad ste rekli „neobično"?

– Neću znati dok ne vidim. Sećam se jednog slučaja s drogom od pre nekoliko godina, gde smo uspeli da utvrdimo kako su glavni diler i plaćeni ubica koga je unajmio da ubije njegovog suparnika bili u Bogoti istog dana. Vredi pokušati. Dobro, možete da obavite taj poziv, a ja ću pronaći kamermana, jer moramo da razgovaramo s njim.

Prvo sam pitao Vejna O'Konela o prethodnom poslu.

– Čuo sam da radite u MZITV od pre šest meseci?

– Da. – Skinuo je kaubojski šešir i iznenadio sam se što je bio potpuno ćelav ispod. Na licu je imao isti izraz velike tuge koji se pojavio otkako je saznao da je Libi mrtva.

– A pre toga, radili ste za *Kosmoslink TV*?

– Da.

– Možete li mi reći okolnosti pod kojima ste napustili tu kompaniju? Čuo sam da je bilo nekih problema.

Pogledao me je zaprepašćeno. – Dakle, čuli ste za to? – Nemoćno je uzdahnuo. – Bojao sam se toga. Sad ćete pokušati da mi prikačite smrt Rika Brauna, zar ne?

– Prikačićemo vam je ako ste uradili to, ali ako ste nevini nemate razloga za strah. Kažite mi zašto ste otpušteni.

Odmahnuo je glavom. – Nisam otpušten, dao sam otkaz. Nisam mogao da radim u istoj kompaniji s tim prokletnikom. – To nije ono što su iz kadrovske službe *Kosmoslinka* rekli Polu, ali zasad nisam ništa rekao.

– Kako sam čuo, pričalo se da ste napali Brauna. Ispričajte mi šta se dogodilo i, pre svega, zašto se dogodilo.

– Imalo je veze s jednom devojkom, Sali Bauerman. Radila je u kompaniji kao saradnica u desku, a Brauning ju je vodio sa sobom kad je išao da istražuje navodna pojavljivanja vanzemaljaca. Dan nakon što su se vratili iz Južne Afrike, krajem novembra, zatekao sam je uplakanu. Ukratko, Brauning je pokušao da je siluje poslednje noći. Da nije bio pijan kao letva, uspeo bi u tome, a ona je morala da se zaključa u hotelsku sobu dok je on udarao u vrata. Zaglavila je stolicu ispod kvake i nije spavala. Kazala je da je bila preplašena.

– Zašto je to rekla *vama*, Vejne? Zašto nije otišla kod svog šefa ili u kadrovsko?

– To sam joj i ja rekao, ali oboje smo znali da bi to bilo gubljenje vremena. Takvi kao on uvek pobeđuju. Razlog što mi je rekla jeste što smo bili prijatelji.

– Koliko dobri prijatelji? Bliski? Možda intimni?

Nakostrešio se. – Samo prijatelji. Ništa nismo imali. Nisam ja kao Brauning.

– Da li je istina da ste ga napali?

– Nisam ga povredio. Samo sam ga uhvatio za kragnu i rekao mu šta mislim o njemu. Sali je dala otkaz, a ja sam uradio isto. Kao što sam vam rekao, nisam mogao da radim s njim.

– A onda se pojavilo mesto u MZITV-u, i vi ste se prijavili. Da li ste rekli Džulijanu zašto ste napustili *Kosmoslink*? Pretpostavljam da se oduševio što mrzite Brauna. Šta se dogodilo sa Sali?

– Nisam siguran. Vratila se kući u Dandi i nije mi se javljala.

– Sad mi recite, u kom trenutku ste shvatili da je čovek sa zavojima koji je došao u ponedeljak upravo Brauning?

– Nisam znao da je to on, ne dok mi momci nisu rekli da su to videli na internetu. – Moja antena je zatreperila ovog puta. Nisam mogao tačno da odredim, ali bio sam siguran da mi ne govori celu istinu, i zato sam nastavio da ga ispitujem.

– Ali to nije istina, Vejne? Prepoznali ste ga, zar ne? Da li ste ga prepoznali sami, ili vam je neko rekao ko je ispod maske?

– Niko mi nije rekao, nisam znao. To je istina. – Brecao se i bio sam siguran da laže, ali činjenica je bila da nisam imao dokaze da osporim njegove reči.

– Pričajte mi o Libi. – Setio sam se da mi je Karmela pričala o Vejnovim snimcima Libine zadnjice. – Sviđala vam se, zar ne?

Namrštio se. – Da, sviđala mi se i sažaljevao sam je. Šta da vam kažem? Bila je dobra, draga devojka, a oni su je ubili. – Palo mi je na pamet da jedna lepa devojka verovatno ne bi bila zainteresovana za debelog, ćelavog četrdesetpetogodišnjaka kao što je Vejn. Sasvim je moguće da je isto važilo i za drugu devojku, Sali. Možda je žudeo za obe žene ali su ga odbile, a ta neuzvraćena ljubav pretvorila se u nasilan napad u četvrtak uveče.

– Kažete da su je oni ubili. Ko su „oni"?

Pogledao me je u oči. – Izabel i Džulijan, naravno.

– Imate li neki dokaz za tu tvrdnju?

– Nemam dokaz, ali siguran sam u to. Džulijan joj je rekao da će joj dati Izabelin posao, ali samo ako bude spavala s njim.

– Ona vam je to rekla?

– Pa ne, ali bilo je očigledno. – Ponovo me je pogledao u oči. – Makar meni. Kad je Izabel otkrila da je zamenjena, mora da je bila vrlo ogorčena. Ili ju je Džulijan ubio da ne bi rekla ljudima šta je tražio od nje, ili ju je Izabel ubila iz ljubomore. Birajte, bilo koje od njih je moglo to da uradi.

Nisam mogao da nađem manu njegovim zaključcima. Bili su isti kao moji. – Ali nemate dokaze?

Samo je odmahnuo glavom.

22.

Subota popodne

Ručak s Pjerom Gresanom i vodnikom Furnijeom bio je očekivano dobar, mada je Červinija bila manje lepa nego što sam očekivao. Za razliku od Cermata, njenog staromodnog, tradicionalnog švajcarskog parnjaka sa druge strane Materhorna, Červinija je bila naselje sastavljeno od vikendica i apartmana iz dvadesetog veka, prodavnica skijaške opreme, hotela, barova i restorana. Za moj ukus, bilo je više alpske atmosfere u seocetu Montaz, sa starim kamenim kućama i crkvicom, mada je u Červiniji pogled na planine bio divan. Gradić se nalazio na ulazu u dolinu, na visini od preko dve hiljade metara, a ogoljene susedne padine govorile su o činjenici da su pola godine prekrivene snegom, mada je ova godina, prema rečima barmena iz Valturnenša, bila izuzetno topla.

Odmah iza poslednjih zgrada, planinski obronci počinjali su strmo da se uzdižu, i samo su postajali sve strmiji kako su se peli prema kamenitom vrhu Materhorna, na gotovo četiri i po hiljade metara nadmorske visine. Nekoliko oblaka nastajalo je kod vrha planine, i do kraja obroka bio je potpuno zaklonjen od pogleda. Pjer mi je rekao kako to znači da će kasnije biti kiše, mada je ostatak neba bio bez oblačka. Povinovao sam se njegovom superiornom poznavanju lokalnog vremena i podsetio sebe da kasnije pronađem kišnu kabanicu.

Restoran koji je Pjer odabrao nalazio se u prizemlju jedne neugledne stambene zgrade, ali je pogled kroz velike prozore bio spektakularan. Gledali smo glavnu žičaru, koja je povezivala Červiniju s glečerom na vrhu Monte Roze, gde su ljudi mogli da se skijaju cele godine. Masivni stenoviti zid kao da se obrušio na nas i osećaj je bio gotovo zastrašujući – mada to nije smetalo Oskaru, čija su čula poludela čim smo ušli. Smestio se kraj mojih nogu, pažnje usmerene na sto, raširenih nozdrva. Bilo je gotovo kao da me moli da mu dodam jelovnik kako bi mogao da izabere – mada, znajući ga, odabrao bi sve.

Nakon predjela od ručno sečene, dimljene šunke i, neizbežno, komada fontine i drugih sireva, odabrali smo pečenu srnetinu s krompirićima i grilovanim povrćem. Dok smo jeli, razgovarali smo o slučaju. Pjer je slušao napeto dok smo ga Furnije i ja obaveštavali, a onda je spustio viljušku i ukratko ponovio sve.

– Da počnemo od najlakšeg. Zvuči mi kao da su pokušaj ubistva Elizabet Vinter izvršili ili Džulijan Gudfelou ili njegova prijateljica, Izabel Sančez. Da li se obojica slažete?

Odgovorio sam: – Da, i obojica mislimo da je to pre delo neke žene nego muškarca. Izabel Sančez je saznala od Džulijana, nekoliko sati pre napada, da će je Libi zameniti. Ako je Vejn O'Konel u pravu oko toga da je Džulijan Gudfelou bio u vezi s Libi, onda imamo dva razloga zašto bi je Izabel Sančez napala.

– Dobro. A što se tiče ubistva Ričarda Brauna, Džulijan Gudfelou i dalje izgleda kao najverovatniji kandidat i za to, ali problem je što u oba ta slučaja izgleda nema konačnih dokaza. Da, imate dokaz da se Gudfelou vratio na mesto zločina nakon što su moji policajci završili i odneli leš, kako bi ostavio tragove u zemlji i potpomogao svoju priču o NLO-ima, ali nijedan sudija ne bi to prihvatio kao dokaz ubistva. – Uzeo je čašu crnog vina i otpio gutljaj pre nego što je nastavio. – Potreban nam je dokaz, i to u narednih sedam dana, ili nećemo moći duže da zadržimo sumnjivce ovde. Da li smo svi saglasni s tim?

Furnije i ja smo ponovo klimnuli glavom.

Pjer se ponovo posvetio hrani, a mozak mu je sigurno radio punom parom kao i naši. Tad mi je telefon zazvonio i video sam da je to Džes, moja prijateljica novinarka.

– Zdravo, Džes, šta imaš za mene?

– Zdravo, Dene, izvinjavam se zbog kašnjenja, ali dete mi je juče bilo bolesno. Uspela sam da pronađem priču o samoubistvu, i mada ništa nije dokazano i nije bilo policijske istrage, izgleda prilično jasno da je žena koja se ubila uradila to zbog ljubavi prema Ričardu Braunu, ili Brauningu, kako je bio poznat. Zvala se Trejsi Berdžes i živela je u Brikstonu. Ona i Braun su bili u vezi duže od godinu dana, pre nego što ju je ostavio početkom ove godine, zbog neke mlađe žene. Izbezumila se i izvršila samoubistvo krajem januara. U oproštajnoj poruci okrivila je Brauna poimence, ali kako nije uradio ništa protivzakonito – nemoralno da – sve je to nestalo, baš kao i ona, sirotica.

Zapisivao sam u svoju beležnicu dok je govorila. – Trejsi Berdžes, hvala. Malo ću proveriti. Hvala ti mnogo na pomoći, Džes.

– Nema na čemu. Dakle, misliš li da ćeš rešiti slučaj? Kad ga rešiš, setićeš me se, zar ne? Dobro bi mi došla lepa ekskluziva.

– Sigurno ću te obaveštavati o razvoju događaja, ali ne mogu da ti obećam ekskluzivu. *Miror* je već poslao svoju novinarku, po imenu Alis Tarner, i ona im šalje ekskluzivne priče.

– O, dobro, više sreće drugi put. Sve najbolje sa slučajem. Zdravo, Dene.

Preneo sam dvojici policajaca šta mi je Džes rekla, i Furnije i ja smo pregledali prezimena ufologa, ali nismo pronašli nikog ko se preziva Berdžes, tako da je izgledalo neverovatno da je ta žena u srodstvu s nekim ovde. Pjer mi je dodao pasoše grupe i pregledao sam i njih, proveravajući ženska devojačka prezimena tamo gde ih je bilo. I dalje nije bilo Berdžesa. Sledeće što je trebalo proveriti je da li ju je poznavao neko iz grupe, ili je možda radila s nekim, ili je izlazila s nekim od njih. U razmišljanju nas je prekinuo telefonski poziv upućen Pjeru. Nakon kratkog razgovora, spustio je telefon i saopštio nam vesti.

– Zvali su iz bolnice. Elizabet Vinter se probudila iz kome i govori. Jedan od tamošnjih lekara je studirao u Velikoj Britaniji i dobro govori engleski. Kaže da je identifikovala osobu koja je pokušala da je ubije. Kaže da je napadač čekao pored puta, s pričom da će joj pokazati vanzemaljske predmete u žbunju. – Pogledao nas je, sa sjajem u očima. – Šta mislite, ko je to bio?

Furnije i ja smo istovremeno odgovorili: – Izabel Sančez.

– Tako je. – Čulo se zadovoljstvo u Pjerovom glasu. – Dobro, sad vam svesrdno preporučujem domaću panakotu. Nakon toga, mislim da imamo sastanak sa sinjorom Sančez, zar ne? – Uzeo je čašu i podigao je prema nama. – Zdravica za Elizabet Vinter. Nadajmo se da će se oporaviti u potpunosti.

Furnije i ja smo nazdravili tome i morao sam da se osmehnem. Mada smo sad imali dokaz da je Izabel Sančez bila u najmanju ruku kriva za pokušaj ubistva, to nije nimalo uticalo na uživanje u ručku komesara Gresana. Siguran sam da je Oskar to odobravao.

Vratili smo se u kamp oko pola tri i zatekli većinu ljudi oko vatre, neveselog izgleda. Koliko sam video, svi su bili tu osim Džulijana i Izabel. Val mi je rekla da sinoć nisu videli ni traga od vanzemaljskog života, a ni jutros nisu imali sreće, i osećao sam kako postaju sve nezadovoljniji. Činjenica da je nebo počelo da se naoblačuje kako je Pjer predvideo, sigurno nije popravljala raspoloženje. Krispin i Džefri su nam rekli kako su ih na osmatračnici upravo zamenili Džulijan i Izabel, tako da smo Pjer, Furnije i ja krenuli stazom da razgovaramo s njih dvoje.

Oskar je veselo kaskao ispred nas, kao i obično tražeći štapove za bacanje. Vetar se pojačao i, mada nije bilo hladno, temperatura u šumi bila je osetno niža nego u kampu. Kad smo stigli do hrpe kamenja na vrhu, sunce je nestalo, a vetar je bio dovoljno jak da nas uzdrma dok smo išli ka dve figure koje su stajale u zavetrini iza jedne stene. Kad nas je primetio Džulijan je ustao, ali Izabel je ostala da sedi. Kao što smo se dogovorili, ja sam govorio.

– Izabel Sančez, ovi policajci su došli da vas uhapse zbog pokušaja ubistva Elizabet Vinter. Ustanite, molim vas.

Izabel se nije pomerila. – Dobro mi je ovde, hvala. Molim vas, prestanite da igrate igrice i ostavite me na miru, vi nepodnošljivi mali čoveče. Nemate dokaze protiv mene, a dok ih ne budete imali, bila bih vam zahvalna da me ostavite na miru.

Nisam očekivao ništa manje od nje i zato sam pokazao na svoje pratioce. – Izabel, upoznali ste vodnika Furnijea, a ovo je komesar Gresan iz policije u Aosti, i ima neke vesti za vas.

Svi pogledi su se okrenuli ka Pjeru i preveo sam ono što je rekao.

– Upravo su me pozvali iz bolnice da me obaveste kako se žena koju ste pokušali da ubijete probudila iz kome. – Džulijan je otvorio usta od iznenađenja, ali nije mi promakla senka straha koja je prešla preko Izabelinog lica. – Elizabet Vinter nam je rekla da ste je zaustavili s pričom da ćete joj pokazati neki vanzemaljski predmet. Namamili ste je iz kola i u žbunje, gde ste je napali. Da li vam to zvuči poznato? To su svi dokazi koji su nam potrebni. Sad ustanite ili ću zamoliti svog vodnika da vas uhvati za okovratnik i natera da ustanete. Spreman sam da vas vodim niz planinu s rukama u lisicama, ako ne budete sarađivali. Ako se sapletete i padnete, to je vaš problem. – Dozvolio je da mu glas postane odlučniji i uradio sam isto dok sam prevodio. – Sad ustanite.

Kad je Izabel nevoljno ustala, Džulijan me je pogledao u oči. – Nije mrtva? Libi nije mrtva? Ali mislio sam...

– Mislili ste da ju je Izabel ubila, zar ne? – Krenuo sam ka njemu. – Ili ste to uradili zajedno?

– Ne, ne, naravno da ne. Nisam znao ništa o tome. – Okrenuo se prema Izabel, nemoćno mlatarajući rukama. – Nisi valjda pokušala da ubiješ Libi? Mislim, ne bi to uradila, zar ne?

Izabel mu je uputila otrovan osmeh. – Nisi mislio da imam petlje da ubijem ženu koja mi je upravo uništila život? Znam da ti nemaš petlje da ubiješ nekog, ali to je razlika između mene i tebe, Džulijane. Ti živiš u svetu svoje mašte, ali ja živim u stvarnom svetu. – Usmerila je pažnju na Pjera. – Žao mi je što nisam uspela da ubijem tu malu kučku. Da sam uradila to, ne biste mogli da me optužite ni za šta, zar ne?

Pjer ju je potpuno ignorisao i okrenuo se ka Džulijanu. – Kažite mi nešto, sinjor Gudfelou, kad su vas ispitivali o ubistvu Ričarda Brauna, rekli ste da ste vi i ova dama proveli utorak uveče u vašem kamperu. Da li ste potpuno sigurni da je tako bilo, ili biste sad voleli da promenite priču? Napokon, čak i ona priznaje pokušaj ubistva. Elizabet Vinter je preživela samo čudom. Razmislite dobro, sinjor Gudfelou, šta se dogodilo u utorak uveče, kada je ubijen Ričard Braun?

Na naše iznenađenje, odgovor je dala Izabel, gledajući svog partnera s krajnjim gađenjem. – Hajde, Džulijane, kaži im šta se dogodilo, ili da im ja kažem? Dobro, ja ću. – Ponovo je pogledala nas ostale. – Išli smo prema osmatračnici kad smo čuli neki vrisak i udarac i korake u šumi. Otišli smo da pogledamo i pronašli smo ostatke čoveka koga smo poznavali kao Nika Grina, razbijene glave, a zavoji na licu bili su mu okrvavljeni.

– Kad je to bilo? – Trudio sam se da govorim tiho, kako joj ne bih prekinuo tok priče.

– Šest, pola sedam. – Ovog puta je progovorio Džulijan, kreštavim glasom. – Bio je mrtav, nema sumnje u to. Proverio sam mu puls, za svaki slučaj, ali bio je mrtav.

– Poričete da ste ga ubili?

Džulijan je izgledao užasnuto i čak je i Izabel privremeno prestala prezrivo da se ceri. Odgovorio je za oboje. – Naravno da ga nismo ubili. Nismo ni znali ko je.

– Da li očekujete da poverujemo u to?

Izabel me je pogledala prkosno. – Verujte šta želite. Priznajem da sam udarila Libi tom granom. Mislila sam da sam je ubila, ali ta glupača izgleda ima deblju lobanju nego što sam mislila. A što se tiče Rika Brauninga, niko nije znao ko je on. – Pogledala je Džulijana, koji je i dalje izgledao uzdrmano. – Kaži im. Hajde, čoveče, ne budi beskičmenjak.

Džulijan se nakašljao pre nego što je progovorio. – Saznali smo ko je kad smo mu sklonili zavoje s lica nakon što smo pronašli telo. Čim sam video ko je, znao sam da nas čeka velika nevolja. Bila je javna tajna da se Brauning i ja nismo mirisali. Bojao sam se da ću biti okrivljen.

Izabel je prezrivo frknula. – Bio je prestrašen. Hrabri vojnik na ivici suza, zar ne, dragi? – Nije bilo ničeg ljubaznog u načinu na koji je izgovorila tu reč. – Uhvatio me je za ruku i odjurio kao ovčica koja beži od vuka.

– I tad ste poslednji put videli leš? Sledeći put ste otišli tamo nakon policijske potrage, i poneli ste letvu da ostavite lažne otiske u zemlji?

Džulijan je klimnuo glavom, ali Izabel je odmahnula glavom. – To je bio poslednji put kad je Gospodin Odvažni video leš, ali bila je moja ideja da iskoristimo to, i zato sam otišla tamo, kad je pao mrak, s malo benzina i zapalila sam telo. – Mrko je gledala Džulijana, koji je izgledao zaprepašćeno. – Rekla sam *tebi* da to uradiš, ali ti si bio previše uplašen, zar ne? Prokleto uplašen. – Čekao sam da ga pljune, ali se uzdržala.

Furnije i ja smo pogledali jedan drugog. To je izgleda objašnjavalo vatru, ali i dalje smo bili daleko od toga da otkrijemo ko je odgovoran za Braunovu smrt – pod pretpostavkom da ovo dvoje ne lažu. Bio sam prilično siguran da makar ona govori istinu, ne samo o ovome nego i o svemu ostalom. Video sam to više puta tokom karijere. Izvesna vrsta počinioca kad konačno shvati da nema izlaza, zidovi se sruše i poteče čista, neizmenjena istina. Odlučio sam da pokušam da iskoristim to.

– Rekli ste da ste čuli vrisak, a onda nekog ko je otrčao. Da li ste videli tu osobu? – Oboje su odmahnuli glavom, pa sam pokušao ponovo. – A dok ste išli stazom pre nego što ste stigli do mesta zločina? Da li je neko prošao kraj vas?

Izabel je odmahnula glavom, ali ovoga puta se oglasio Džulijan. – Da, ja jesam. Zastao sam u šumi da pišam dok smo išli uzbrdo, i uplašio sam se kao nikad pre. U senkama je vrebao Vejn, koji je stajao iza nekog drveta. Pretpostavio sam da je otišao tamo iz istog razloga kao ja. Postideo sam se, a i on je izgledao isto. Nismo ništa rekli jedan drugom i otišao sam što sam pre mogao.

S nevericom sam odmahnuo glavom. – A kad smo vas ispitivali u sredu, smatrali ste da nije važno da to pomenete?

– Da budem iskren, nakon užasnog šoka koji sam doživeo nekoliko minuta kasnije, potpuno sam zaboravio na to, sve dosad. Bio sam prilično siguran da je išao tamo da piša, baš kao i ja. To valjda ne znači da je ubio Brauna, zar ne?

Pjer je saslušao moj prevod i onda odgovorio ozbiljno. – To moramo da otkrijemo.

23.

Subota popodne

Nakon što je Izabel ušla u patrolna kola koja su čekala i bila odvezena u Aostu, Pjer je otišao u Červiniju na svoj sastanak u prostorijama karabinijera, a ja sam otišao do okupljenih kraj vatre, da im prenesem novosti.

– Sad sam u mogućnosti da vam kažem da je Libi, iako je napad bio podmukao i smrtonosan, ipak preživela. Bila je u komi od napada, ali upravo se probudila i otkrila da ju je napala Izabel. Izabel je zbog toga uhapšena. Žao mi je što smo morali da vas lažemo da je mrtva, ali uradili smo to da bismo pronašli krivca.

Motrio sam ufologe. Svi su bili tu – osim Džulijana, koji je otišao u svoj kamper, sav uznemiren – i, koliko sam video, svi su reagovali isto. Val je to lepo sročila.

– Kako je to divno, a mislili smo da je mrtva! Sirota devojka... i ta grozna, zla žena. Izabel zaslužuje ono što joj sleduje.

– Hoće li Libi biti dobro? – Sandra je izgledala kao da joj je laknulo, ali verovatno nije shvatila da, iako smo uhvatili jednog ubicu u pokušaju, Braunovo ubistvo i dalje nije bilo rešeno. Zasad nisam hteo da je sekiram.

– Nadamo se da hoće. Činjenica da je budna i pri sebi vrlo je pozitivan znak, tako da držimo palčeve.

Vejn je izgledao oduševljeno vestima, ali to nije dugo trajalo. Pogledao sam Furnijea, i onda zamolio Vejna da krene s nama do šatora, na dodatno ispitivanje. Kad smo se udaljili od logorske vatre, pogledao sam Alis u oči, a ona me je upitno pogledala, ali zasad nisam odgovorio. I dalje smo morali da čujemo šta Vejn ima da kaže.

Čim smo seli, postavio sam mu pitanje. – Čuli smo od Džulijana da ste se, negde oko šest u utorak, krili u žbunju u blizini mesta gde je ubijen Rik Braun. Možete li potvrditi to i reći nam zašto to niste pomenuli ranije?

Nervozno se vrpoljio i skinuo šešir, a onda je prešao rukom preko oznojenog čela. Napolju je i dalje bilo toplo uprkos odsustvu direktnih sunčevih zraka, ali bio sam uveren kako on ima druge razloge da se preznojava. – Kao što sam vam rekao ranije, u utorak popodne sam snimao filaže za emisije koje pravimo o NLO-ima u okolini Materhorna.

– Ako ste samo snimali, zašto vas je Džulijan zatekao kako se skrivate u žbunju?

– Išao sam u šumu da pišam.

Zurio je u svoje šake i video sam da mu se prsti nervozno trzaju. Nisam sumnjao da tu ima još nečeg osim mokrenja, i zato sam ga dodatno pritisnuo.

– Činjenica je, Vejne, da iako su Džulijan i Izabel išli *uzbrdo*, vi ste očigledno išli *nizbrdo* i bili ste svega stotinak metara od mesta ubistva. Razmislite vrlo pažljivo pre nego što odgovorite na moje naredno pitanje: jeste li ubili Ričarda Brauna?

Pogledao me je pravo u oči. – Ne, nisam. Nikad nikog nisam ubio i nikad nikoga neću ubiti.

Na osnovu onog što su nam Džulijan i Izabel rekli – pod pretpostavkom da su govorili istinu – bilo je jasno da Vejn nije mogao da bude ubica jer su tvrdili da su čuli vrisak i trčanje nekoliko minuta kasnije, a Vejn se dotad već bio prilično udaljio, možda se već vratio u kamp, ali morao sam da vršim pritisak na njega dok ne kaže istinu o onom što zna.

– Znamo da je vaša prošlost s Ričardom Braunom bila problematična i nasilna. Već ste priznali da ste ga napali na prethodnom radnom mestu i pretpostavljam da ste ga prepoznali kad je stigao ovamo u ponedeljak, a u utorak uveče ste ga pratili u šumu i ubili. – Uputio sam mu najstroži pogled. – Uradili ste to, zar ne?

– Ne, ne, ne, nisam ga ubio... – Glas mu je zamro, ali nisam ništa rekao, puštajući ga da se muči. Prošao je čitav minut pre nego što je ponovo podigao glavu i, ovoga puta, video sam mu strah u očima. – Nisam ga pratio u šumu; sreo sam ga dok je silazio stazom, a ja sam se vraćao u kamp, ali grešite ako mislite da sam ga ubio.

– I jeste li ga prepoznali?

Klimnuo je glavom.

– Kad ste ga prepoznali? Čim je stigao u ponedeljak? Kasnije? Kad ste naleteli na njega u šumi? Kad?

– U utorak nakon ručka. Sedeo je naspram mene kraj logorske vatre i iznenada sam shvatio. Ispod tih zavoja, bio sam siguran da ga poznajem. Kad nekog držite za gušu i zurite mu u oči izbliza, kao što sam ja uradio, zapamtite ga.

– A da li ste rekli išta njemu ili ostalima? Možda Džulijanu?

– Ne, nisam ništa rekao. – Sad me je pogledao prkosnije. – To se ticalo samo mene.

– Šta se ticalo vas? Imali ste nedovršena posla?

Ponovo je zaćutao, ali ja sam samo sedeo i čekao. Na kraju je polako klimnuo glavom. – Slušajte, nisam vam ranije rekao celu istinu. Nisam napustio *Kosmoslink* svojevoljno, otpušten sam, i to zato što je Rik rekao producentu da sam ga napao i odbio je da radi sa mnom. Ispričao je mnogo laži o tome kako sam se navodno nabacivao jednoj od njegovih devojaka. To su bile užasne laži. – Glas mu se pojačao. – Kad sam vam rekao da ga samo malo protresao, govorio sam istinu, ali da me nisu sklonili od njega, izmlatio bih ga.

– Da razjasnimo to, Vejne. Kažete mi da ste ga prepoznali u utorak popodne, i onda ste sasvim slučajno naleteli kasnije na njega u šumi, ali ga niste ubili. Šta se dogodilo kad ste ga videli? Da li ste se sukobili s njim? Verovatno je i on prepoznao vas.

– Da, prepoznao me je. – Glas mu je poprimio normalan prizvuk. – Samo je stajao na stazi, drčno, i znao sam da se prezrivo smeši ispod tih zavoja. Rekao je: „Uvek si bio pomalo tupav, Vejne. Bilo ti je potrebno mnogo vremena da shvatiš ko sam.“ I samo je stajao tamo, preprečujući mi put.

– I šta se onda dogodilo?

– Spustio sam kameru i odalamio ga.

– Tamo, nasred staze?

– Da, i čuo sam kako sam mu slomio nos. – Ponovo je podigao pogled i oči su mu bile neprirodno sjajne dok se prisećao svoje osvete. – I stvarno mi je prijalo.

– I šta se dogodilo onda?

– Znate li šta je uradio? Rasplakao se kao devojčica i onda se okrenuo i pobegao.

– Kuda?

– Uzbrdo, u šumu, dalje od staze. Tamo ima raznih staza. Bojao se da ću ga ponovo udariti, ali nisam morao. – Sad je zvučao zadovoljno. – Samo sam stajao tamo i slušao ga kako glavinja kroz žbunje dok je bežao sve dalje i dalje, a onda je usledila tišina. Mora da se zaustavio.

– I šta ste onda uradili?

– Ništa.

– Ništa?

– Samo sam uzeo kameru i vratio se u kamp na šolju Valinog čaja. – Zaćutao je i ispravio se. – Mada, kad sam čuo da neko dolazi stazom, sakrio sam se u žbunje. Nisam očekivao da Džulijan pođe za mnom, tako da sam samo folirao da moram da pišam.

– A da li ste videli nekog drugog na stazi, kad ste dolazili ili odlazili?

– Nikog osim Džulijana.

Naterao sam ga da ponovi tu priču još dvaput i zatražio više informacija, ali ostao je nepokolebljiv. Na kraju sam ga pustio da izađe iz šatora i pogledao sam u Furnijea.

– Istina? Laž? Pomalo od oboje? Šta mislite?

– Mislim da je govorio istinu. Napokon, patolog je rekao da je žrtvi bio slomljen nos, a niko od sumnjivaca nije to mogao da zna. Verujem da ga je udario, ali to ne mora da znači da ga je ubio.

Klimnuo sam glavom. – I ja mislim tako. Da, moguće je da je prvo slomio Braunu nos, a onda ga pojurio uzbrdo kroz šumu, dok ga nije uhvatio i ubio velikim kamenom, ali sam, kao i vi, sklon da mu poverujem. Takođe, pitao sam se šta je Braun radio pedesetak metara od staze i evo objašnjenja: bežao je od Vejna. Što nas dovodi do pitanja: ako Vejn nije ubica, ko je onda? I dalje sam uveren da je to neko iz grupe. Koliko znamo, jedina druga osoba koja je znala njegov pravi identitet iza zavoja bila je Alis Tarner, ali ona tvrdi da je bila dole u Montazu, a postoji i snimak nadzorne kamere koji potvrđuje da je bila u hotelu te večeri. Naravno, moguće je da je pronašla neki način da se iskrade i ubije Brauna, ili, moguće je, da je ispričala nekom od ufologa o njemu. S druge strane, možda ga je prepoznao neko od ostalih, kao Vejn O'Konel. Ali potreban nam je motiv.

– Koliko vidim, jedina osoba s motivom je Džulijan Gudfelou. Prezirao je Brauna i ne bi mu se svidelo da ima špijuna u kampu, ali ubistvo...

– Kad smo razgovarali sa Džulijanom i Izabel, pre neki dan, stekao sam pouzdan utisak da je Izabel dobro poznavala Brauna. Sigurno je izgledala vrlo zaprepašćeno kad je saznala da je on tajanstveni ubijeni čovek. Šta ako je bila u vezi s Braunom, a Džulijan je saznao za to? To bi mu dalo dodatni razlog za ubistvo. Imate njihove pasoše, zar ne? Smem li da ih pogledam?

– U kolima su. Sačekajte malo.

Furnije se brzo vratio i nestrpljivo sam uzeo pasoše. – Hajde da pokušamo nešto.

Uzeo sam Izabelin, Džulijanov i Braunov pasoš. Sva tri pasoša su imala brojne strane s pečatima iz zemalja kao što su Čile, Indija i čak Island. Dao sam Braunov pasoš Furnijeu i zamolio ga da napravi spisak mesta koja je posetio, s datumima dolaska i odlaska, a ja sam radio isto za Džulijanov pasoš i onda sam prešao na Izabelin. Bilo nam je potrebno gotovo dvadeset minuta, ali konačno smo imali tri spiska i pregledali smo ih, zapisujući putovanja hronološkim redom. Većina Izabelinih putovanja poklapala se s Džulijanovim, što je imalo smisla jer su putovali i radili zajedno. Nekoliko Braunovih se poklapalo s njihovim – verovatno u situacijama kad ih je Braun, prema Džulijanovim rečima, pratio dok su istraživali. Bilo je nekoliko putovanja koje su vlasnici pasoša očigledno obavili sami, ali postojale su čak četiri situacije u poslednjih dvanaest meseci, kad su Izabel i Rik Braun bili na istom mestu tokom istih dana – i noći – ali bez Džulijana.

Kad smo konačno stigli do kraja spiska, Furnije se oduševio i udario pesnicom u sto. – To je to, uhvatili smo ga. Izabel i Braun su bili u vezi. Džulijan Gudfelou je otkrio to, i mešavina ljubomore i profesionalne netrpeljivosti bila je dovoljna da ubije Brauna u utorak uveče. Vrlo dobro, Dene!

Zavalio sam se u stolicu, ali umesto da delim njegovo oduševljenje, osetio sam antiklimaks. Sigurno je izgledalo da sad imamo dovoljno dokaza da optužimo Džulijana za ubistvo, ali je mene negde u mom starom pandurskom mozgu nešto mučilo. Kad sam ranije razgovarao s njim, a on je odlučno odbio svaku umešanost u Braunovo ubistvo, činjenica je bila da sam mu verovao i, uprkos novim dokazima, i dalje sam mu verovao. Mada sam video da je Furnije jedva čekao da ode do Džulijanovog kampera i uhapsi ga, preporučio sam oprez... makar zasad.

– Džulijan trenutno ne može nikud da ode. Da sam na vašem mestu, ostavio bih blokadu puta na dnu staze, za svaki slučaj. Zašto se ne vratite u stanicu u Aosti i ne pitate Izabel za ovo što smo upravo saznali? Vaš engleski je dovoljno dobar za to; čuo sam vas. Koliko vidim, ona nema ništa da izgubi priznajući nam istinu o odnosu s Braunom. Na osnovu njenog jutrošnjeg stava, ne mislim da je spremna da laže kako bi zaštitila Džulijana, ako je kriv... u stvari, na osnovu toga kako se ponašala prema njemu, verovatno će iskoristiti priliku da ga povuče sa sobom. Zamolite je da vam potvrdi da li je Džulijan mogao da se neopaženo udalji pre nego što su njih dvoje krenuli na osmatračnicu. Rekla je da su bili zajedno kad su pronašli telo, ali možda je imao priliku da ode i ubije Brauna. Možete li da uradite to?

– Da, naravno, ali... – Video sam da gori od želje da odmah uhapsi Džulijana.

Nastavio sam. – Izgleda mi vrlo verovatno da su Izabel i Braun imali tajnu vezu, tako da pokušajte da saznate kad je Džulijan tačno saznao za njih dvoje. Ako ona potvrdi da je Džulijan znao za njihovu vezu pre ubistva, i takođe je prepoznao Brauna kad se pojavio umotan u zavoje, onda mislim da imamo jak slučaj. Više bih voleo da nam ona potvrdi to pre nego što uhapsimo Džulijana. Da li ste zadovoljni time?

Očigledno nije bio, i video sam kako ga instinkti nagone da stavi Džulijanu lisice i odvede ga odmah u stanicu, ali kao dobar policajac, Furnije je samo klimnuo glavom i pristao da uradi šta sam mu rekao.

Nakon što je otišao, sedeo sam u šatoru neko vreme, razmišljajući o popodnevnim događajima i novim činjenicama koje sad znam, trudeći se da otkrijem neki mogući motiv koji bi preostali sumnjivci imali da ubiju Brauna. Nameravao sam da ustanem i odvedem Oskara u šetnju, kad mi je nešto palo na pamet. Imao sam osećaj da je samoubistvo Braunove bivše ljubavnice, Trejsi Berdžes, nekako bilo povezano i palo mi je na pamet da postavim pitanje koje nisam postavio Džes kad mi je rekla za to. Odlučio sam da će biti brže da idem preko Skotland jarda nego da je ponovo gnjavim, i zato sam pozvao Pola.

Preneo sam mu vesti od tog popodneva i potvrdio da je Izabel uhapšena zbog pokušaja ubistva Libi, a onda sam ga zamolio za uslugu. – Da li bi mogao da proveriš nešto za mene, molim te? Krajem januara ove godine, jedna žena po imenu Trejsi Berdžes izvršila je samoubistvo u Brikstonu. Da li bi mogao da proveriš da li je bila udata ili razvedena i, ako je tako, kako joj je glasilo devojačko prezime? To bi mi mnogo pomoglo.

Kad sam završio razgovor, pogledao sam labradora koji je dremao kraj mojih nogu.

– Šta kažeš na šetnju, Oskare?

Skočio je na noge sa izrazom koji mi je rekao da je to bilo retoričko pitanje.

24.

Subota kasno popodne

Oskar i ja smo otišli kroz šumu do manastira. Usput sam mu bacao štapove i on je razdragano utrčavao u žbunje da ih pronađe. Iznad nas, nebo je bilo potpuno oblačno. Povremeno se drveće proređivalo i spektakularan pogled na Alpe otvarao se preda mnom, a planinski vrhovi sad su bili sakriveni sve gušćim oblacima. Duboko sam udahnuo, uživajući u mirisu smole, kore drveta i mahovine, i razmišljao kako je moguće da su se tako surovi napadi odigrali na ovako idiličnom mestu. Pomislio sam na Libi, koju je bez sumnje čekao dug oporavak, i nadao sam se da će sve biti dobro s Karmelom i njenom bebom. Izvadio sam telefon i pozvao Anu, pre svega da joj čujem glas, i ispričao sam joj o najnovijim događajima. Sad smo se već poznavali izuzetno dobro i mora da je čula nešto u mom glasu.

– Zvučiš pomalo utučeno. U čemu je problem? Zar nisi upravo rešio jedan slučaj i zvuči kao da ćeš uskoro rešiti i drugi? Trebalo bi da budeš srećan.

– Nadam se da ćemo ga rešiti, stvarno se nadam. – U tom trenutku, Oskar mora da je video neku vevericu jer je jurnuo u šumu, glasno lajući. Veverica se verovatno ne bi složila sa mnom, ali meni je taj prizor izgledao simpatično i zvuk lajanja koje odjekuje po šumi i dolini bio je prijatna promena u odnosu na zvuke velikog grada i osmehnuo sam se. – Dobro sam, Ana. Samo me stižu godine, valjda. Moram da priznam da su počele da me stižu i tokom poslednjih godina u londonskoj policiji. Glupost nekih ljudi i čisto zlo koje čine može da umori čoveka, ali sve je u redu, imam tebe i imam Oskara, ali voleo bih da si ovde da vidiš ove predivne planine. Ovde je suviše lepo da bi se iko predugo osećao potišteno.

– Pa, volela bih da sam tamo s tobom. Brzo se vrati kući, *carissimo*. O, uzgred, imam poruku za tebe od Teta Menke. Rekla je da ti kažem: „Činjenica da nešto ne vidiš ne znači da to nije tu." Da li ti to nešto znači?

– Baš ništa... verovatno je govorila o malim zelenim ljudima. Zahvali joj se u moje ime. *Ciao.*

Kad sam stigao do manastira, zatekao sam Konrada, i on je imao vesti, ne o istrazi nego o sebi.

– Dobar dan, gospodine. Vi ćete biti jedan od prvih ljudi koji će čuti ovo... konačno sam sredio dokumente. Mogu legalno da živim i radim u Italiji i ponuđen mi je posao. – Razvukao je osmeh od uva do uva. Oduševio sam se i potapšao ga po ramenu.

– Konrade, nakon poslednjih nekoliko dana, bile su mi potrebne dobre vesti i baš mi je drago zbog vas. Moramo da proslavimo. Mislite li da bi don Pjeru smetalo ako naručim piće za obojicu?

U tom trenutku je stari sveštenik izašao iz manastira i prišao do nas. Oskar je otišao do njega da ga pozdravi i don Pjero ga je pomilovao po ušima jednom rukom, dok mi je mahao drugom. – Dobar dan, komesare, da li je istina da ste uhvatili ubicu?

Nisam znao kako je odlučio da mi dodeli tu titulu, ali nisam hteo da ga ispravljam. Razmišljao sam o gotovo čarobnom načinu na koji su vesti putovale ovde u planinama.

– Konrad mi je upravo rekao svoje dobre vesti i voleo bih da ga častim pićem, da proslavimo. Da li biste nam se pridružili, don Pjero? – Da malo zasladim poziv, dodao sam: – Ispričaću vam kako napredujemo sa istragom.

Pogledao je oko sebe i jedini drugi gosti bili su dvoje mladih za udaljenim stolom, očigledno najviše zainteresovani jedno za drugo. Ponovo je pogledao nas dvojicu i široko se osmehnuo. – Imam bocu dobrog spumantea u frižideru, samo je čekao pogodan trenutak za proslavu. Potiče iz mestašca Monforte, nedaleko od Barola, gde sam proveo petnaest godina kao parohijski sveštenik. Parohijani mi šalju dvanaest boca svake godine i sad je pravi trenutak da otvorim jednu od njih. – Osmeh mu je postao širi. – Ili dve.

Vratio se u manastir i pojavio minut kasnije s bocom i čašama, kao i s dvojicom vrtlara koje sam pre neki dan video kako rade. Seli smo za sto i don Pjero nam je napunio čaše i podelio ih. Podigao je čašu prema Konradu i srdačno mu se osmehnuo. – Živeli. Za mog novog predradnika, Konrada. Izuzetno sam srećan što si odlučio da ostaneš.

Svi smo nazdravili Konradovom novom zaposlenju i razgovarali o životu u Alpima i koliko je drugačije za ljude koji dolaze izdaleka. Potvrdio sam da je policija uhapsila počinioca koji je zamalo oduzeo život jednoj devojci. Don Pjero je zadovoljno klimnuo glavom i pitao za Braunovog ubicu, a ja sam samo mogao da ga uverim kako verujemo da mu se približavamo.

Četrdeset pet minuta kasnije, dodatno smo mu se približili. Telefon mi je zazvonio i Pol je imao neke vrlo korisne informacije. – Proverio sam ti onaj slučaj samoubistva. Trejsi Berdžes, trideset osam godina, umrla je od predoziranja tridesetog januara ove godine, pre svega tri meseca. Zvuči kao da je imala težak život. Bio si u pravu, bila je udata za Vilijama Berdžesa, ali i on je izvršio samoubistvo pre pet godina. Pronašla je njegovo telo u garaži njihove kuće u Brikstonu. Bog zna kako je to uticalo na nju. U svakom slučaju, devojačko prezime joj je bilo Filips. Da li ti to pomaže?

– Mislim da pomaže, hvala, Pole. Obavestiću te šta se događa, ali sad moram da pozovem nekoga.

Kako se ispostavilo, nisam morao da zovem. Čim sam završio razgovor s Polom, telefon mi je zazvonio. Bio je to Furnije i zvučao je manje uzbuđeno nego pre. – Izabel Sančez kaže da je rekla Džulijanu Gudfelouu za svoju vezu s Braunom u četvrtak popodne, tokom svađe kad joj je rekao da će dati njen posao Elizabet Vinter. Ako je to istina, to znači da Gudfelou nije znao za Brauna i nju pre ubistva, tako da ga to prilično oslobađa sumnje, zar ne? Takođe, ona se kune da su bili zajedno pre ubistva, tako da je to još jedan razlog zbog koga nije mogao to da uradi. S pravom ste bili oprezni.

– Ne brinite zbog toga, Furnije; morate nešto da uradite za mene. Upravo sam saznao da je žena koja se ubila u Londonu nakon što ju je Braun ostavio bila prethodno u braku, a devojačko prezime joj je bilo Filips. Prilično sam siguran da sam video to ime na jednom od pasoša kad smo ih pregledali ranije. Da li biste mogli to da proverite?

– Upravo dolazim iz pritvora i pasoši su u mojoj torbi u kancelariji. Dajte mi deset minuta i javiću vam se.

Poziv je stigao dok sam se vraćao u kamp i potvrdio je moju pretpostavku da su samoubistvo Trejsi Berdžes i Braunovo ubistvo povezani. Rekao sam mu da dođe u Montaz što je pre moguće, i onda sam seo u kombi i odvezao se do hotela. Kad sam stigao tamo, Alisin automobil bio je parkiran na uobičajenom mestu pored hotela, i zatekao sam je u baru, kako sedi sama i piše nešto na laptopu. Pogledala me je i osmehnula se, pokazujući na polupraznu bocu crnog vina na stolu ispred.

– Zdravo, Dene, uzmite čašu i pridružite mi se.

Prišao sam i seo, ne pokušavajući da uzmem čašu. Dok sam sedeo s druge strane stola, posmatrao sam njenu reakciju i postavio sam joj pitanje. – Pričajte mi o Trejsi. Bila vam je sestra, zar ne?

Osmeh joj je nestao s lica u trenu. Prvo nije ništa rekla, samo je uzela bocu i dopunila čašu do ruba, ali nakon celog minuta, konačno me je ponovo pogledala, i video sam joj suze u očima.

– Rekla sam da ste dobar detektiv, zar ne? – Izvadila je papirnu maramicu i obrisala oči pre nego što je popila veliki gutljaj vina da se ohrabri. – Da, Trejsi mi je bila mlađa sestra.

– I oduzela je sebi život zbog Braunovog maltretiranja?

– Zatrudnela je, Dene, a kad mu je rekla to, on ju je ostavio. – Namrštila se i izgledala je ogorčeno. – Odbacio ju je kao staru krpu. Bio je užasan, užasan čovek. Nisam imala drugog izbora.

Osetio sam kako mi telefon vibrira i video sam da je to poruka od Džes iz Londona.

Razgovarala sam s prijateljem iz Mirora *i rekao mi je da nisu poslali Alis Tarner u Italiju. Ne radi tamo već nekoliko meseci i ide na terapije zbog akutne depresije. Njeni članci o Braunu počeli su da stižu uredniku početkom ove nedelje. Mislila sam da će te to zanimati. Džes. x*

Spustio sam telefon na sto i pritisnuo dugme za snimanje glasa, odlučan da uradim ovo po propisima. – Slušajte, Alis, znam da vam je bilo teško... prvo vaš muž, pa vaša sestra, sve u razmaku od nekoliko nedelja. Znam da ste lečeni od depresije i da ste bolesni. – U sebi sam se zahvalio Džes na poruci poslatoj u pravo vreme. – Želite li da mi kažete šta se dogodilo u utorak uveče? – Trudio sam se da izgledam i zvučim što saosećajnije. Moj četvoronožni prijatelj mora da je shvatio to, jer je prekinuo marljivu potragu za mrvicama koju je sprovodio ispod stola i otišao da sedne kraj Alis, oslanjajući joj njušku na butinu. Utešena njegovom podrškom, uzela je veliki gutljaj vina i počela da govori.

– Nedeljama sam pokušavala da se vidim nasamo s njim. Problem je bio u tome što je često putovao u inostranstvo i bilo ga je teško uhvatiti. A onda, prošle nedelje, sasvim slučajno, jedan kolega koji se bavi izveštavanjem o medicinskim pričama pomenuo je kako je čuo da Braun ide u Švajcarsku da zateže lice. Pratila sam ga do Montrea, a odatle, kao što sam vam već rekla, bilo je lako da ga pratim dovde.

– Da li je znao ko ste? Da li ste ga ikad sreli dok je bio s vašom sestrom?

Odmahnula je glavom. – Nisam imala to zadovoljstvo. – Namrštila se, popila još jedan gutljaj vina i onda nastavila pre nego što sam je to zamolio. – U utorak je bilo prilično lako. Parkirala sam se pored hotela, ne ispred, kako kamere ne bi mogle da me snime. Znala sam da ide na svoju smenu na osmatračnici u šest, tako da sam u pet i petnaest neopaženo izašla u vrt kroz balkonska vrata. Tako sam izbegla kameru na recepciji. – Pogledala me je i uspela da se osmehne. – Kao što sam vam rekla, ja sam istraživačka novinarka. Primećujem takve stvari. Odvezla sam se do mesta koje sam uočila, nedaleko od policijske blokade puta, gde sam mogla da sakrijem kola. Ironično, to je bilo svega stotinak metara od mesta na kojem su bila parkirala kola sirote Libi, dva dana kasnije. Išla sam uzbrdo kroz šumu i napravila zasedu pored staze, nadajući se da će Braun naići sâm.

– I da li je bio sâm?

– Sve je postalo uvrnuto. Čučala sam u žbunju kraj staze, očekujući da ga vidim kako dolazi, ali čula sam zvuk kao da neko trči kroz šumu *iza* mene. Potpuno sam se umirila i on me nije video. Dok je prolazio kraj mene, prepoznala sam da je to Braun. Niko ga izgleda nije pratio i niko nije bio s njim, tako da sam ustala i pojurila uzbrdo za njim. Zatekla sam ga na šakama i kolenima, kako dahće kao pas, potpuno zadihan. Dok sam zurila u njega, sve skrivene emocije su pokuljale i znala sam šta moram da uradim.

Zaćutala je da popije još gutljaj vina, a onda je ispraznila ostatak boce u čašu i ponovo nastavila priču. – U blizini se nalazio veliki kamen. Podigla sam ga i prišla mu, ali bio je suviše zauzet pokušajima da zaustavi krv iz nosa i podigao je pogled i video me je u poslednjem trenutku. Podigla sam kamen iznad glave i udarila sam ga. Pre nego što sam to uradila, pogledala sam ga pravo u oči i kazala: „Ovo ti je za Trejsi.“ Znala sam da je mrtav čim ga je kamen udario. Samo sam se nadala da su mu poslednje misli bile o tome kako se bedno poneo prema mojoj sestri. – Pogledala je u nebo i poslala mali poljubac. – Uradila sam to za tebe, Trejs, uradila sam to za tebe. – Suze su joj polako potekle niz obraze.

Kad je ispričala priču, mirno je sela i popila još vina, dok sam ja razmišljao o tome što mi je upravo rekla. Sve se uklapalo sa onim što je Vejn rekao, i sad je bilo jasno kako je Izabelina priča o tome da je kasnije otišla da zapali telo verovatno bila istinita.

Uhvatili smo ubicu, ali nisam osećao ponos. Bolesna žena je ubila lošeg muškarca. Samo sam osećao veliko saosećanje za Alis i njenu sestru. Godine u službi naučile su me da nikad ne tražim izgovore za ubistvo drugog ljudskog bića, ali obe žene su imale nesrećan život. Oskar, kao i obično vrlo svestan raspoloženja u prostoriji, propeo se na zadnje noge i spustio prednje šape na Alisino krilo, protežući se da joj obliže suze što su joj neprestano tekle niz obraze. U daljini sam čuo zvuk sirene, dok je Furnije kršio sva ograničenja brzine da bi stigao do hotela.

Rešili smo ubistvo na Materhornu, ali, prvi put u karijeri, skoro da sam poželeo da nismo.

25.

Subota uveče

Večerao sam u hotelu – poslednja *bistecca alla valdostana* jer se sutra vraćam u Firencu – i sve vreme sam bio duboko zamišljen. Telefonski poziv iz Aoste, malo pre devet, popravio mi je raspoloženje. Na moje iznenađenje, to je bila inspektorka Karmela Kostej.

– *Ciao*, Dene, upravo sam čula vesti. Čestitam.

– Hvala, ali bio je to timski rad. Ti si uradila veći deo posla pre nego što si otišla, a Furnije je bio sjajan. Moji prijatelji iz Velike Britanije obezbedili su neke informacije zahvaljujući kojima smo sve povezali. Dakle, kao što sam rekao, timski rad. A šta je s tobom? Kako si?

– Dobro sam, hvala, samo malo umorna, a David je dobro.

– Tvoj muž?

– Moj sin. David se rodio pre sat vremena.

Bio sam zaprepašćen na tren, a onda sam počeo da se smejem u neverici. – Porodila si se, i sat kasnije već razmišljaš o policijskim stvarima? Inspektorko Kostej, potpuno si zvrknuta. Zar nemaš pametnija posla... kao spavanje nedelju dana, na primer?

Nasmejala se. – Moguće je, ali malo verovatno. Ništa ne fali Davidovim plućima, a mislim da je nasledio očev apetit. U svakom slučaju, slušaj, samo samo želela da ti se mnogo zahvalim, i ako mogu da išta uradim za tebe, samo reci.

Na kraju obroka, ustao sam da odvedem Oskara u večernju šetnju i, bez razmišljanja, utovario sam ga u kombi i poslednji put smo otišli u kamp. Policijska blokada puta je nestala i zatekao sam sve ufologe kako sede kraj logorske vatre, i nema potrebe naglašavati, većina je pila čaj... mada je Vilfred držao svoju bocu grape. Čak je i Džulijan izašao iz kampera i sedeo je tamo. Prišao sam da ih pozdravim.

– Jeste li čuli vesti? – Očekivao sam da im donesem vest o tome da je ubica uhapšen, ali ispostavilo se da je Radio Mileva radio u oba smera. Dok sam večerao, vest o Alisinom hapšenju tajanstveno se proširila sve dovde.

Val je odgovorila u ime svih. – Laknulo nam je što je sve završeno. Hoćete li šolju čaja?

Upravo sam popio espreso, ali mislio sam da je neuljudno da odbijem, i zato sam seo s njima i pijuckao vreli čaj dok sam odgovarao na pitanja koja su počeli da mi postavljaju. Kad sam ustao da odvedem Oskara u šetnju, pitao sam ko se nalazi na osmatračnici i razočarao sam se kad mi je Džulijan odgovorio.

– Nikom nije bilo do odlaska tamo večeras. Sinoć nije bilo svetala, a nije ih bilo ni danas. Bojim se da smo ih uplašili. Pored toga, vidljivost je smanjena zbog oblaka, a ja nisam najbolje raspoložen.

Zvučao je tako potišteno, da sam znao kako moram nešto da uradim. Popio sam ostatak čaja i ustao. – Dobro, ja idem tamo. Ovo mi je poslednja noć ovde i želim da vidim nešto značajno. Hajde, ko će sa mnom?

Sandra i Megi su odmah skočile na noge i postepeno su se pridružili i ostali, sve dok samo Džulijan nije ostao da sedi. Prišao sam mu i potapšao ga po ramenu.

– Hajde, Džulijane, vi ste vođa, vodite!

Pogledao me je. – Nakon svega što se dogodilo, više nisam zainteresovan za to. – Ali video sam da se koleba. Val ga je uhvatila za jednu ruku, Sibil za drugu i odvele su ga prema stazi, dok smo mi išli za njima.

Kad smo stigli do osmatračnice, tamo je bilo prilično jezivo. Samo nekoliko stotina metara iznad naših glava nalazio se donji kraj gustih oblaka koji su se skupljali preko dana. Zbog malo svetla koje je obasjavalo oblake odozdo, sve je izgledalo kao neka velika pećina. Bilo je prilično zastrašujuće i zažalio sam što sam predložio da dođemo ovamo, ali sad smo bili tu i seo sam na zemlju, leđima oslonjen na jednu stenu i gledao sam preko doline. Video sam svetla ispod i na suprotnoj padini, ali planine su bile obavijene oblacima. Čuo sam neki glas kraj sebe. To je bila Val, koja mi prvi put nije nudila čaj.

– Hoće li Libi biti dobro?

Pogledao sam je i uvideo da su mi se oči uspešno privikle na mrak, i mogao sam da joj razaznam lice, čak i bez meseca ili zvezda.

– Verujem da hoće. Vodnik mi je rekao večeras kako lekari kažu da se čudesno oporavila.

– To je dobro. A šta je sa Alis? Hoće li dugo biti u zatvoru?

Razmišljao sam o tome. – Sumnjam u to. Već je bila na terapiji zbog mentalne bolesti i siguran sam da će svaki sudija to uzeti u obzir. Možda je bila i na nekim lekovima, ko zna? Mislim da će morati da ide u zatvor, ili u neku zatvorsku bolnicu, na neko vreme, ali ako dobije pravu terapiju, ne vidim razloga zašto ne bi jednog dana nastavila svoj život.

– Nadam se da je tako.

Žamor razgovora je zamro i naslonio sam se na stenu sa Oskarom opruženim na zemlji pored. Nakon današnjih uzbuđenja – i previše hrane i pića – osetio sam kako mi kapci postaju teži i zamalo sam zadremao kad se dogodila najčudnija moguća stvar.

Nije bilo nikakve buke, nikakve naznake nečeg na nebu, ali iz nekog nepoznatog razloga pogledao sam udesno, u smeru Materhorna, koji je sad bio obavijen oblacima. Nevoljno sam tražio na nebu nešto nevidljivo, ali znao sam da se spušta kroz oblake, u dolinu, prema meni. Polako sam okrenuo glavu kad je nevidljivi objekat proleteo pored, i onda sam se zagledao u tamu ispred sebe. Dok sam to radio, osetio sam talas energije kako prolazi kroz mene i naježile su mi se malje na potiljku i podlakticama. Šta god da je to bilo, nisam jedini osetio to nevidljivo prisustvo. Oskar se probudio iz sna i ustao, njuške okrenute gde i moje oči, i počeo je prijateljski da maše repom.

Pogledao sam na sat. Bilo je tri minuta do ponoći ali, začudo, sekundara je prestala da se miče. Osetio sam neko prisustvo svud oko sebe, što bi trebalo da bude zastrašujuće, ali pogled na mog psa koji je mahao repom pozdravljajući nevidljivog posetioca sprečio me je da se izbezumim. Samo sam sedeo i zurio i zurio i zurio... u ništavilo.

Dodir po ramenu i zvuk Valinog glasa probudili su me iz polusna.

– Probudite se, Dene, prošlo je jedan i počela je kiša. Pokvasićete se.

Trepnuo sam nekoliko puta i okrenuo se ka njoj. Mora da sam izgledao potpuno izbezumljeno, jer me je zabrinuto pitala: – Jeste li dobro, Dene? Izgledate kao da ste videli duha?

– Jeste li osetili to? – Bilo mi je izuzetno teško da govorim.

– Šta?

– Neko prisustvo, nešto nevidljivo. – Prešao sam rukom preko čela, primećujući da je vlažna kako se kiša pojačavala. – Možda sam samo sanjao.

– Izgledalo je kao da ste kilometrima daleko. Hajde, moramo da se vratimo u kamp pre nego što se magla spusti i ne budemo mogli ništa da vidimo.

Dok sam ustajao, setio sam se Teta Menkine tajanstvene poruke: *Činjenica da nešto ne vidiš ne znači da to nije tu.* Pogledao sam sat i okrenuo se ka Val.

– Šta ste rekli, koliko je sati?

Džulijan je odgovorio. – Malo posle jedan.

Sekundara na mom satu ponovo se pomerala, ali vreme je bilo dva minuta do ponoći. Izgubio sam jedan sat svog života. Pogledao sam Oskara, koji je stajao ispred mene, polako mašući repom.

– Šta se, dođavola, događa, Oskare?

Počeo je brže da maše repom.

Znao je istinu.

Zahvalnice

Zahvaljujem se svojoj divnoj urednici, Emili Raston, i timu iz moje izuzetne izdavačke kuće *Boldvud buks*. Posebno sam zahvalan Su Smit i Emili Rider što su mi ukazale na greške i držale me pod kontrolom. Srdačna zahvalnost, kao i uvek, Sajmonu Mataksu na izuzetnoj naraciji koja oživljava likove. Hvala mom starijem bratu, koji mi je pomogao da odlučim kako da ubijem ljude (!). Hvala mom starom prijatelju, Toniju Stivensonu, na poznavanju klasike i, konačno, hvala mojoj strpljivoj ženi, Marianđeli, na svim prilikama kad je čitala i komentarisala knjigu dok sam je pisao.

Beleška o autoru

T. A. Vilijams je napisao preko dvadeset ljubavnih bestselera i sad se posvetio opuštenim krimićima, smeštenim u njegovu voljenu Italiju. Glavni junak te serije je bivši glavni inspektor Armstrong, sada privatni istražitelj, i njegov labrador Oskar. Trevor živi u Devonu, sa suprugom Italijankom.

Knjige T. A. Vilijamsa
u izdanju Izdavačke kuće TEA BOOKS d.o.o.
(digitalna i/ili štampana izdanja)

Serijal Armstrong i Oskar

1. Ubistvo u Toskani
2. Ubistvo u Kjantiju
3. Ubistvo u Firenci
4. Ubistvo u Sijeni
5. Ubistvo na Materhornu
6. Ubistvo kod Krivog tornja
7. Ubistvo na Italijanskoj rivijeri

www.ingramcontent.com/pod-product-compliance
Lightning Source LLC
Chambersburg PA
CBHW031111020726
47495CB00007B/2154